# 천퇴 6

한성수 新·무협 판타지 소설

초판 1쇄 찍은 날 § 2005년 1월 5일
초판 1쇄 펴낸 날 § 2005년 1월 15일

지은이 § 한성수
펴낸이 § 서경석

편집장 § 문혜영
책임편집 § 장상수
편집 § · 서지현 · 한지윤
마케팅 § 정필 · 강양원 · 이선구 · 홍현경

펴낸곳 § 도서출판 청어람
등록번호 § 제1081-1-89호
등록일자 § 1999. 5. 31
어람번호 § 제2-0502호

주소 § 경기도 부천시 원미구 심곡1동 350-1 남성B/D 3F (우) 420-011
전화 § 032-656-4452   팩스 § 032-656-4453
http://www.chungeoram.com
E-mail § eoram99@chollian.net

ISBN 89-5831-378-1 04810
ISBN 89-5831-133-9 (SET)

※ 파본은 본사나 구입하신 서점에서 교환하여 드립니다.
※ 저자와 협의하여 인지를 붙이지 않습니다.

八 陣 圖

공적은 셋으로 나뉜 나라를 뒤덮고

명성은 팔진도에서 이루어졌도다

강물은 흘러도 돌은 구르지 않거늘

오나라를 평정하지 못한 것을 한으로 남겼네

功蓋三分國 名成八陣圖 江流石不轉 遺恨失呑吳

FANTASTIC ORIENTAL HEROES
한성수 新무협 판타지 소설
천괴
天魁
6
전쟁, 그리고 푸른 늑대
도서출판
청어람

■ 제50장 ■
## 새로운 움직임들

새로운 움직임들 ,


무당산 자소봉.

무당에서 배출된 수없이 많은 고수들이 최후 심득을 남겨놓는 장소인 태극동(太極洞)의 심처.

호북을 저라으로 밀어 넣은 무당제일도 태우 도장이 깊은 묵상에서 깨어났다. 무당에게서도 중지인 태극동에 폐관한 그의 마음에 한 점 거리낌이 생겼기 때문이다.

"원시천존! 어찌 서천의 불국정토로 떠났어야 할 분이 빈도 앞에 모습을 드러냈소이까?"

태극동의 내부엔 불빛 한 점이 없었다. 당연히 태우 도장이 묵상을 끝내고 눈을 떴다 해서 보이는 게 있을 리 없다. 그럼에도 그윽한 시선을 한 그의 장엄한 얼굴엔 가벼운 그늘이 드리워져 있었다.

그가 내뱉은 말과 무관하지 않을 터!

어둠 중에 끊길 듯 끊기지 않고 면면부절한 목소리가 울려 퍼졌다.

"아미타불! 중원을 증오하는 북천의 마도여! 아직도 그 마음을 접지 못한 것인가!"

북천마도 태우 도장의 눈에서 일시 신광이 번뜩였다.

일시 어둠이 걷혔다.

태극동 중에 모습을 드러낸 서천신승 간다르가 보였다.

"역시 선배셨구려. 서쪽 하늘의 천기가 흐려진 걸 보고 설마 했더니……."

태우 도장이 말끝을 흐리자 간다르의 입가에 벙긋한 미소가 떠올랐다.

"늙은이가 노파심에 남겨놓은 헛된 잔념에 불과하다네."

"이미 해탈하신 분께서 군이 빈도에게까지 마음을 쓰신 건 특별한 일이 있어서겠지요. 하지만 만약 중원인들을 위한 얘기를 하실 요량이라면 그만두십시오. 이제 빈도도 과거의 마도가 되기는 포기했으나 교만한 중원인들을 구하는 영웅이 될 생각은 없습니다."

"그래서 한상월 그 아이의 손에 중원을 넘겨주겠다는 건가? 이대로 계속 그 아이를 놔둔다면 또다시 십이마성이 모습을 드러내기도 전에 중원은 피바다가 되고 말 걸세."

"그것이야말로 빈도가 나설 문제가 아니지요. 선배가 세속을 버렸듯이 빈도 역시 마찬가지입니다. 인연이 닿은 무당에 관련된 일이라면 조금 신경을 쓰겠지만, 그 밖에는 그저 지켜나 볼 생각입니다."

"역시 자네의 가슴속에는 아직 원한이 남아 있구만."

"세월이 흘렀다 해서 빈도를 비롯한 사방천의 가슴에 남은 한이 쉬이 사라질 리 있겠습니까? 선배나 빈도야 이미 세속을 벗어났으니 상관없겠으나 다른 둘은 대를 이은 원한입니다. 물론 동천명왕의 경우 다른 야망이 있는 듯하나, 말릴 수 없는 일이라 봅니다."

"그렇겠지. 자네의 말이 옳겠지. 하나 늙은 중이 중원으로 들어와 수십 년이 흘렀네. 이미 마음속에 한 가닥 연민이 남았으니, 어쩌겠는가?"

문득 태우 도장의 눈빛이 변했다.

"후인을 두셨습니까? 지옥에서 뛰쳐나온 십이마성을 제외하고 진정 무극지기를 오롯이 이어받을 자가 있었단 말입니까?"

"결국 제자에겐 물려주지 못했다네."

"그렇다면?"

"동천의 후인에게 넘겼다네."

"그런……."

"그래서 이렇게 마지막 순간 한 줌의 진기를 남겨 자네에게 날아온 걸세."

"빈도가 무얼 하면 되겠습니까?"

"늙은 중이 무극지기를 동천의 후인에게 남긴 건 그 이이기 십이마성을 제압하는 천괴의 기운을 타고났기 때문일세. 그러니 자네가 그 아이를 도와주게나."

"동천과 서천을 동시에 이은 아이에게 빈도가 무슨 도움을 줄 수 있겠습니까?"

"그 아이가 성장한 이상 십이마성 또한 큰 화근은 되지 않을 것일세. 하나 그 아이와 극성인 존재가 세상에 하나 더 있다네."

"그건… 설마 동천명왕을 뜻하시는 겁니까?"

대답 대신 조용히 고개를 끄덕인 간다르의 몸에서 점차 금빛 기류가 흘러나왔다. 아니, 그 보다는 간다르 자체가 금빛 기류가 된 듯 보였다.

"선배……."

고개를 가로저은 간다르가 말했다.

"늙은 중이 자네에게 부탁하고 싶은 건 한상월 그 아이가 자신의 야망을 위해 천륜을 저버리는 걸 막아달라는 걸세. 만약 그와 같은 일이 발생한다면 평생을 증오와 번민 속에 살아온 그 아이가 너무 가엾지 않겠는가."

"무극지기를 이어받은 아이는 가엾지 않고요?"

"그 또한 불쌍하지. 하나 두 사람 중 하나가 세상에서 없어진다면 살아남은 자의 고통이 더 클 것이네. 너무 고통이 심해 천하를 지옥으로 만들지 않고선 견딜 수 없을 정도로."

"…잘 알아들었습니다."

"늙은 중의 부탁을 들어주려는가?"

"중원인들 때문이 아니라 오랫동안 맹약을 이어온 사방천을 위해섭니다. 어찌 빈도가 선배의 마지막 염원을 거절할 수 있겠습니까."

"고마우이, 고마우이……."

"그럼 모 맹주는 어찌하시렵니까?"

"그 아이는 이미 자신이 걸어가야 할 길을 찾았다네."

태우 도장이 고개를 끄덕였다.

"그럼 선배 편히 가십시오."

"내 먼저 가서 자네가 오기만을 기다릴 것일세."

"좀 오래 기다리셔야 할 겁니다."

"아직도 마도 시절의 욕심이 남았구만. 아직도……."

간다르를 이루고 있던 금빛 광채가 점차 흐릿해지더니 곧 흔적조차 남기지 않고 사라졌다. 마치 처음부터 이 세상에 존재하지 않았던 것처럼.

"원시천존!"

장엄한 도호로 간다르의 마지막 길을 배웅한 태우 도장이 눈에 담긴 신광을 거뒀다. 태극동 안에 다시 어둠이 찾아들었다. 그러나 잠시 태우 도장은 눈앞의 텅 빈 공간을 바라보고 있었다. 마음 한구석이 허전했기 때문이다.

'이렇게 된 이상 태극동에 앉아 벽곡단이나 축내고 있을 순 없게 됐구나. 날이 밝는 대로 폐관을 깨리라!'

무당을 잠재운 거인이 기지개를 켜고 몸을 일으키는 순간이었다.


후드득!

빗물이 쏟아지기 시작했다.

여름을 알리는 소나기다.

느릿해 보이나 실상 극도로 빠른 걸음으로 진중에 들어선 단백경을 향해 십수 명의 무사들이 일제히 군례를 취해 보였다. 밤새 계속된 오패무적단과의 전투에서 승리를 거둔 총사령에 대한 경의의 표현이었다.

손을 들어 환호에 묵묵한 답을 준 단백경의 눈에 이채가 떠올랐다. 왼팔 부분이 텅 빈 채 바람에 휘날리고 있는 유겸호가 마중을 나왔기 때문이다.

"유 대장, 아직 부상도 낫지 않았는데 어째서 빗속에 마중을 나온 것이오?"

질책이 담긴 말투와 달리 단백경의 얼굴에는 가벼운 근심이 자리잡고 있었다. 유겸호의 안색이 백지장처럼 창백하여 보기에 괴로웠다.

유겸호가 한 손으로 군례를 취하곤 입가에 담담한 미소를 담았다.

"무상께서 내공으로 내상을 다스려 준 덕분에 많이 나았습니다."

"그렇다 해도……."

"이번에도 오패무적단의 소부대에게 후방 지원이 제지당했다고 들었습니다."

단백경의 안색이 가볍게 일그러졌다.

"제갈 가주가 통천명이라 불리는 까닭을 알겠소이다. 하도 철저하게 유격전을 펴는지라 보급선을 지키기가 나날이 힘들어져 가고 있소이다."

"그래도 무상께서 지난번 오패무적단과의 대규모 대전시 반검경혼을 물리쳐 주셨기에 이만합니다. 그때 호북출정군의 주력에 심대한 타격을 입었다면, 이미 천하맹은 호북을 잃었을 것입니다."

"유 대장의 한쪽 팔과 바꾼 승리였소."

"속하가 팔을 잃은 건 더 이상 괘념치 마십시오. 모두 속하가 부족한 탓이었으니까요."

"으음."

단백경이 가볍게 신음을 토하자 유겸호가 얼른 화제를 바꿨다. 그는 한 식경쯤 전 총단에서 날아온 명령서를 끄집어냈다.

"총단에서 또 다른 명령이 떨어졌습니다."

"설마……."

"애석하게도 무상께서 짐작하신 그대로인 것 같습니다."

유겸호가 건네준 명령서를 받아 든 단백경의 안색이 딱딱하게 굳었다.

쾅!

사령 막사의 한가운데 자리잡은 원탁에서 소리가 튀었다. 호출을 받고 달려온 곽채량이 분을 이기지 못하고 주먹으로 원탁을 내려친 것이다.

그러고도 분이 풀리지 않은 것이리라!

다시 곽채량이 주먹을 들어 올리자 맞은편에 앉아 있던 유겸호가 언성을 높였다.

"곽 대장, 이곳에 당신 혼자만 있는 게 아니오!"

곽채량이 유겸호를 노려봤다.

"너, 너는 분하지도 않단 말이냐!"

"이곳은 사령 막사요! 공식적인 호칭을 써주시오!"

"하! 공식 명칭? 그래 내 써주지. 유 대장, 지난번 오패무적단과의 전투에서 당한 상처를 잊어버린 것이오! 무인으로서의 자존심 따윈 다 팔아먹었냐는 거요!"

말을 할수록 분노가 치미는지 곽채량은 미친 듯 날뛰었다.

만약 자신의 팔이 잘렸다면 이러지 않았으리라.

평생의 지기인 유겸호의 잘린 왼팔이 그를 이처럼 분노하게 만들었다.

그때 단백경이 드디어 침묵을 깼다.

"지난번의 대전투 이후 오패무적단과는 여섯 번에 걸친 전투가 있었소이다. 그중 대부분을 이겼으나 총단에서 출발한 보급 부대는 절반 이상이나 타격을 받았소. 적들은 철저하게 우리의 후방만을 노리고 있는 것이오."

"그게 뭐 어쨌다는 겁니까! 지금이라도 당장 녀석들의 본거지를 쳐서 궤멸시키면 그만이지 않습니까!"

"그게 그리 쉬운 노릇은 아니오. 반검맹이 호북에 진출하기 전 수십 년간 공을 들여 거점을 마련한 데 반해 본 맹은 무당의 눈치를 보느라 전혀 세력을 형성시키지 못했소. 유일한 세력이라 할 수 있는 호북 지부가 몰살당한 이상 사방이 막힌 바다 한가운데 갇힌 것이나 다름없게 된 것이오."

"그거야 무당산에 틀어박힌 무당의 말코녀석들을 좀 족치고 주변의 군소문파들을 압박하면……."

"그렇게 되면 호북의 민심이 급격히 천하맹에서 떠나게 됩니다. 그리고 그걸 알기에 총단에서는 호북출정군의 본진을 일단 하남성 가까운 곳으로 물리라는 겁니다. 일단 그렇게 보급선을 짧게 만든 후에 재반격에 나선다면……."

"그거야말로 개소리올시다! 우리가 뒤로 후퇴하는 순간 호북은 반검맹 천하가 될 것입니다! 강북에 더러운 강남 새끼들이 흙 발로 들어설 거란 말입니다! 그러니 우리는 총단의 명령 따윈 무시하고 지금 당장 총공격을 가해 오패무적단, 그 개새끼들을 박살 내야 하는 겁니다!"

단백경에게 곽채량이 마구 소리치자 유겸호가 창백한 안색을 준엄하게 굳혔다.

"멍청한 소리!"

"뭐라구?"

"곽채량, 너는 한 부대의 우두머리이자 호북출정군의 부장이다. 어찌 개인 감정을 앞세워 전군을 위험에 빠뜨리려 하느냐? 정말 총사령에게 목이 잘려야 그 입을 다물겠느냐!"

"이, 이 녀석이!"

"나는 괜찮단 말이다! 내 부하들만 무사할 수 있다면 굴욕적인 후퇴라 해도 감당하겠단 거야! 그러니 제발 그 입 좀 다물어라. 통천명 따위 비교조차 할 수 없는 문상께서 내리신 명령이다! 분명 숨겨진 뜻이 있을 거란 말이다!"

"……"

그제야 곽채량이 입을 다물었다. 그는 주먹을 꽉 쥐었다. 유겸호가 이렇게까지 나오는데 더 이상 뭐라 말할 순 없었다.

결국 사령 막사에 침묵이 찾아들었다. 곽채량의 입술이 댓발로 튀어나온 것과 바꾼 잠깐의 평화였다.

단백경이 좌중을 살피고 고개를 끄덕였다.

"나 역시 곽 대장과 마찬가지로 후퇴하고 싶은 생각은 전혀 없소이다. 그러나 고래로 밥을 굶은 병사를 가지고 전쟁에서 이겼다는 말은 들어본 바 없소이다. 일단은 보급을 확보하는 게 시급한 문제올시다. 전마를 잡아먹는 일이 발생하기 전에."

"전마를 잡아먹는 호로새끼들이 있단 말입니까!"

"아직은 없지만, 이대로 양양에서 버틴다면 그리될 것이오. 그러니 일단 총단의 명령을 따르기로 결정을 내리겠소이다."

"그런 후엔?"

곽채량에게 묵직한 시선을 던진 단백경이 주먹을 꽉 쥐어 보였다.

"강남의 잡배들에게 유 대장의 팔을 자른 값을 치르게 만들어야겠지요, 백 배 더 쳐서."

"그때는 속하가 선봉에 서겠습니다!"

"그건 안 되오."

"예?"

곽채량이 얼굴을 일그러뜨리자 유겸호가 눈에 서늘한 한광을 번뜩이며 말했다.

"다음 선봉은 백건영웅대의 몫이다."

# 새로운 움직임들 2

연옥대전을 진짜 지옥으로 만들었던 한밤중의 대혈전.

용문이 입은 피해는 막심했다.

전체 수련생 삼백여 명 중 사상자가 백여 명에, 중상자가 삼십 명을 헤아렸다. 게다가 연옥대전에 참가한 연옥백강 중 절반 정도는 외성 약왕당행이 결정된 상태.

덕분에 연옥대전은 삼 개월 뒤로 미뤄질 수밖에 없었다.

최소한의 기간이었다.


묵묵히 보고를 올리는 거산의 얼굴에 잔경련이 일었다. 용문에 남은 유일한 대교두인 임천생이 중상을 당한 탓에 이번 사태의 책임자는 그 밖에 달리 맡을 사람이 없었다. 눈앞에서 턱을 손가락으로 매만지고 있는 한상월의 무심한 표정이 거산에게는 지옥유부 사신의 미소와 다름없이 느껴졌다.

"…그러한 까닭으로 용문은 앞으로 삼 개월간 재건 작업에 들어갑니다. 앞서 보고했듯 불탄 수련 교장과 막사의 복구와 부상당한 수련생의 회복에 들어가는 최소 기간입니다. 다행히 하급 교두 중 우두머리인 칠독수 기진악의 부상이 경상이니 그를 중심으로 움직인다면 예상보다 일찍 성과가 나타날 수도 있다고 사료됩니다."

"사료된다?"

한상월이 반문을 던지자 거산의 이마에 맺혀 있던 땀방울이 조금 더 굵어졌다. 소매로 닦지 않는다면 당장 바닥에 떨어져 최후를 맞을 정도였다.

움찔!

무의식적으로 소매를 들어 얼굴로 가져가려다 동작을 멈춘 거산의 안색이 딱딱하게 굳었다. 문득 고개를 갸웃해 보이는 한상월과 시선이 마주친 것이다.

'뭘 잘못했지? 뭘 잘못했을까?'

거산의 이마에서 흘러내린 땀방울이 코를 거쳐 입술까지 주륵 흘러내렸다. 다시 소매가 꿈질거렸다.

그때 한상월이 입가에 가벼운 미소를 담으며 손을 휘저어 보였다.

"얼굴의 땀을 먼저 닦도록."

"존명!"

필요 이상으로 힘차게 대답한 거산이 재빨리 소매로 얼굴을 훔쳤다. 박박. 개미에 물린 듯 따가우면서도 신경 쓰이던 부분이 해결되는 순간이었다.

한상월이 미소를 거두고 말했다.

"필시 자네한테 그런 보고서를 쥐어준 건 귀비일 테지?"

"그, 그게……."

"뭐, 자네한테는 바라는 바가 따로 있으니 그런 표정 지을 필요는 없어. 하나 귀비가 자네한테 보고서를 쥐어주며 따로 한 말이 있을 텐데?"

거산은 졌다고 두 손을 들 수밖에 없었다.

오히려 마음 한 켠이 홀가분해졌다.

부스럭!

품에서 다른 보고서를 꺼내 든 거산이 여태까지완 사뭇 달라진 얼굴로 보고했다.

"귀비의 조사에 의하면 사실 이대로 계속 연옥대전을 진행해도 별다른 무리는 없습니다. 어차피 팔강대전에 들 만한 실력자들 중 중상을 입은 수련생이 없기 때문입니다."

"그러나 바로 팔강대전에 들어간다면 용문 내의 다른 연옥백강들 간에 말이 나오겠지?"

"그건 또 그렇지가 않습니다. 이미 그들은 용문 내에서 실력의 출중함으로 타 수련생을 압도하고 있기에 팔강대전만 따로 개최하는 쪽으로 가닥을 잡아나간다 해도 그리 큰 반발은 없을 겁니다."

"그렇다면 또 다른 까닭이 있다는 뜻이로군?"

"예, 그렇습니다."

바로 대답한 거산이 무의식적으로 목소리를 낮췄다.

"연옥일좌의 강력한 후보인 파군성 서문휘강이 부상을 당한 것 같습니다."

"그 괴물이?"

"놀랍게도 그런 것 같습니다."

"흠, 중상인가?"

"거기까진 아직 확인하지 못했습니다만, 그를 비롯한 사성과 단 공자의 무공 수준이 극미한 차이인만큼……."

"이번 대회를 계속 밀어붙인다면 제대로 된 연옥일좌를 뽑긴 곤란하겠군."

"그렇습니다!"

거산이 고개를 숙이자 한상월의 입가에 가느다란 미소가 떠올랐다. 재밌어서 죽겠다는, 혹은 새롭게 가지고 놀 장난감을 발견한 아이와 같은 미소였다.

"그래서 삼 개월이라?"

"앞서 보고했듯 최소 기간입니다."

"그렇다곤 하나 꽤나 공교로운 기간이 아닌가!"

"무슨?"

"마침 삼 개월 정도 괴물들을 쓸 일이 생겼거든."

거산의 검은 얼굴에 의혹이 떠올랐다 곧 사라졌다. 주인인 한상월이 이해 못할 말을 내뱉은 건 오늘 하루만의 일이 아니었기 때문이다.


모문환은 하루가 꼬박 지나도록 사부 간다르가 입적한 장소를 바라보고 앉아 있었다. 그의 눈을 타고 흘러내린 눈물은 다시 떠오른 여명 속에 말라 버렸으나 마음은 여전했다.

변황을 돌던 중 마주친 십이마성과의 격전, 덧없는 패배, 그 뒤로 이어진 꼭두각시놀음을 떠올리자니 허망한 웃음만이 흘러나왔다. 사부 간다르가 끝내 무극지기를 물려주지 않았던 까닭을 알 것만 같았다.

'파불과 창천검문의 무공을 모두 수습한 이후 천하무적이라 생각했었다. 사부조차 눈에 들어오지 않을 정도로. 십이마성 따윈 단지 패망한 왕조의 낡은 전설일 뿐 지금의 나라면 문제가 없으리라고 그렇게 자신했었다. 그런데 나란 놈은 사부의 희생으로 겨우 목숨만을 부지했을 뿐, 아무짝에도 쓸모없는 몸이 되어버린 건가?

모문환은 아직 찬 기운이 완연한 새벽바람에 장대한 어깨를 으슬 떨어 보였다. 이미 그의 단전은 텅 비어 있었다. 십이마성이 주입한 광풍지력이 사라지며 생긴 부작용. 여태까지 천하를 호령하던 패왕은 이곳에 존재하지 않았다.

하나 내공이 소멸했다 해서 반검맹의 맹주 신검 남궁성환과 천하제일을 다투던 모문환의 마음이 꺾일 리 없다. 사부 간다르의 희생에 잠시 감상적으로 변했을 따름.

여명의 기운이 극에 달해 주변을 떠돌던 어둠이 냉큼 줄행랑을 놓을 때였다. 간다르가 입적한 자리를 향해 정중히 머리를 두 차례 박은 모문환이 휘청이며 신형을 일으켜 세웠다. 의도적으로 그의 몸을 두들긴 기파를 느낀 직후의 일이다.

"아미타불! 천하중생을 위해 신승께서 희생하셨으니 이 또한 선재(善哉), 선재가 아닌가!"

"선재로다!"

"선재로다!"

첫 번째 흘러나온 목소리에 강한 불심(佛心)이 담긴 것에 반해 뒤를 따른 복창은 장엄하긴 하나 알맹이가 빠져 있었다. 모르는 사람이 듣기에도 그저 따라 하는 것에 불과했다.

꿈틀!

'파불의 잡승들은 여전히 사부님을 외인이라 부르며 멸시하는 것인가!'

굵은 검미를 치켜올리며 신형을 돌린 모문환이 어느새 지척까지 다가선 세 명의 노승, 회심 대사와 파불쌍금강을 지그시 노려봤다. 내력이 몽땅 소멸한 상태이나 눈빛에 담긴 기력만으로도 뭇 소인배들을 압도했다.

"파불의 잡승들이 이곳에 온 뜻은 사부님의 유지를 받들기 위함이겠지?"

회심 대사의 노안에 탄복의 기색이 떠올랐다.

"과연 패왕이로세! 신승께서 스스로를 희생한 것도 무리는 아니었구려."

"헛소리는 집어치우고, 장문인은 사부님의 유지나 집행하시오!"

"맹주께서는 마음속의 미망을 모두 버리신 것이오?"

"미망이라……."

"아직 미망이 남았다면 굳이 신승의 유지를 따를 필요는 없을 것이오. 신승께서도 빈승에게 그리……."

"시끄럽소!"

목소리를 높여 회심 대사의 말을 끊은 모문환이 잠시 착잡한 표정을 지어 보이다, 느닷없이 바닥에 꿇어 엎드렸다. 평생 사부인 간다르를 제외하곤 처음으로 보인 모습. 남에게 머리를 조아린 것이다.

"모 맹주!"

회심 대사가 놀라 소리치자 모문환이 여전히 고개를 숙인 채 목청을 높였다.

"모문환이 소림 장문인 회심 대사 앞에 머리를 조아리고 계를 받기를 원하니, 부디 청을 거두지 말아주시오!"

"진정 마음을 굳힌 것이오니까? 신승의 전언을 듣고도 빈승, 반신반의했건만."

"사부의 큰 은혜로 새로 얻은 목숨이오. 어찌 전과 같은 삶을 영위할 수 있단 말이오. 내 마음도 괴로우니 회심 대사는 잔말 말고 머리나 잘라주시오!"

'저런!'

'어찌 계를 받겠다는 자가 저리 안하무인이란 말인가!'

회심 대사 옆에서 입을 가볍게 벌리고 있던 파불쌍금강의 눈살이 찌푸려졌다. 모문환이 사형인 회심 대사에게 계를 받는다는 건 보통 심각한 일이 아니었다. 모문환의 신분이 강북무림의 지배자인 천하맹주였기 때문이다.

그래서 이곳에 오기까지만 해도 그들의 기분은 꽤나 좋은 상태였다. 소림이 오래전에 잃어버린 천하제일의 명성을 당대에 이르러 되찾으리란 희망을 보는 듯했다.

해서 고승답지 않게 어깨마저 들썩이고 있었는데, 모문환의 하는 꼴이 심상치 않았다. 이건 한 명의 사질을 들이는 게 아니라 상전을 받들게 생겼다는 위기감이 들었다.

그때 모문환이 언제 꿇어 엎드렸냐는 듯 신형까지 일으키고 다시 회심 대사를 재촉하자 참다못한 회구가 눈에 신광을 뿜으며 소리쳤다.

"어찌 계를 받겠다는 자가 사부 될 분께 목청을 높인단 말이오! 모맹주는 진정 머리를 깎고 소림에 귀의할 생각이 있는 것이외까?"

회진 역시 기다렸다는 듯 동조의 목소리를 높였다.

"그렇소이다! 아무리 모 맹주의 신분이 세속적으론 높다 할지라도 불문에 귀의해 소림에 든 순간 모든 것은 헛된 것이 될 뿐이오! 장문사형께 불손한 태도를 보이는 이상 소림의 제자가 될 수 없다는 점을 명심하시오!"

"회진 사제의 말이 옳소이다!"

"당연한 말씀!"

회구, 회진 파불쌍금강은 서로를 바라보며 목청을 높이곤 얼굴에 흐뭇한 표정을 떠올렸다. 과거 십수 년에 걸쳐 모문환에게 당하기만 하던 두 사람이니, 오랫동안 맺혔던 마음속의 울분을 한꺼번에 풀자 속이 다 후련했다. 뒷일 따윈 그다지 염려가 되지 않을 정도로.

그러나 두 고승의 통쾌한 미소는 그리 오래가지 못했다. 갑자기 목소리를 높인 두 사제를 추측키 힘든 눈빛으로 지켜보던 회심 대사가 버럭 대갈을 터뜨렸기 때문이다.

"갈! 우둔한 중생들인지고!"

"자, 장문사형?"

"장문사형?"

안색이 창백하게 질린 파불쌍금강을 가련한 시선으로 바라본 회심 대사가 가볍게 고개를 흔들었다.

"본시 소 잡던 칼을 내려놓고 돌아앉으면 그것이 바로 부처라 했다. 이제 모 맹주가 신승의 거룩한 인도를 받아 부처가 되기로 했거늘, 어찌 사제들은 과거의 삿된 마음을 버리지 못하고 있단 말인가!"

"저기, 장문사형, 그런 것에 지엄하신 불존의 이름을 거론하시는 건……."

"어허!"

회심 대사가 다시 언성을 높이자 살짝 반론을 펴던 회구의 고개가

쑥 들어갔다. 사부와 같은 사형인 회심 대사가 그렇다 하는데, 계속 반론을 재기한다는 건 있을 수 없는 일이었다.

마침 눈치 잘 보는 회진이 슬며시 옆구리를 찌르자 회구는 얼른 고개를 숙이며 불호를 토해냈다.

"아미타불! 장문사형의 깨우치심이 매우 크옵니다!"

회심 대사의 안색이 봄날 눈 녹듯 풀렸다.

"사제가 이제라도 마음속의 업장을 내려놨다 하니, 이거야말로 부처님의 가호하심이 아닌가! 물론 회진 사제 역시 깨닫는 바가 컸을 테고?"

이미 일이 돌아가는 방향을 눈치챈 지 오래인 회진이었다. 일언반구 반론을 재기할 기력이 남아 있지 않았다. 해서 얼른 고개를 숙여 보인 회진이 역시 고승답게 불호를 토해냈다.

"아미타불! 미거한 사제는 그저 장문사형의 깨우치심을 따를 뿐이옵니다."

"내 그럴 줄 알았네."

"아미타불!"

"아미타불!"

파불쌍금강은 서로 경쟁이라도 하듯 연신 불호를 외었다.

필사적인 모습.

그들을 비웃듯 쳐다보고 다시 회심 대사에게 시선을 던진 모문환이 귀찮다는 듯 소리쳤다.

"대충 의논이 끝났으면 이제 그만 일을 하십시다!"

"일?"

회심 대사와 눈을 마주친 모문환이 좀 더 목청을 높였다.

"빨리 내게 계를 내려주시란 말이오! 바로 소림으로 달려가 잃어버린 내공을 회복해야 하니."

"모 맹주 그게 무슨……?"

"사부께서 소림과 천하무림에 쌓은 공덕이 얼마나 대단하시오! 소림의 대환단(大還丹) 몇 알쯤 제자인 내게 준다 해도 손해 볼 일은 아닐 것이오."

"그렇다면 모 맹주가 빈승에게 계를 받겠다는 건……."

"무림의 평화를 위해 파불의 힘이 필요한 것이오. 물론 나 모문환이 소림의 제자가 된 이상, 모든 공은 천하맹이 아닌 소림으로 돌아가게 될 것이고."

"그런……."

"빨리 머리를 안 잘라주면 내가 자르겠소이다!"

서걱!

모문환이 품 안에서 단도를 빼 들어 머리를 한 움큼 잘라내자 잠시 망연자실해져 있던 회심 대사가 얼른 손을 썼다.

타탁!

"모 맹주, 계란 제대로 받아야 하는 거외다!"

"그럼 직접 잘라주시겠소?"

"빈승이 지옥에 들지 않으면 뉘가 있어 들리오."

나직한 탄식과 함께 모문환을 손짓한 회심 대사는 후일 통탄하며 후회할지도 모를 모험을 감행했다. 모문환을 소림의 제자로 받아들인 것이다.

새로운 움직임들 3

　"…결국 이번 연옥대전은 삼 개월 뒤로 미뤄졌어요. 지난밤의 혈전으로 교두와 수련생 모두 상당히 많은 피해를 입었으니, 당연한 조치라고 봐요. 총단에서 고수들이 투입됐지만, 어차피 용문의 문제는 용문 스스로 풀 수밖에 없으니까요."

　금난주가 단언하듯 말하자 임시로 만든 막사 안에 모여 있던 패왕회 수뇌부의 시선이 일제히 그녀를 향했다. 먼저 입을 뗀 금난주가 깜짝 놀랄 정도로.

　하긴 이곳에 모인 수뇌부들은 지난 며칠간 부상자를 수습하고 교두들의 통제를 따르는 데만도 정신이 없었다. 용문 수련생의 신분으로 피 튀기는 실전을 경험한 터에 연옥대전의 향후 방향까지는 미처 신경을 쓸 수 없는 게 당연했다.

　'쳇, 그렇다곤 해도 이렇게 무사태평한 얼굴들이라니!'

자신에게 몰린 시선들을 빠짐없이 살피며 양볼에 살짝 보조개를 만든 금난주가 새침한 표정으로 단천엽을 바라봤다.

"설마 회주님도 여기 모인 다른 태평한 사람들처럼 어언 언니하고 노느라고 연옥대전에 대해 까맣게 잊고 계셨던 건 아닐 테지요?"

"난주야!"

"왜요? 사실이잖아요."

"으음."

신음과 함께 모어언의 낯을 살짝 붉혔으나 금난주의 얼굴은 천연덕스럽기만 했다. 그녀는 여전히 단천엽에게 시선을 고정시킨 채 재차 물었다.

"회주님, 어언 언니를 앞에 내세우고 난주의 질문에 대답하지 않으시려는 건가요?"

단천엽이 입가에 미소를 띠었다.

"설마요? 그 점, 물론 본인도 염두해 두고 있던 일입니다. 그러나 금 소저가 오늘 그러한 점을 일부러 들춰낸 건 다른 까닭이 있어서겠지요?"

"물론이죠."

"그럼 금 소저의 고견을 들어보겠습니다."

단천엽의 말이 떨어지자 좌중의 시선이 다시 금난주를 향했다. 공이 금난주에게 넘어온 것이다.

'치이, 회주는 어언 언니하고 며칠 붙어 다니더니 말투까지 바뀌었네. 그동안 내가 그렇게 바꾸라고 종용해도 들은 척도 안 하더니.'

단천엽을 잠시 서운한 표정으로 바라본 금난주가 얼른 평소로 돌아와 입을 열었다.

"회주님께서 이미 짐작하고 있다고 하시니 난주가 말을 돌리지 않고 한 가지를 제안하겠어요."

"제안?"

"그래요. 이번에 난주가 회주님 이하 이곳에 모인 여러분들에게 할 제안은 앞으로 패왕회의 미래에 가장 큰 심복지환이 될 낭인회를 박살내자는 거예요."

주변에서 웅성거림이 일었으나 금난주는 이를 무시하고 말을 계속했다.

"부회주인 어언 언니 덕분에 지난 혈전에서 전체 전력의 이 할 정도밖엔 피해를 입지 않은 패왕회에 비해 낭인회의 사상자는 엄청나요. 그 피해 규모는 난주가 대충 어림짐작한 것만으로도 칠 할이 넘을 정도예요. 한마디로 현재 그들은 패왕회의 상대가 되지 않아요. 그러니 그들이 다시 전열을 정비하기 전에 치자는 거예요."

말을 끝낸 금난주가 단천엽을 바라보며 어깨를 으쓱해 보였다. 자신의 의견이 어떠냐는 표정이었다. 해서 이젠 금난주에게 넘어갔던 공이 단천엽에게 돌아온 상황.

주변의 시선이 이번엔 단천엽을 향했다.

묘한 기대와 열망이 담긴 눈빛을 숨기지 않은 채.

그런데 단천엽은 잠시 침묵했다. 어떤 상황에 닥쳐서도 금세 결정을 내리고 강력한 힘으로 계획을 추진하던 평소와는 다소 거리가 있는 모습이었다. 낭인회와 서문휘강이 관련된 일이었기 때문이다.

'아난의 복수는 반드시 해야만 한다!'

단천엽의 양 주먹에 힘이 들어갔다. 아직도 신지를 완벽히 찾지 못한 아난을 떠올릴 때마다 느끼는 가슴속의 고통 역시 여전했다. 이런 고통을 가슴속에 계속 억누른 채 삭이는 건 분명 한계가 있을 터였다.

그러나 단천엽은 침묵 끝에 천천히 고개를 가로저었다. 거부의 의사를 분명히 한 것이다.

금난주가 화난 표정으로 소리쳤다.

"어째서요!"

단천엽이 비로소 침묵을 깼다.

"남의 어려움을 틈타 공격하는 건……."

"여기앤 군자 따위 없어요! 그런 시답지 않은 말 따위 늘어놓지 말고 회주님의 본 마음을 애기하세요! 그렇지 않으면 난주는 물론이거니와 여기 모인 다른 분들도 납득할 수 없을 거예요!"

금난주는 한마디 내뱉을 때마다 목소리를 높였다. 평소의 애교 띤 표정과 달리 무척 거친 언사였다.

참다못한 모어언과 기소천 등이 제지를 하려는 순간, 단천엽이 슬쩍 손을 들어 보였다. 자신이 처리하겠다는 의사를 표시한 것이다.

금난주가 입을 다물었다.

여전히 불만에 가득한 얼굴을 한 채.

단천엽이 미미하게 고개를 끄덕이곤 말했다.

"확실히 본인은 방금 전 헛소리를 지껄인 게 맞습니다. 용문에서 심혈을 기울여 연마한 병법에 의하면 확실한 승리가 보장된 상황에서 승부를 망설이는 것만큼 멍청한 일은 없으니까요."

"그럼 그 멍청한 선택을 하시려는 까닭은요?"

"본인이 서문휘강의 강함을 누구보다 잘 알고 있기 때문입니다."

"아!"

주변에서 탄성이 터져 나왔다. 용문 내에서 서문휘강이란 이름이 주는 두려움과 경외심을 단적으로 보여주는 모습이었다. 그러나 금난주는 여전히 수긍할 수 없다는 얼굴이었다.

단천엽이 그 모습을 보고 보충하듯 말했다.

"물론 금 소저의 의견대로 현재 패왕회의 전력을 모두 투입한다면 낭인회를 이길 수 있을뿐더러, 서문휘강을 사면초가에 빠뜨릴 수 있을 겁니다."

"난주의 말이 그 말이에요! 그 덩치만 거대한 무식한 인간을 패왕회 전체가 포위해서 공격하면……."

"그럴 경우 패왕회는 거의 팔 할이 넘는 전력을 잃게 됩니다."

"설마……."

단천엽이 고개를 가로저었다.

"서문휘강에겐 충분히 그럴 만한 힘이 있습니다."

"그건, 그건……."

금난주가 반박하지 못하고 말을 더듬자 단천엽의 눈에 강한 힘이 담겼다.

"그러니 이번에 낭인회에 도전하는 건 본인 한 사람이면 족할 것 같습니다."

"예?"

"이미 낭인회는 과거와 같은 위세를 잃어버린 상황이니, 나 혼자 서문휘강에게 도전하겠다는 겁니다. 지난번의 빚을 갚기 위해서!"

말을 마친 단천엽이 다시 손을 들어 올렸다. 이미 결정을 내렸다는 뜻이었다.


정오가 지나 단천엽과 모어언이 함께 막사 안에 모습을 드러내자 주변에서 일제히 환호가 터져 나왔다. 막사 주변에 임시로 진을 친 패왕회 소속 수련생들의 입에서 터져 나온 함성이었다.

개중엔 무사로선 절대 해서는 안 되는 행동. 이를테면, 수중의 병장기를 공중으로 집어 던지며 발광에 가까운 휘파람을 불어대는 수련생도 있었다.

그야말로 대호응!

그때 손을 들어 환호에 답을 한 단천엽이 뻔뻔한 얼굴로 옆의 모어언을 가리키며 소리쳤다.

"본시 한 집안의 가장이 무능하면 가장을 대신할 능력있는 이가 있는 법! 여러분의 환호는 무능한 본인이 아니라 새롭게 패왕회의 부회주가 된 모어언 소저를 향한 것이라 생각하겠습니다!"

"우와와!"

방금 전 가장 먼저 병장기를 공중으로 집어 던졌던 전 호화검수들이 다시 절규에 가까운 함성을 터뜨렸다. 단천엽의 선언은 그동안 어중간한 위치에 있던 모어언의 패왕회에서의 위치를 확고하게 하는 의미가 있었기 때문이다.

그래서인지 두 남녀를 바라보는 몇몇 수련생의 눈에는 눈물마저 그렁거리며 맺혀 있었다. 여신이나 다름없이 여기는 모어언과 회주 단천엽의 심상찮은 모습조차 그들의 환호를 줄어들게 만들 순 없었다.

'단 회주라면 상관없다!'

'단 회주라면 모 소저를 분명 행복하게 해줄 것이다!'

'두 사람이라면……'

환호 속에는 쓰디쓴 결과를 감내하는 성숙함이 포함되어 있었다. 개중 떨떠름한 표정을 짓는 자들은 근처의 동료들에게 질질 끌려가거나 옆구리 간지럼 태우기를 당했다. 며칠 전 함께 힘을 모아 목숨을 건 혈전을 벌인 탓에 수련생들은 한결 성숙해진 상황이었다. 결과에 깨끗이 승복할 수 있을 정도로.

물론 여전히 성숙이란 단어와는 거리가 먼 사람도 있었다.

갑자기 터져 나온 함성에 놀라 아미금창을 빼 들고 막사 안에서 뛰어나온 금난주가 바로 그 장본인이었다.

"쳇, 잔뜩 들떠서는!"

금난주가 작게 투덜대자 그녀의 뒤를 종종걸음으로 쫓아온 안환이 짐짓 진중한 표정으로 고개를 끄덕였다.

"그렇지요. 회주가 느닷없이 홀로 서문휘강에게 도전하겠다고 나선 판국에 저리 함성을 지르고 좋아한다는 건 확실히 문제가 있는 현상입니다."

"제 말이 바로 그 말이에요! 역시 안 소협은 다른 패왕회의 얼간이들과는 좀 다르시네요?"

"하하, 제가 좀 그렇습니다."

이를 드러내며 웃은 안환이 평소처럼 다시 자기 자랑을 늘어놓으려는 찰나 금난주가 살짝 고개를 돌려 버렸다. 마치 안환에게 기회를 주지 않겠다는 듯.

해서 입맛만을 다신 안환이 다시 자랑을 늘어놓을 기회를 엿보다 흠칫 놀란 표정이 됐다. 갑자기 환호를 뒤로하고 모어언과 함께 신형을 날린 단천엽의 그림자를 쫓는 금난주의 침울한 눈빛을 발견했기 때문이다.

'이런 빌어먹을! 왜 항상 나만 이런 위험한 광경의 목격자가 되냔 말야!'

속으로 잔뜩 화를 낸 안환이 머리를 연신 벅벅 긁어댔다. 어찌해야할 바를 모르게 된 것이다.

그때 여전히 환호를 멈추지 않는 수련생들 틈에서 기소천과 칠무검이 모습을 드러냈다. 안환으로선 하늘에서 내려온 동아줄이나 다름없었다.

"어어!"

금난주를 뒤로하고 기소천에게 달려가는 안환의 얼굴이 잔뜩 울상을 짓고 있었다.


휙휙!

귓가를 스치는 바람에 개의치 않고 단천엽과 모어언은 한동안 신형을 날렸다. 두 사람 모두 적어도 패왕회의 수련생들 중 어느 누구도 따를 수 없을 정도의 빠르기였다.

그렇게 한참을 달려 용문의 외곽인 용문산 부근에 도착한 두 사람은 누가 먼저랄 것 없이 신형을 멈춰 세웠다. 이심전심(以心傳心). 입 밖으로 내지 않아도 마음이 통하는 두 사람이었다.

단천엽이 용문산을 잠시 올려다보다 먼저 입을 열었다.

"언 매, 나는 이번에 서문휘강과 결판을 지을 셈이야!"

"서문… 휘강은 강해요."

"알고 있어."

"어째서냐고 물어도 될까요?"

단천엽이 모어언을 바라봤다.

부드럽지만 강한 눈빛이었다.

"그에게 나는 받을 빚이 있어. 반드시 나 스스로 받아야 할 빚이."

"그건, 아난 수하르 때문인가요?"

"아난……"

잠시 말끝을 흐린 단천엽이 고개를 저어 보였다.

"아난의 복수는 단지 구실에 불과해."

"그럼 어째서!"

"운명이라고 생각해."

"그게 무슨?"

"운명적으로 내가 언 매를 만났듯 서문휘강 역시 나와 그렇게 연결된 거야. 그리고 그 연결 고리는 나 스스로 풀어야만 해. 서문휘강이란 벽을 뛰어넘지 못하고선 나는 한 발짝도 내 운명을 향해 나아갈 수 없을 테니까. 그러니까……"

"……"

"그렇게 슬픈 표정으로 울지 마."

손을 뻗어 모어언의 두 볼에 흘러내리는 눈물을 닦아준 단천엽이 부드럽지만 완강하게 그녀를 끌어안았다.

"다 가가……"

"잠시만!"

모어언에게 작게 고개를 가로저은 단천엽이 입술로 그녀의 입을 막았다. 첫 입맞춤.

파르르!

모어언의 어깨가 가냘프게 떨렸다.

비 맞은 배꽃처럼.

그녀는 일순 아무것도 할 수 없었다.

그리고 갑자기 앞머리가 바람에 흩날린다고 느낀 순간, 살포시 감겨 있던 눈을 뜬 모어언의 얼굴이 몽롱해졌다. 이미 단천엽의 자취를 찾을 수 없었던 것이다.

'단 가가…… 오라버니…….'

손가락을 입술에 가져다 댄 모어언이 재빨리 단천엽을 좇아 신형을 날리려다 바닥에 주저앉았다. 한 걸음도 떼지 못하고. 그녀는 딱딱하게 군은 채 움직일 수 없었다. 세상에서 가장 사랑하는 두 남자의 결투를 지켜볼 수 없기에.

■ 제51장 ■
마검한백(魔劍寒白)

마검한백(魔劍寒白) 1

낭인회의 피해는 금난주의 예상을 훨씬 웃도는 것이었다.

다섯 십자혈풍조 중 팔 할이 중상으로 약왕당에 들어갔고, 나머지 역시 그리 좋은 상태는 아니었다. 모두 회주인 서문휘강이 혈전의 밤에 갑자기 모습을 감춘 까닭이었다.

낭인회의 대위기!

하나 낭인회의 군사인 조홍은 본래 위기에 강한 남자였다. 평소 전력의 이 할이 채 될까 말까 한 낭인회를 그는 능숙하게 추슬렀다. 그리고 용문 내에 낭인회가 약해졌다는 소문이 돌기 전에 겉모습이나마 완벽할 정도로 전열을 가다듬는데 성공했다.

물론 그러는 과정 중 다소 강압적인 방법도 사용됐다.

어쩔 수 없는 일이었다.

용문의 패권을 놓고 쟁패하는 패왕회의 전력이 거의 팔 할이나 남은 상황이었다. 이런 때 집안 단속마저 그르쳐선 곤란했다. 일단 무리를 해서라도 낭인회의 세력을 유지하는 게 우선이라는 판단이었다. 군사의 본능으로.

그러는 동안 조홍이 무리를 하게 만든 장본인이자 원흉, 서문휘강은 임시로 만들어진 막사 안에 들어앉아 사흘이 지나도록 꼼짝도 하지 않았다.

부친인 모문환에게 얻어맞은 일장의 내상 회복!

그것이 지상 과제였다.

아무리 괴물 같은 체력과 근력을 지닌 서문휘강이라 해도 십성의 자하신기가 담긴 자하구천장의 위력은 무시할 수 없었다. 적어도 한 달간은 꼬박 내상 치료에 힘써야 할 터였다.

'더러운 인간! 갑자기 암습을 하다니!'

서문휘강은 가부좌를 틀고 앉아 내공을 움직이며, 끊임없이 모문환을 욕했다. 잠시의 방심으로 어려서부터 증오해 왔던 모문환의 암습을 방어하지 못했다는 생각이 그의 분노를 더욱 부채질했다. 사실 모문환에게 퍼부어지는 모든 욕설은 그 자신을 향한 것이나 다름없었다.

운기조식에 몰입한 서문휘강의 거대한 상반신은 연신 풀무질당하는 무쇠처럼 붉게 달아올랐다 사그라들기를 반복하고 있었다. 막사 내부가 후끈 달아올라 있는 것과 무관하지 않은 광경이었다.

만약 막사 내부가 이십사 인용으로 넓지 않았다면 천막 자체가 잔뜩 부풀어 올랐으리라!

그런데 한참 욕설과 진기도인(眞氣導引) 외 무념을 유지하고 있던 서문휘강의 감겨 있던 눈꺼풀이 가볍게 떨렸다. 잔경련이었다. 무념 중에 부친인 모문환에게서 느꼈던 것과 거의 비슷할 정도로 위협적인 기운의 접근이 느껴져 왔다.

슈우우!

막사 내부를 미친 듯 휘감고 돌던 열기가 일순 흔적도 없이 사라졌다. 서문휘강이 운기조식을 포기한 것과 동시에 벌어진 일이었다.

스윽!

순식간에 열기를 몽땅 거둔 서문휘강은 바로 가부좌를 풀고 자리에서 일어섰다. 이미 그를 위협한 기운이 지척까지 다가와 있었다.


"단 회주!"

조홍의 선병질적인 얼굴엔 가벼운 혐오의 빛이 떠올라 있었다.

단천엽의 느닷없는 등장에 대한 짜증이었다.

일견한 후 조홍이 느낀 감정의 찌꺼기를 읽은 단천엽이 정중히 포권하며 말했다.

"머리의 붕대를 푼 걸 보니 그리 큰 부상은 아니었나 보군요."

"소생의 부상이 염려돼서 문안오신 건 아닌 것 같습니다만?"

"패왕회를 끌고 오진 않았습니다."

"그건 다행이군요."

"생각 외로 솔직하십니다?"

"단 회주는 바보가 아니니 허장성세가 통할 리 없고, 피차 사정은 빤히 아는 처지니 한 번 봐달라며 비굴하게 머리를 조아린 것뿐입니다."

단천엽이 입가에 담담한 미소를 담았다.

"본 회의 금 소저가 함께 왔다면, 좋은 상대가 될 뻔했는데 아쉽습니다."

"어찌 소생이 귀 회의 금 소저와 함께 삼촌설을 논할 수 있겠습니까? 농담이라도 그런 말은 그렇지 않아도 짧은 제 수명을 단축시킬 뿐입니다."

"그런가요?"

고개를 한차례 갸웃해 보인 단천엽이 어느새 주변에 진을 친 십자혈풍조를 눈으로 훑곤 내심 고개를 흔들었다.

'고작 이 정도밖엔 못 움직이는 것인가? 낭인회의 사정은 금 소저의 예상보다 훨씬 심각하구나.'

"본인은 오늘 낭인회와 싸우기 위해 이곳에 온 것이 아닙니다."

조홍이 손을 들어 진세를 더욱 확고히 굳히곤 어깨를 으쓱해 보였다.

"그럼, 어찌 오늘 이곳에 왕림하신 건지요? 물어도 실례는 아니겠지요?"

"속일 이유가 없겠지요. 오늘 본인이 귀 회를 찾은 건 서문 회주를 만나 가르침을 받기 위해서입니다."

'역시!'

조홍의 하얀 얼굴이 가볍게 일그러졌다.

이미 예상했던 바였다.

시기의 조정만이 있을 뿐이었다.

그러나 현재 서문화강의 몸 상태는 완전하지 않았다. 자신만만, 그 자체나 다름없는 그가 사흘째 막사 안에 들어앉아 운공조식에 힘쓰는 것만 봐도 알 수 있는 일이었다.

어떻게든 시간을 끌어야겠다고 내심 중얼거린 조홍은 다시 무리를 하기로 마음먹었다. 군사란 머리만 좋다고 뽑힐 수 있는 직위가 아니었다. 여차할 땐 주인을 위해 목숨을 바칠 수 있어야만 한다는 게 그의 지론이었다.

"흐음."

나직이 침음을 토한 조홍이 냉철한 눈빛을 번뜩이며 목소리를 저음으로 깔았다.

"단 회주가 오늘 본 회를 찾은 뜻은 잘 알겠습니다. 하지만 지금 하신 말은 모순이 있군요."

"모순?"

"그렇습니다. 단 회주는 방금 전에 오늘 본 회와 싸우려고 이곳에 왕림한 것이 아니라는 요지의 말을 하셨습니다. 그런데 지금은 또 본회의 회주님께 가르침을 받고 싶다니, 이거야말로 모순이 아니겠습니까?"

"……."

단천엽이 조홍 뒤편의 막사로 슬쩍 시선을 던졌다.

낭인회를 찾기 전 일으킨 야수감각도의 초인간적인 감각이 이미 막사 안의 강력한 기운을 읽은 상태였다. 서문휘강은 혈전 때와 달리 낭인회의 중심을 지키고 있었다.

'그런데 어째서?'

단천엽의 눈빛이 차갑게 가라앉자 조홍의 눈에 낭패한 기색이 떠올랐다. 그는 아직 무공에 한계가 있어 단천엽이나 서문휘강처럼 기운이나 기세를 읽을 수 없었다. 그런 경지가 있다는 것조차 알지 못했다.

그러나 군사만의 눈치란 게 있다. 서문휘강이 운기조식에 들어간 막사를 쳐다보는 단천엽의 눈빛이 심상치 않자 그는 마음이 다급해졌다.

낭인회의 전력이 크게 약화된 상태에서 다시 서문휘강의 부상이 용문 내에 소문난다면 끝장이었다. 당장 눈앞의 단천엽뿐 아니라 나머지

삼성이 과거의 복수를 위해 낭인회로 쳐들어올 게 자명했다.

'살인멸구(殺人滅口)라도……'

조홍의 눈에 흉악한 살기가 떠올랐다. 과거 십자혈풍조와 서문휘강을 뚫고 아난을 구하던 날 익히 단천엽이 확인한 바로 그 눈빛이었다.

'역시, 서문휘강에게 문제가 발생했구나!'

일순 단천엽의 전신에서 강렬한 기파가 일어났다.

평소 절대 모습을 드러내지 않던 기운!

이미 잔뜩 성이 오른 야수가 이빨을 드러내며 울부짖었다. 공포란 이름으로.

"으헉!"

"크으!"

조홍의 명이 없으면 절대 미동조차 없어야 할 진세였다. 실제 진세의 주체를 맡은 조장들만 굳건하다면, 인원이 절반으로 줄더라도 무너질 까닭이 없었다.

그런데 진세가 흔들렸다. 진세의 주체인 십자혈풍조의 조장들이 야수의 포효에 놀라 자신도 모르게 뒤로 주춤 물러섰기 때문이다. 조홍으로선 기가 막힐 광경!

"갈! 허장성세에 불과한 기운에 놀라 진세를 흐트러뜨리는 자가 누구냐!"

일시 전신내력을 몽땅 쏟아 부은 조홍의 외침은 효과가 있었다. 단천엽에게서 튀어나온 야수에 놀라 흐트러졌던 진세가 다시 기운을 되찾았다. 조홍의 일갈이 평생 처음 느낀 야수의 공포를 잠시 억누른 것이다.

그때 단천엽이 조홍을 향해 한 걸음 다가섰다.

그저 한 걸음!

그러나 조홍과 진세를 이룬 십자혈풍조가 느끼는 압력은 백만대군의 진군을 맞은 듯했다.

만부부당(萬夫不當:만명이 당하지 못한다)!

단천엽이 그와 같았다.

조홍의 입술이 가늘게 떨렸다.

"저, 정말 해보겠다는 겁니까!"

"충돌은 원하지 않습니다."

"이렇게 압박을 가하면서?"

"서문 회주에게 단천엽이 가르침을 받으러 왔다고 고해주십시오."

조홍이 이를 악물고 소리쳤다.

"단 회주는 먼저 뒤로 물러서는 게 좋겠습니다! 이렇게 겁박을 받아서야 어찌 조 모와 낭인회가 이 자리에서 모두 옥쇄(玉碎)를 한다 해도 단 회주의 청을 받아들일 수 있겠습니까!"

"그도록 하지요."

한마디로 대담한 단천엽이 진짜 뒤로 물러섰다. 야수는 여전히 이빨을 드러낸 채였으나 조홍은 턱까지 찬 숨을 간신히 고를 수 있었다. 주변의 십자혈풍조와 마찬가지로.

'하지만 어째서 이리 쉽사리?'

조홍은 잠시 염두를 굴리다 홱 고개를 돌렸다.

이미 서문휘강이 모습을 드러낸 채였다.

"회주님!"

대경실색한 조홍의 부르짖음에 굵직한 목을 한차례 흔들어 보인 서문휘강이 입술을 꿈틀거렸다.

"조홍, 지금 당장 주변을 물리도록 해라!"

"그건……."

"현재 이곳에 모여 있는 녀석들 정도론 열 배가 더 달려든다 해도 천괴성을 막을 수 없다."

"천괴성이라니! 설마……."

"그 설마가 맞을 것이다."

짧게 대답한 서문휘강이 바로 조홍에게 다가가 그를 옆으로 밀어붙였다. 주변의 십자혈풍조와 마찬가지로 방해가 된다는 판단이었다.

"컥!"

광풍에 휩쓸린 돛단배가 저러할까? 천근추도 사용치 못하고 몇 장 밖으로 나뒹군 조홍을 향해 십자혈풍조가 달려들었다. 서문휘강을 버리고 그를 보호하기 위함이었다.

하나 이미 서문휘강의 시야엔 오직 단천엽뿐이었다. 그는 성큼 단천엽에게 다가선 것과 동시, 입가에 굵은 미소를 만들어냈다.

"설마 했더니 진짜 모회언과 똑같군! 아니, 같은 기운이라도 미쳐 날뛰지 않고 제어할 수 있으니 더 낫다고 해야 하려나?"

"모회언……."

"자네 같은 기운을 뿜어내던 전대 철검회주를 말하는 거다. 뭐, 이젠 용문에서 그의 이름을 기억하는 사람도 몇 안 되지만."

"부상을 당했습니까?"

"부상?"

나직이 반문한 서문휘강이 특유의 오만한 표정을 한 채 코웃음 쳤다.

"흥, 천하에서 가장 비열한 인간한테 한 대 얻어맞은 일은 있으나 완쾌된 지 오래다. 내게 가르침을 받고 싶다면 얼마든지 덤벼들라구. 그렇지 않아도 몸이 근질거리던 참이니까."

"부상의 여파가 아직 남아 있다면, 다른 날을 정해도 상관없습니다만?"

"일없다질 않아! 설마 자네는 그렇게나 화끈하게 투기를 끌어 올려 놓고 이대로 물러나려는 건 아닐 테지?"

"……."

단천엽은 잠시 서문휘강의 안색을 살폈다. 그의 부상 정도를 파악하기 위함이었다. 그러나 익히 모회언과 싸워본 바 있는 서문휘강은 어느새 마음을 굳게 닫건 상태였다. 극한에 이른 야수감각도로도 손속을 겨루지 않고 그의 허실을 탐지할 순 없었다.

'역시 대단하군!'

내심 고개를 끄덕인 단천엽이 힐끔 주변을 둘러보고 정중히 말했다.

"이곳은 너무 번잡한 것 같군요."

서문휘강이 고개를 끄덕였다.

"나 역시 그리 생각했다."

"내가 좋은 곳을 알고 있습니다."

"그럼 앞장서라구!"

서문휘강의 말이 떨어진 것과 동시에 단천엽이 공중으로 신형을 뽑아 올렸다. 물론 서문휘강이 바로 그 뒤를 따랐고.


"이런, 빌어먹을!"

서문휘강의 공력에 눌려 한참 호흡을 가다듬고서야 신형을 일으킨 조홍의 얼굴에 복잡한 기색이 떠올랐다. 걱정과 근심, 의혹이 뒤섞인.

조홍은 서문휘강을 따른 이래 그가 무적이라는 사실에 한 치의 의심도 없었으나 이번만은 사정이 달랐다. 괴물로만 알았던 서문휘강이 부상도 당한다는 사실을 알았고, 단천엽을 통해 그에 버금가는 사람이 세상에 존재한다는 것도 깨달았다.

절대적인 믿음의 균열!

조홍으로선 항시 투덜거리면서도 서문휘강을 따르던 이유 중 가장 큰 부분이 사라진 셈이었다. 그가 서문휘강에게 충성을 맹세하고 온갖 궂은 일을 마다하지 않았던 이유, 바로 절대적인 강함에 대한 동경이.

마검한백(魔劍寒白) 2

단천엽은 빠르게 신형을 날렸다. 누구도 따라잡지 못할 정도로. 그 런 그가 바람을 따돌리며 도착한 곳은 총단 내성의 북쪽 첨탑 부근이 었다.

북쪽 첨탑은 기형적인 내성의 구조 중에 가장 늙고 험악하여 경계 무사조차 범접하지 못했다. 단천엽이 서문휘강과 대결을 하기엔 그야 말로 안성맞춤인 장소였다.

슉!

북쪽 첨탑 앞에 도착하자마자 단천엽은 상천제의 수법으로 매끄러 운 성벽을 뛰어올랐다. 한 번 뛰어오를 때마다 오 장씩 이동했다. 깔끔 하게 다듬어져 디딜 공간조차 없는 성벽이나 그의 발길을 막을 순 없 었다.

그렇게 몇 차례 뛰어오르자 단천엽은 높이 십오 장에 이르는 거대

첨탑 위에 도달해 있었다. 그의 발 아래 내성의 중심인 천원과 삼각, 용문 등이 한눈에 내려다보였다.

마치 천하, 그 자체를 굽어보는 절대자가 된 기분!

하나 단천엽만이 속해 있던 절대의 공간은 곧 또 다른 침입자를 맞았다. 아니, 허락해야만 했다. 어느새 그의 뒤를 쫓아온 서문휘강이 첨탑의 반대편 위에 올라서 있었다.

서문휘강에게 한차례 시선을 던진 단천엽이 다시 발치 아래의 세계를 내려다보며 중얼거렸다.

"기분, 그렇게 나쁘지 않지요?"

밑도 끝도 없는 질문이었다. 그러나 서문휘강 역시 첨탑에 오른 이래 단천엽과 비슷한 기분을 맛본 터였다.

그가 은연중에 고개를 끄덕였다.

"이와 같은 광경을 볼 수 있다는 건 사내로서 나쁘지 않은 일이지. 확실히 이곳은 나쁘지 않아, 용문의 패권을 건 일전을 벌이기엔"

"용문의 패권?"

"사내는 지닌 바 그릇만큼의 책임을 짊어진다. 오늘 자네와 나 서문휘강의 대결에 그 정도의 가치가 얹혀지지 않는다면 우스운 일이 아닐까?"

"……."

단천엽은 대답 대신 서문휘강을 차갑게 바라봤다.

냉전과 같은 눈빛.

부친인 한상월이 말했던 중오를 깨달은 자만이 가질 수 있는 눈빛이었다.

서문휘강의 거대한 동체가 움찔했다. 일순 달려들 듯 포효한 단천엽

몸 안의 야수가 그에겐 손에 잡힐 듯 느껴졌다. 절대의 영역에 도달해 있는 상대 앞에서 공포를 느끼지 않을 수 없었다.

하나 서문휘강은 서문휘강이었다. 그는 순간적으로 움찔했던 온몸의 근육을 다시 활개치게 했다. 꿈틀거리며 근육의 산이 움직였다. 오히려 단천엽의 얼굴에 놀란 표정이 떠올랐다.

"역시 대단하군요!"

서문휘강의 눈빛에 강철의 기운이 포함됐다.

"날 시험한 건가?"

단천엽의 눈빛에 담겨 있던 증오가 씻은 듯 사라졌다.

"부상당한 자를 상대로 포효하고 싶진 않았거든요."

"그래서 결론은?"

"당신! 나 단천엽의 상대가 될 만합니다! 부상의 유무에 관계없이. 지금의 당신은 최고의 상태니까. 아니, 나로선 그렇게 생각하고 상대할 뿐입니다."

서문휘강의 굵은 입술에 흐릿한 미소가 떠올랐다

"시원한 답이다. 지난번과는 완연히 달라졌구나. 남자가 됐어!"

"그런가요?"

역시 입가에 흔쾌한 웃음을 지어 보인 단천엽이 수장을 들어 올렸다. 하늘을 향해. 그러자 일어나기 시작한 폭풍 같은 기파의 파도!

카아아!

단천엽에게서 야수가 울부짖은 순간 서문휘강 역시 산맥 같은 근육 전체에 힘을 쏟아 부었다. 내상이 도지거나 말거나 관계없이.


"이런! 늦었군! 늦었어!"

이수민은 현란한 신법으로 북쪽 첨탑 부근에 도착하자마자 한탄하듯 소리쳤다. 벌써 천번지복하는 굉음과 함께 향후 용문의 패권을 건 일대 쟁투가 벌어지고 있었기 때문이다.

이미 쟁투가 시작된 상황!

이수민은 애초에 생각했던 바와 같이 입회인이 되려던 뜻을 이룰 순 없었다. 대결 장소가 장소이니만치, 용문 사성에 속한 그조차 눈앞에서 벌어지고 있는 쟁투에 끼어들긴 힘들었다. 첨탑 자체가 두 사람 이외엔 발 디딜 틈 없는 곳이기도 하려니와 연신 폭발하고 있는 기파의 소용돌이에 휘말려 든다면 생사를 장담할 수 없었다.

하나 이수민은 여기에서 포기할 수 없었다.

천재라 생각하는 그조차 인정했던 두 사람이 모든 것을 걸고 펼치는 쟁투였다. 평생 다시는 볼 수 없는 광경일지도 몰랐다. 백척간두에 선 두 사람 간의 대결이니 패한 자는 씻을 수 없는 부상을 입을 가능성이 농후했기 때문이다.

'조금만 더 지나면 사람들이 잔뜩 몰려든다. 아니, 그사이 두 사람 간의 대결이 끝날 수도 있다!'

내심 마음을 결정한 이수민이 평소 성격답지 않게 모험을 걸기로 마음먹었다. 그의 무학 인생 중 가장 큰 경험이 될지도 모를 기회를 놓칠 수는 없었다.

이수민의 신법이 더욱 빨라졌다. 목숨을 걸고서라도 일단 첨탑에 오를 요량이었다.

그런데 바로 그때 이수민의 앞을 가로막는 그림자가 있었다. 크기로는 서문휘강을 따르지 못할지라도 다부진 모습만은 비슷한 사내, 거산이었다.

'그가 혼자 왔다?'

이수민은 잠시 걸음을 멈추고 주변을 예리한 눈빛으로 둘러봤다. 귀비 유설영을 찾기 위함이었다. 자신의 진정한 정체를 알고 있는 거산이 홀로 앞을 가로막고 나서진 않았으리란 판단이었다.

과연 거산의 배후에 흐릿한 일렁임이 일더니 유설영의 도자기 같은 모습이 나타났다. 미리 예상치 못했다면 절대 오고 감을 알 수 없는 움직임이었다.

'역시!'

내심 혀를 찬 이수민이 얼굴에서 초조감을 지우고 입가에 넉살 좋은 웃음을 담았다.

"하하, 어쩐지 저런 엄청난 대결이 펼쳐지는데도 사람들이 모여들지 않는다 했더니, 두 분이 주변을 지키고 계셨군요?"

거산의 볼살이 실룩였다.

"용문의 수련생이 이곳에는 어쩐 일이지?"

이수민이 주변을 둘러보곤 고개를 갸웃거렸다.

"이곳에 용문의 수련생이 있습니까? 어째서 소생의 눈에는 보이지 않는 것이지요?"

"자네……."

"설마 소생을 말하시는 거라면 오 대협은 완전히 잘못 짚으셨습니다. 지금 소생은 용문에 침투한 암천의 대공자이지 수련생 신분인 사성이 아니니까요."

어느새 거산과 어깨를 나란히 한 유설영이 책하듯 말했다.

"어찌 중임을 맡은 사람으로서 그리 경망되이 입을 놀린단 말이오! 존부인 남천존자께 그리 가르침을 받진 않았을 터인데."

이수민이 나직이 코웃음 쳤다.

"어차피 두 분이 이곳을 마음대로 활개치고 다닌 만큼 주변에 다른 이목이 숨었다곤 믿을 수 없습니다. 만약 그런 일이 있었다면, 유 소저께서 부친의 명호를 함부로 입에 담진 않았을 터이고."

"대공자는 여전히 능변이시군요."

"용문에 들어와 배운 게 이것밖에 없으니 어쩌겠습니까?"

어깨를 한차례 으쓱해 보인 이수민이 첨탑 위를 한차례 올려다보고 말했다.

"그런데 두 분은 계속 소생의 앞을 가로막을 생각이십니까?"

"그럴 생각이라면요?"

유설영이 태연히 말을 받자 이수민의 눈빛이 차갑게 굳었다. 마치한 겹 가면을 벗어버린 듯.

"가만 생각해 보니 두 분께는 과거 빚을 한차례 진 일이 있군요."

거산의 얼굴에 노한 기색이 떠올랐다.

"빚이라면 우리가 진 것이지 네놈이 졌다고 할 수 있느냐!"

이수민이 피식 웃었다.

"뭐, 어쨌거나 상관할 바 있겠습니까? 지난번에 끝맺지 못했던 승부를 계속하면 되는 것을."

"좋다! 바라던 바다!"

유설영이 뭐라 만류하기도 전에 거산이 앞으로 나섰다.

철수산형의 내공을 잔뜩 끌어올린 채.

'저 바보!'

이수민의 도발에 바로 걸려들어 길길이 날뛰기 시작한 거산을 향해 나직이 한숨을 토한 유설영이 얼른 내력을 끌어올렸다. 천검의 소유자인 이수민이 검을 뽑아 들었을 경우 얼마나 강한지 경험상 충분히 알고 있었기 때문이다.


쾌쾌쾅!

단천엽과 서문휘강의 권각이 부딪칠 때마다 대기가 미친 듯 울부짖었다. 힘과 힘, 기력과 기력으로 맞붙은 두 사람 모두 한 치의 물러섬도 없기에 벌어진 일이었다.

그전에 단천엽이 연이어 펼친 파권식 파뢰는 서문휘강의 두터운 근육을 뚫지 못했다. 오히려 그의 투지를 끌어올리는 역할을 했다.

비권천류영으로 그림자같이 사각을 파고든 단천엽에게 연달아 얻어맞은 서문휘강은 광포하게 울부짖었다. 과거 단천엽을 공포에 질리게 만들었던 바로 그 패도였다.

그리고 일어난 사자모니인의 권기!

첨탑 주변이 온통 광란에 가까운 권영과 권풍으로 뒤덮였다. 더 이상 단천엽으로선 파고들 사각을 찾을 수 없을 정도로.

하나 단천엽은 이미 과거의 공포를 극복한 상내였다.

야수를 웅크리게 한 후 홀연히 뒤로 물러선 단천엽의 눈빛이 냉철하게 빛났다. 서문휘강이 일으킨 사자모니인의 틈을 찾기 위함이었다.

결론은 금세 도출됐다.

서문휘강이 펼친 사자모니인은 전혀 틈을 발견할 수 없었다.

완벽!

그야말로 용문 최강이라 불리는 무인다운 모습이었다.

'역시 잔머리 따윈 필요없는 것이겠지.'

단천엽의 입가에 흐릿한 미소가 떠올랐다. 지금 그의 뇌리 속엔 더 이상 아난 때문에 느낀 서문휘강에 대한 분노가 남아 있지 않았다. 복잡하던 머리 속은 명료해진 지 오래였다.

그와 함께 그의 머리 속을 채운 건 미칠 듯한 투지였다.

눈앞에 모습을 드러낸 절대의 강함에 대한!

그것이 바로 단천엽의 피를 뜨겁게 했다. 하나의 무공을 완벽의 경지에 이르도록 완성한 서문휘강의 존재가 그를 기쁘게 만든 것이다. 야수의 허연 이빨이 차가운 살기와 함께 모습을 드러냈을 정도로.

그 뒤 연신 폭발하는 기파 속에서 단천엽 내부에 웅크리고 있던 야수는 서서히 이빨을 드러냈다.

일격필살!

서문휘강의 목젖을 물어뜯어 뜨거운 핏물로 목을 축이기 위해 야수는 헐떡였다. 서문휘강이 지닌 강대한 힘에 목말라 하면서. 그리고 그때는 순식간에 찾아왔다.

'응?'

무형무극검을 모아 서문휘강의 어깻죽지를 내려친 단천엽의 눈에 일순 기광이 번뜩였다. 전해져 오는 반발력이 현저히 줄어들어 있었기 때문이다.

무형검의 기운이 비록 예리하다 해도 완벽한 사자모니인에 타격을 입히기란 쉬운 노릇이 아니었다. 어차피 일격필살을 위한 사전 작업에 불과했다.

그런데 반응이 오다니?

단천엽은 직감적으로 다시 무형검으로 서문휘강의 철벽 같은 사자모니인을 두들겼다. 느닷없이 돌출된 상대의 약점을 집중 공격하는 건 병법의 기본이었다. 그리고 바로 깨달았다. 서문휘강이 완벽하던 사자

모니인을 버리고 느닷없이 금룡공을 펼쳐 무형검을 흩트린 것과 동시였다.

크룽!

야수의 핏빛 혓바닥이 입술을 핥았다.

진득한 살기!

서문휘강의 약점을 발견한 야수가 벼락같이 달려들었다. 아니, 야수는 이미 단천엽과 동화되어 있었다.

파팟!

서문휘강이 금룡공으로 무형검을 흩트리고 곧바로 나한십팔수(羅漢十八手)가 뒤를 이은 바로 그때였다. 나한십팔수의 수형을 피해 바닥에 털썩 주저앉았던 단천엽의 신형이 벼락같이 튀어 올랐다.

광풍같이 일어난 십여 종류의 강기(罡氣) 속으로!

서문휘강의 굵은 목젖을 노린 채.

그리고 격돌한 두 사람!


비틀!

단천엽이 뒤로 물러선 것과 동시에 서문휘강의 거대한 몸이 쓰러질 듯 휘청였다.

최후의 순간 서문휘강이 호신을 위해 발휘한 강기들은 일제히 종잇장처럼 찢어발겨졌다. 야수의 성난 이빨을 막기에 역부족이었다.

이를 증거하듯 지금 서문휘강의 거대한 몸은 쉴 새 없이 가늘게 떨리고 있었다. 그의 목젖에 새겨진 흉측한 핏빛 장인(掌印)과 무관하지 않은 모습이었다.

일순 단천엽의 입가에 가벼운 한숨이 흘러나왔다. 이미 미쳐 날뛰던 야수를 잠재운 채로.

"역시 당신은 완벽한 상태가 아니었군요."

서문휘강이 목을 손으로 부여잡은 채 쉰 목소리로 중얼거렸다.

"그게 마지막 순간, 손을 거둔 이유냐?"

"당신과는 최상의 상태로 싸우고 싶었던 겁니다."

"……."

서문휘강은 침묵했다. 이유야 어찌 됐든 이번 대결의 패자는 그였다. 그는 변명 따윌 늘어놓는 성격이 아니었다.

서문휘강을 묵묵히 바라본 단천엽이 신형을 돌리며 말했다.

"아난에 대한 원한은 이것으로 잊겠습니다. 하지만 서문 선배와의 재대결… 기다리고 있겠습니다."

"재대결을 원하는가?"

"예."

말을 마친 단천엽이 근처를 휘돌고 있던 바람에 몸을 싣고 첨탑에서 뛰어내렸다. 뒤이어 군건하게 첨탑 위에 버티고 서 있던 서문휘강의 무릎이 소리없이 꺾이는 모습을 보지 않겠다는 듯. 용문의 괴물이라 불리던 서문휘강이나 여기까지가 한계였다.

마검한백(魔劍寒白) **3**

검을 뽑아 든 이수민의 자세는 독특했다.

좌수검(左手劍)에 하단세!

거산과 유설영을 쏘아보는 눈빛과 더불어 검로를 예상치 못하게 하는 힘이 담긴 자세였다.

하나 거산과 유설영은 익히 이수민의 천검에 당한 바가 있었다. 순식간에 허를 찔러드는 극쾌의 변형검, 정도라기보다는 외도(外道)에 가까운 천검에 주의를 기울이지 않을 수 없었다.

"귀비, 내가 몸으로 녀석의 검을 막는 동안 급습해라!"

안색마저 검붉게 변한 채 식식대고 있던 거산답지 않은 전음이었다. 유설영의 눈에 이채가 떠올랐다.

'무인의 본능? 그래, 그만큼 암천대공자의 천검이 대단하다는 거겠지.'

유설영은 대답 대신 미미하게 고개를 끄덕여 보였다.

다른 건 몰라도 거산의 단단한 몸은 믿음이 갔다.

주저할 까닭이 없었다.

이수민의 천검이 움직인 건 바로 그때였다.

파슷!

우수검과 달리 횡에서 종으로 움직인 천검의 검봉은 여지없이 거산의 요혈을 찍고 유설영을 향했다. 한 초식으로 두 사람 모두를 견제하는 동작!

그러나 이미 거산은 각오한 바가 있었다. 자신을 희생해서라도 유설영을 이수민의 천검으로부터 지키겠다는 의지였다.

꿈틀!

거산은 검기에 요혈을 얻어맞은 순간 고통을 참고 철수산형을 펼쳤다. 유설영을 향하던 검기를 그는 주먹으로 후려쳤다. 검기의 진행을 조금이나마 지연시키려는 의도!

허공 중에 튀어 오른 핏방울과 함께 그의 의도는 어느 정도 효과를 봤다. 민활한 뱀과 같던 천검의 검기가 일순 가벼운 뒤틀림을 낳았다.

그리고 바로 그때 유설영이 움직였다.

그녀는 귀영처럼 이수민을 덮쳐 갔다.

번뜩!

옥과 같이 고운 쌍수가 수강을 만들어냈다.

쌍수가 노리는 곳은 하나같이 치명적인 사혈(死穴)이었다.

장난이 아닌 것이다.

'절묘한 합격술!'

이수민의 천검이 바르르 떨었다. 그는 일시 검봉에 힘을 줘서 거산의 철수산형을 떨쳐 냈다. 그리고 다음 순간 이형환위를 펼쳐 옆으로 신형을 움직인 그의 검이 종횡으로 검기를 만들어냈다.

바로 유설영의 가슴과 음부를 노린 채!

"이……!"

유설영이 결국 방어하지 못하고 뒤로 물러섰다. 그녀의 도자기 같은 안색이 가볍게 상기되어 있었다.

수십 년이 넘도록 무림을 종횡하며 이와 같은 치욕을 경험한 바 없었다. 처음이었다. 그때 주먹 하나가 피투성이가 된 거산이 버럭 노성을 터뜨렸다.

"이런 막돼먹은 놈! 감히 귀비를 희롱하다니!"

거산은 성난 멧돼지처럼 이수민에게 달려들었다. 당장 그를 찢어발길 듯한 모습이었다. 뒤로 몇 걸음 물러선 유설영이 만류하려 했으나 이미 상황은 급진전하고 있었다.

'됐다!'

이수민은 대답 대신 눈빛을 차갑게 가라앉혔다. 상대가 흥분하면 할수록 그의 천검은 빛을 발했다. 거산의 성난 씽소리에 굳이 내꾸할 필요성을 느끼지 못했다.

그는 바람같이 천검을 무찔렀다.

모두 거산의 요혈 부위였고, 하나 남김없이 격중이었다.

그러나 그도 한 가지 예상치 못한 일이 있었다.

거산의 각오였다.

거산은 연신 몸을 움찔거리면서도 뒤로 물러서지 않았다. 오히려 그는 연신 이수민에게 권격을 날렸다. 기교로는 제압할 수 없는 패도, 그 자체의 모습이었다.

이수민 역시 마음을 굳힐 수밖에 없었다.

더 이상 시간을 끌 수 없다는 판단이었다.

우웅!

순간적으로 좌수검을 우수검으로 바꾼 이수민의 검에서 거센 울림이 일었다.

진정한 천검!

여태까지와 달리 검기 자체가 달라진 천검이 거산의 몸에 격중했다. 아니, 그의 몸에서 폭발을 일으켰다. 탄검(彈劍)을 펼쳐 낸 것이다.

콰득!

거산의 몸이 순간 뒤로 주춤거리며 물러섰다.

격전이 시작된 이후 처음 있는 일이었다.

"거산!"

유설영이 뒤늦게 달려들었으나 때가 늦었다. 탄검과 동시에 다시 폭검(暴劍)을 일으킨 이수민의 검이 두 사람 모두를 휘감아왔다.

절체절명의 상황!

도리없다 여긴 유설영이 극한까지 귀안을 발휘한 채 폭검을 몸으로 막아내려는 찰나, 이수민이 재빨리 뒤로 물러섰다. 마치 천적을 만난 짐승과 같이.

따당!

이수민이 뒤로 물러선 것과 동시였다.

폭검의 기운이 담겨 있던 그의 천검에서 격한 굉음이 일었다.

검봉이 크게 휘청였다.

십 장을 격하고 날아든 돌멩이가 만들어낸 변화였다.

'크윽!'

이미 검을 잡고 있던 이수민의 손아귀가 찢어져 있었다. 검을 놓치지 않은 것만도 용했다. 당최 평범한 돌멩이 하나에 담긴 경력이 어느 정도인지 가늠키조차 곤란했다.

그때 첨탑에서 뛰어내리자마자 싸움의 조정자가 된 단천엽이 단숨에 십 장을 뛰어넘어 날아들었다.

한차례 도약만으로.

여전히 야수와 동화된 채인 단천엽의 눈빛은 무심하여 이수민의 가슴을 섬뜩하게 만들었다. 폐부를 찌르는 듯 날카로울뿐더러, 온몸의 모공과 털이 쭈뼛 서게 만드는 기운.

공포!

어려서부터 최상의 조건에서 자란 이수민으로선 난생처음 느끼는 감정이었다. 그래서 절대 인정할 수 없었다.

번뜩!

천검으로 단천엽의 접근을 막은 이수민이 뒤로 한 걸음 물러섰다. 무학의 이치에 하등 어긋나지 않는 모습.

하나 천검과 같은 파격의 검을 익힌 이수민으로서 굴욕적인 후퇴나 다름없었다. 그 자신만이 느끼는 감정에 불과할지라도.

이수민의 이글거리는 눈빛을 접한 단천엽이 삼 장 앞에 멈춰 섰다. 거산과 유설영의 위기를 구했으니 더 이상 이수민을 압박할 까닭이 없었다.

그때 느닷없는 단천엽의 구원에 안색을 붉힌 유설영이 품 안에서 검한 자루를 꺼내 들었다.

길이는 이 척 다섯 치.

보통 검보다 한 치가량 긴 검파의 끝에는 묘안석이 박혀 있었고, 묵빛 검갑에 가리워진 검신에서 묘한 기운이 흘러나왔다.

영혼을 울리는 느낌이랄까?

단천엽은 유설영의 손에 쥐어진 묵검에 한눈에 반했다. 마치 처음으로 사랑의 열병이 든 것처럼.

"그 검은……?"

유설영이 단천엽의 내심을 짐작한 듯 입가에 살짝 미소를 지어 보였다.

"한백마검! 과거 한때 천하를 피로 물들였던 절세의 신병이에요."

"한백마검이라면, 분명 절반으로 나뉘었던 걸로 기억합니다만?"

"대주께서 천하제일의 대장장이에게 맡겨 이 년 만에야 다시 살려냈습니다. 그리고 오늘 천비에게 맡기며 이르시길 단 공자에게 전하라 하셨습니다."

"……."

단천엽이 다른 질문을 하기도 전이었다. 유설영의 손을 떠난 한백마검이 날아들었다. 마치 향기 농염한 꽃을 만난 나비와 같이.

탁!

한백마검을 받아 든 순간 단천엽은 문득 체내로 지독한 한기가 파고드는 걸 느꼈다. 과거 한백마검의 검편으로 만들어진 단검을 다룰 때완 전혀 다른 느낌, 마치 뭉툭하던 검인에 날이 세워진 그런 느낌이었다.

'그러나 나는 이놈이 마음에 든다!'

단천엽은 자신도 모르게 검인을 뽑으려다 잠시 눈살을 찌푸렸다. 눈앞의 이수민이 방금 전과는 비교도 되지 않을 정도의 살기를 뿜어냈기 때문이다.

팅!

단천엽은 검갑을 손가락으로 한차례 팅기고 발검을 포기했다. 서문
휘강을 이긴 상황에서 눈앞의 이수민이 두렵진 않으나 굳이 싸우고 싶
은 마음도 없었다.

"암천대공자라고 하셨습니까?"

단천엽이 발검을 포기하자 이수민 역시 살기를 눈에 띌 정도로 줄였
다. 그의 얼굴에 평소와 같은 여유가 조금 돌아왔다.

"그렇게 불리기도 하지."

"그렇다면 천권 화 노사를 기억하시겠군요?"

"천권?"

잠시 미간을 좁혀 보인 이수민이 미미하게 고개를 끄덕였다.

"자네가 말하는 사람이 권왕각의 권사 중 무상 단백경과 더불어 첫
째 둘째를 다투던 천재 권사를 말하는 거라면, 그렇다고 해야겠지."

"화 노사는 내 스승이십니다."

"스승? 천권보다는 자네가 훨씬 더 강해 보이는데?"

"강함의 유무와 관련없는 일이지 않습니끼?"

"그건 그렇군. 자고로 무림 중에 청출어람(靑出於藍)한 사람이 그리
드물었던 것도 아니고."

잠시 말을 멈춘 이수민이 입가에 흐릿한 미소를 담았다.

"그래서 자네는 스승의 복수를 하려는 건가?"

"오늘은 그냥 넘어가겠습니다."

"어째서?"

"달리 할 일이 생겼기 때문입니다. 이미 이 선배의 정체를 알았으니
급할 것도 없겠지요. 화 노사의 복수는 후일 천천히 갚아줄 생각이니

까요."

"……."

잠시 여유를 찾았던 이수민의 얼굴이 가볍게 일그러졌다. 예의 바르되 강한 단천엽의 모습에서 자신에 대한 철저한 무시를 느꼈기 때문이다.

하나 현재 그는 한백마검을 든 단천엽을 상대하기 힘들다고 생각했다. 눈앞의 단천엽은 이미 과거의 그가 아니라 서문휘강을 이기고 용문 최강, 연옥일좌의 자리를 확보한 최강자였다. 얕볼 만한 상대가 아니었다.

'뭐, 일 대 삼의 싸움 따윈 나 역시 전혀 하고 싶지 않은 일이니까.'

교활하게 스스로를 속인 이수민이 쓴웃음과 함께 뒤로 한 걸음 물러서더니, 바로 신형을 돌려 바람같이 사라졌다. 일단 결정을 내린 이상 망설임을 보일 까닭이 없었다.


쿵!

이수민이 사라지자 거산이 비로소 거친 숨결을 토해내며 바닥에 털썩 주저앉았다. 연달아 이수민의 천검에 십여 차례나 가격을 당한 그의 온몸은 이미 피투성이로 변해 있었다.

그런 거산을 감정이 담긴 눈빛으로 일별하고 단천엽에게 다가간 유설영이 정중하게 고개를 숙여 보였다.

"천비와 노비가 단 공자의 도움에 감사드립니다."

"오히려 내가 너무 늦었습니다."

"아닙니다. 단 공자께서는 시의적절할 때 도움을 주셨습니다. 만약 단 공자의 도움을 받지 못했다면, 천비는 암천대공자와 동귀어진을 할 수밖에 없었을 테니까요."

단천엽이 미미하게 고개를 끄덕여 보였다.

"뭐, 윗사람으로서 수하를 챙기는 건 당연한 일이 아니겠습니까? 설영 누님과 거산 형이 무사한 것만으로 나는 만족합니다."

'그새 단 공자의 말투가 바뀌었구나. 하긴 파군성을 힘으로 누르고 천추성을 기세로 제압하여 달아나게 했으니 당연한 일일 테지.'

내심 고개를 끄덕인 유설영이 허리를 바로 하고 슬며시 질문했다.

"그런데 외람되나 단 공자께 천비가 한 가지 질문해도 되겠는지요?"

"이 선배를 어째서 그냥 보내줬는지 궁금하신 게지요?"

"암천대공자는 성격이 광망하고 대주의 명조차 쉬이 어기는 탓에 한 차례 따끔한 가르침이 필요하다고 천비는 생각하고 있습니다."

"그 따끔한 가르침을 내가 준다면 더욱 큰 효과를 발휘할 테고요?"

"최상의 방법이라 생각합니다."

"그렇군요. 하지만 나는 오늘 시간이 부족하다고 여겼습니다."

"어째서?"

"설영 누님께서 오늘 거산 형과 함께 한백바검을 가지고 날 찾은 건 필시 중요한 일이 있어서일 테니까요."

"……."

"아닌가요?"

단천엽이 씩 웃자 유설영이 다시 허리를 숙여 보이곤 고했다.

"대주께서 찾으십니다."

"역시……."

잠시 시선을 들어 첨탑 위를 올려다본 단천엽이 어느새 부상을 털고 일어선 거산에게 소리쳤다.

"거산 형, 지금 움직여도 상관없겠습니까?"

거산이 황송한 표정으로 허리를 조아렸다.

"그저 겉가죽에 조금 상처를 입었을 뿐입니다. 대주께서 찾으셨는데, 이놈 때문에 단 공자께서 걸음을 지체하셔선 곤란합니다."

"알겠습니다."

바로 응락한 단천엽이 유설영에게 말했다.

"그럼 앞장서시지요."

"천비, 분부 따르겠습니다."

단천엽에게 답한 유설영이 슬쩍 눈짓을 주자 거산이 얼른 그녀 곁으로 달려왔다. 여전히 그의 몸은 피에 젖어 있었으나 전혀 개의치 않는 모습이었다.

■ 제52장 ■
## 살수(殺手)가 되라!

# 살수(殺手)가 되라! 1

한상월은 변함없는 자세로 단천엽을 맞았다.

처음 봤을 때와 전혀 달라진 게 없는 모습이었다.

'하긴 처음부터 머리는 새하얗게 세어 있었지만 얼굴은 잘생긴 분이 셨지.'

단천엽은 한상월에게 가볍게 고개를 숙여 보이곤 피식 웃었다. 그새 천하맹 총단에 든 지 몇 년이 지났다 생각하니 묘한 기분이 들었다.

한상월이 턱을 손가락으로 한차례 스윽 매만지곤 고개를 끄덕였다.

"서문휘강을 이겼다고?"

"서문휘강은 부상 중이었습니다."

"그래서 만약 그 녀석이 건강한 상태였다면, 야수감각도를 완벽하게 사용할 수 있는 상태에서도 질 수 있었단 뜻이냐?"

단천엽의 눈 깊은 곳에서 담담한 안광이 번뜩였다.

"그렇진 않을 겁니다."

"결국 녀석이 건강했다 해도 충분히 자신있었다는 뜻이구나."

"병법자는 확실한 승부를 자신하고서야 싸움에 나섭니다."

"무인 간의 싸움에 병법이라……. 여전히 마음에 들지 않는 놈이구나!"

타박과 달리 쿡 하고 입가에 미소를 띤 한상월이 화제를 바꿨다.

"선물은 마음에 들더냐?"

"선물?"

단천엽은 손에 들린 한백마검의 서늘함을 떠올리곤 눈살을 가볍게 찌푸려 보였다.

"한백마검은 어머님과의 애정의 증표라고 알고 있습니다. 어찌 다시 이어 붙이신 건지 물어봐도 되겠습니까?"

"필요했으니까. 그런데 네 녀석은 아직 내 질문에 대답하지 않았다. 나는 마음에 들지 않냐고 물었다."

"한백 같은 절세보검에 마음이 동하지 않을 무사는 없습니다. 다만……."

"그럼 됐다!"

목소리를 높여 단천엽의 말을 자른 한상월이 명령했다.

"검을 뽑거라! 무사가 되어가지고 절세보검을 손에 넣고도 한번 뽑아보지 않는다면 살아 무엇 하겠느냐."

"……."

단천엽은 잠시 한상월을 바라보고 한백마검을 뽑았다.

슥!

매끄러운 얼음 위를 스치는 느낌.

한백마검의 검인이 심혼을 울리는 요광(妖光)과 함께 모습을 드러냈다. 금세 살아서 꿈틀거릴 것만 같은 검기와 더불어.

한상월의 눈에 잠시 애잔한 기운이 떠올랐다.

"그 검에 얼마나 많은 고수가 목숨을 잃었던가! 얼마나 많은 애사(哀史)가 함께했던가! 오호통재라! 이제 한낱 살행을 위한 도구로 변했으니, 가슴이 아프구나!"

잠시 검광에 홀려 있던 단천엽의 눈썹이 치켜 올라갔다.

한상월의 마지막 말 때문이었다.

슥!

다시 한백을 검갑에 가둔 단천엽이 한상월을 노려봤다.

"역시 그런 것입니까?"

한상월이 언제 애잔한 눈빛을 떠올렸냐는 듯 무심히 단천엽과 시선을 마주쳤다.

"그런 것이다. 이제부터 네 녀석이 떠나야 할 살수행(殺手行)은 꽤나 어려운 것이니까."

"두 번째 임무입니까?"

"뭐, 대충 용문의 장악은 끝난 게 아니더냐? 첫 번째 임무가 끝났으니 두 번째로 들어가는 게 당연한 것이겠지. 그러기 위해 많은 시간과 공을 들여 네 녀석을 키운 것이고."

"흡사 제게 꽤나 많은 걸 해주신 것처럼 말하시는군요?"

단천엽이 비꼬인 내심을 드러냈다. 그동안 참고 마음속에 쌓아뒀던 불만이 슬쩍 비집고 튀어나온 것이다. 한데도 한상월은 요지부동이었다.

"그 결과물이 지금 네 녀석 몸 안에서 꿈틀대고 있잖느냐. 설마 네 나이에 지금과 같은 능력을 성취한 게 모두 혼자 잘났기 때문이라고 생각하는 건 아닐 테지?"

"그건 아니지만……."

"그럼 빚을 갚아라! 네 녀석에게 내리는 명령도 이번이 마지막이니까."

단천엽의 눈에 이채가 떠올랐다.

"마지막… 이라고 하셨습니까?"

한상월이 고개를 끄덕였다.

"마지막이다! 어차피 이번 살수행에 성공한다면, 네 녀석은 이미 내가 제어할 수 있는 범위를 뛰어넘게 될 테니 미련 갖지 않고 자유를 주겠다."

단천엽은 이번 살수행이 자신의 예상을 뛰어넘을 정도로 어려우리란 생각이 들었다. 그가 아는 한 천하에서 가장 자신만만하고 제멋대로인 사람이 부친인 한상월이었다. 그만큼의 능력을 겸비한 것도 사실이었고, 어느 정도 마땅하단 생각 역시 들었다. 도저히 한상월에게 겸손이라거나 겸양 같은 모습은 어울리지 않았기 때문이다.

그런데 그런 한상월이 지금 단천엽 앞에서 처음으로 약한 모습을 보이고 있었다. 여전히 뻔뻔한 표정에 무심한 눈빛이나 단천엽은 그의 미묘한 변화를 체감했다. 살수행이 언급된 상황이니, 그냥 아무렇게나 넘길 수 없는 문제였다.

'설마 황제의 목이라도 가져오라는 건 아닐 테지?'

순간 그럴지도 모른다는 생각에 가볍게 긴장한 단천엽이 확인하듯 물었다.

"여태까지의 수련은 모두 이번 살행을 위한 것이었습니까?"

한상월이 고개를 저었다.

"그렇진 않다. 네 녀석을 포함한 다섯 놈은 본래 용문에서의 수련을 끝마친 후 천하맹의 오천 군세를 맡도록 예정되어 있었다. 물론 다섯 놈 중 가장 뛰어난 놈이 오천 군세의 수장이 될 테니······."

"본래 제가 오천 군세를 장악하길 바라셨군요?"

"천하맹의 최강이 흑백 양 부대라면, 최고 정예는 오천 군세니까 꽤 네 녀석에게 건 기대가 컸던 셈이지. 사실 갑작스레 반검맹과의 전쟁이 벌어지지 않았다면 네 녀석을 이렇게 급히 필요로 하진 않았을 것이다."

"그 말은······."

단천엽은 말끝을 흐렸다. 그는 한상월이 천연덕스레 하는 말 따윈 전혀 동의하지 않았다. 아니, 아예 깡그리 무시했다. 그가 아는 한상월은 천하를 손바닥 위에 올려놓고 자신 마음대로 재단하는 사람이었다. 예상외의 일이라거나 예상 밖의 일을 만났다는 말은 전혀 어울리지 않았다.

'다만 이번에 내가 죽어야 할 사람이 황제가 아닌 건 분명한 것 같으니, 그건 다행이라고 생각해야 하려나?'

내심 나직이 한숨을 내쉰 단천엽이 말을 이었다.

"그래서 제 자유와 맞바꿀 만큼 중요한 이번 살수행의 대상은 누구인 겁니까? 더 이상 말을 돌리지 말고 확실해 말해 주십시오!"

"호오!"

한상월의 눈가에 처음으로 가벼운 이채가 떠올랐다. 여태까지 단천엽을 손바닥 위에 올려놓고 놀이를 벌이던 마음이 바뀐 것이다. 물론 여전히 그의 입가는 미소를 짓고 있었고, 그 미소는 '제법 세게 나오는

데?' 하는 정도의 감정을 담고 있었다. 아직까지는.

툭!

한상월은 답 대신 지저분한 책상 위를 뒹굴고 있던 책자 하나를 집어 던졌다. 보통의 서책보다 훨씬 얇고, 방금 전에 만들어진 듯 묵향이 감도는 책자였다.

"현문비록(玄門秘錄)? 이건……?"

단천엽의 의문에 한상월이 답했다.

"대대로 우리 한가(韓家)가 속해 있던 문파의 심득이 담겨 있는 비급이다. 이제 네 녀석도 장성했으니 넘겨주는 게 도리이겠지. 하지만 그리 큰 기대는 품지 말아라. 야수감각도를 완벽하게 터득한 네 녀석에게 어울릴 만한 절기는 일초식의 검공밖엔 없으니까."

"일초식의 검공이라면?"

"현문일검, 천왕(天王)! 네 녀석이 한백으로 펼쳐야 할 살초의 이름이다."

"천왕……."

"극강의 초식으로, 중원제일검이라 불리는 모 맹주의 뇌벽지존검의 최후 초식인 만천폭뢰(滿天爆雷)에 비견되는 유일한 검초이다. 아, 절대고수의 호신강기를 뚫는 데는 오히려 더 나은 점이 있고. 그러니……."

잠시 설명을 멈추고 단천엽 쪽으로 조금 허리를 숙여 보인 한상월이 무심한 표정으로 말했다.

"너는 한백과 천왕으로 신검을 죽여라!"

"신검이라면… 설마!"

"그래, 네 이번 살수행의 대상은 반검맹주 신검 남궁성환이다."

꽈악!

한백마검을 쥐고 있던 단천엽의 손에 자신도 모르게 힘이 가해졌다. 분노 때문이 아니었다. 격하게 뛰기 시작한 심장이 시킨 일이었다.

그는 여태까지 사람을 죽이는 살수가 되라는 명령에 다소나마 부담을 느끼고 있었다. 아무리 자신의 자유가 담보된 명령이라지만, 명령에 의해 사람을 죽이는 살수가 되고 싶진 않았다. 어느새 마음 깊숙한 곳에 자리잡은 무인의 자존심이 그걸 거부했다.

하나 상대가 신검 남궁성환이라면?

강북의 패자인 창천무극검제 모문환과 천하에서 유일무이하게 비견되는 천하제일검이라면 얘기가 달랐다.

신검과 검제는 천하 모든 무인들의 목표였다. 언젠가 뛰어넘기 위한 거대한 벽이었다. 그들의 존재, 그 자체만으로 천하 모든 무인들은 여일(如一)하게 검을 휘둘렀고, 꿈을 꿨다. 언젠가 그들을 뛰어넘어 절대지경에 이를 날을 위하여.

신검 남궁성환!

그의 이름이 의미하는 바는 그만큼 대단했다. 함부로 살수행을 논할 만한 이름이 아니었다. 그가 신검이라 불리고, 용호가 넘친다는 강남무림 최강자인 오지(五地)의 으뜸 자리에 오른 건 평범한 인간으로선 상상조차 못할 고난과 역경, 무수한 도전을 이겨냈기 때문이었다. 그 중 무수한 살수의 검인을 뿌리쳤으리란 건 누구라도 쉽사리 짐작할 수 있는 일이었다.

"…첫 살수행치고는 대단한 거물이군요."

오랜 침묵 끝에 단천엽이 입을 떼자 한상월이 차가운 웃음으로 답했다.

"무의미한 호북에서의 전쟁을 종결시키기 위한 첫 번째 포석이다."

"그럼 문상의 천하 경략의 포석에서 저는 사석에 포함되는 겁니까?"

"그럴 수도 있겠지."

한상월은 부인하지 않았다. 그 점이 단천엽에겐 전혀 놀랍게 생각되지 않았다. 오히려 좀 전 다소 머뭇거렸던 모습보다는 지금이 더욱 잘 어울린다는 생각이 들었다.

게다가 살수행의 대상이 신검 남궁성환이란 말을 들었을 때부터 꿈틀거리기 시작한 몸 안의 피가 아직 뜨거웠다. 쉬이 식혀질 성질의 것이 아닌 뜨거움. 무사로서 신검과 검을 맞댈 기회를 포기한다는 건 바보 같은 짓이란 생각이 들었다. 한상월의 명에 따라야 한다는 것과는 별도로.

단천엽의 눈이 깊숙이 가라앉았다.

"언제 떠나면 되겠습니까?"

한상월이 씩 웃었다.

"역시 성장했구나."

"처음, 문상을 만났을 때부터 저는 클 만큼 컸었습니다."

"제법 말대꾸까지."

내뱉은 말과 달리 그리 나쁜 기분을 내보이진 않은 한상월이 앞으로 끌어당겼던 허리를 바로 했다.

"호북 전선이 반검맹의 통천명 때문에 위태롭다. 사흘 뒤 증원군이 출발할 때 함께하거라."

"알겠습니다."

대답과 함께 신형을 돌리는 단천엽을 한상월이 목소리를 높여 잡아세웠다.

"이번 증원군에는 패왕회의 연옥백강이 포함된다."

"무슨!"

신형을 돌린 단천엽에게 한상월이 퉁명스레 말했다.

"그 녀석들도 다 써먹으려고 키웠다. 싱싱할 때 실전에 투입되어 싸워보는 것도 후일을 위한 포석의 하나니까, 불만을 갖진 말아라."

"제 살수행의 방패막이로 삼으려는 건 아니고요?"

"물론 그런 뜻도 있지. 반검맹의 통천명은 꽤나 성가신 녀석이니까."

"……."

한상월을 잠시 바라본 단천엽이 다시 신형을 돌렸다. 한시라도 빨리 한상월과 헤어지고 싶다는 듯.


잠시 후 한상월만이 남은 집무실에 유설영이 모습을 드러냈다. 그녀의 하얀 옷자락에서 거산을 치료할 때 묻은 핏자국을 발견한 한상월이 눈살을 가볍게 찌푸렸다.

"거산은 많이 다쳤나?"

유설영이 부복한 채 고했다.

"그저 겉가죽에 조금 상처를 입었을 뿐입니다. 아무리 암천대공자의 천검이 날카롭다 해도 그에게 중상을 입힐 순 없으니까요."

"그렇긴 하나 그 쬐끔한 녀석의 검은 이 년 전보다 훨씬 날카로워진 것 같군. 거산을 피투성이로 만들다니. 제 아비조차 그 나이 때 그 정도의 무위를 보이진 못했는데 말야."

"암천대공자는 뛰어납니다, 본신의 실력만으로도 오성 중 세 손가락 안에 들 정도로. 하지만 천비가 보기에 이미 단 공자의 상대는 아닌 줄로 압니다."

"흠, 그렇겠지. 천엽 녀석은 이미 현문의 야수감각도를 극한까지 사용할 수 있게 됐으니. 다만 아직 마음이 모질지 못해 걱정했는데, 오늘 보니 그것도 아닌 것 같고 말이야."

유설영의 눈에 이채가 떠올랐다.

"드디어 단 공자를 소주로 인정하신 건지요?"

"아직."

미미하게 고개를 흔들어 보인 한상월의 시선이 천장을 향했다.

"아직이야! 녀석이 진짜 자신의 운명을 알고 아비인 내게 검을 겨누기 전까진."

"대주……."

말끝을 흐린 유설영은 천천히 고개를 숙일 뿐이었다. 그녀는 한상월의 양어깨에 짐 지워진 무게의 정체를 알고 있었다. 그의 잔혹함과 무심함 너머에 숨겨진 진짜 속마음과 함께.

## 살수(殺手)가 되라! 2

주천학은 오랜 묵상 끝에 눈을 떴다.

깊이를 알 수 없는 안광이 눈 깊은 곳에서 튀어나와 어둠을 밝히다 소리없이 스러졌다. 오랜 기간, 그러니까 태어나 세 살이 된 시점부터 연마해 왔던 황궁 최강의 무공인 친룡무싱심공(天龍無上心功)이 드디어 완성됐다.

기쁘지 않다면 거짓말이리라!

오늘과 같은 날을 위해 주천학은 수없이 많은 나날, 무공 연마 외엔 곁눈질 한 번 하지 않았다. 고독하고 외로운 길. 다시 떠올리기 싫은 고련의 연속이었다.

자신의 의지와 관계없이 결정된 운명을 뛰어넘어 최고가 되고자 함이었다. 그리고 그 토대가 오늘 마련됐다. 한데 완성의 시간, 주천학의 안색은 그리 밝지 못했다. 신공의 완성을 위해 희생했던 명예가 그의 심기를 어지럽혔다.

'서문휘강······.'

주천학은 서문휘강에게 당했던 굴욕을 떠올렸다. 살이 떨려왔다. 그리고 피가 거꾸로 돌았다. 그만큼 서문휘강에게 당했던 패배는 그의 태생적인 자부심에 심한 생채기를 냈다. 천룡무상심공의 특성상 완성되기 전까진 본신의 전력을 십분 발휘할 수 없어 벌어진 일이었다.

하지만 단지 그뿐일까?

주천학은 내심 고개를 가로저었다.

그날 서문휘강에게 느꼈던 압도적인 힘의 차이를 떠올리자니 절로 몸이 움츠러들었다. 신공이 완성된 시점임에도 그는 서문휘강을 확실하게 이길 자신을 가질 수 없었다.

그게 주천학을 괴롭게 만들었다.

평생을 다 바쳐 완성한 신공이었다.

스스로 완벽하다 자신했던 신공.

그런데 그것을 가지고도 서문휘강을 뛰어넘을 자신이 없다니!

이대로라면 운명을 뛰어넘기 위해 선택했던 무인의 길에서마저 정상에 올라선다는 건 요원할 뿐이었다. 그동안 한바탕 꿈을 꾸고 망상에 빠진 게 될 터였다.

"그럴 수는 없다!"

어둠 중에 나직이 일갈을 토한 주천학이 가부좌를 풀고 자리에서 벌떡 일어섰다. 지금 당장 폐관을 깨고 낭인회로 찾아갈 심산이었다. 그래서 서문휘강과 지난번 끝내지 못한―주천학은 자신의 패배를 오만한 자존심으로 여전히 인정하지 않고 있었다―승부를 끝맺으리라.

주천학의 준수한 얼굴에 굳은 결의가 떠올랐다.

한데 막 밖으로 나서려던 그의 움직임이 멈칫했다. 문상 한상월의 비호 아래 은밀히 숨겨져 있던 은신처 바로 앞에서 가벼운 움직임이 감지됐기 때문이다.

'이곳을 아는 자는 연사홍뿐이다. 그가 이 시각에 이곳을 찾을 리 만무한데……'

염두를 굴린 주천학의 검미가 치켜 올라갔다.

적이란 판단이었다.

티팅!

주천학의 손끝에서 한 가닥 진기가 밖으로 튀어나갔다.

비전의 천룡무영지(天龍無影指)였다.

그러자 반응이 왔다. 살을 불칼로 지지는 듯한 소음과 함께 숨죽인 신음이 똑똑히 귓전으로 파고들었다.

물론 주천학이 그것만으로 만족할 리 없었다.

스윽!

신음이 흘러나온 방향을 향해 바람처럼 신형을 날린 주천학의 쌍수가 십자형을 이룬 순간 두터운 양기죽으로 만들어진 처막이 찢겼다.

사람 하나가 통과할 만한 크기.

그 사이를 뚫고 은신처인 막사를 빠져나온 주천학의 눈앞에 한 손을 바닥에 짚은 흑의복면인이 보였다. 아무리 에누리해 보더라도 의심스러운 자였다.

우웅!

대뜸 주천학이 내공이 운집된 수장을 들어 올리자 흑의복면인이 갑자기 납작 바닥에 엎드렸다. 마치 죽었던 상관을 다시 만난 듯 오체투지한 것이다.

"그대는?"

주천학이 짧게 질문을 던지자 흑의복면인이 여전히 코를 땅에 박은 채 고했다.

"비천각(秘天閣) 소속의 십일호입니다."

"비천각? 그렇다면 황천의 비밀 호위란 말인가?"

"그렇습니다. 소인은 비천각주의 명을 받자와 오 년 전부터 천하맹 총단에 잠입해 임무를 수행 중이었습니다."

"흠."

주천학이 비로소 수장을 내려놨다. 이미 잔뜩 장심에 운집해 있던 진기는 흔적도 없이 사라진 뒤였다.

주천학이 자신의 말을 믿는 눈치를 보이자 흑의복면인, 그러니까 비천각 십일호는 내심 한숨을 토하고 고개를 조금 들었다. 주천학의 안색을 살피기 위함이었다.

그때 주천학이 냉랭한 눈빛을 한 채 말했다.

"황천의 비천각이 오랜 기간 무림의 주요 세력을 감시했다는 건 익히 알고 있는 사실이다. 무림 중에 비천각의 행사를 눈치채고 있는 이들은 몇 없을 테니, 일단 자네의 말은 믿기로 하고. 자네는 어째서 오늘 내 거처를 찾은 것이지?"

주천학의 마지막 질문에는 무서리가 실려 있었다. 만약 제대로 된 대답이 없다면 아무리 비천각 소속이라 해도 용서치 않겠다는 의지의 발로였다.

말이 비천각 십일호이지, 실제론 강호 제문파의 밀정과 다름없는 역할을 수행해 온 흑의복면인이 눈치채지 못할 리 없다. 내심 움찔 놀랐으나 겉으론 태연함을 가장한 채 그가 말했다.

"소인이 오늘 이황자(二皇子) 전하를 찾은 건 다름이 아니오라, 비천각주의 명을 전하기 위함이옵니다."

"비천각주가?"

"예, 그러하옵니다."

말을 마친 십일호가 품 안에서 밀서를 꺼내 들었다.

품 안에 들어왔을 땐 웬만한 암호 전문가조차 해석하기 힘든 암호문으로 적혀 있었던 걸 바른 글로 풀어쓴 밀서였다. 그러나 십일호는 밀서에 전혀 자신의 손때가 묻지 않은 양 들어 바쳤다. 태어날 때부터 특권 의식이 몸에 밴 황족들이란 자신들의 비밀을 아는 자들을 세상에 살려두지 않는 못된 버릇이 있음을 알고 있었기 때문이다.

그런 십일호의 내심을 알 리 없는 주천학은 밀서를 받아 펼치곤 눈살을 가볍게 찌푸렸다. 자동적으로 밀서를 쥔 그의 손끝이 가볍게 떨렸다. 황천의 중심부에서도 비밀의 베일 뒤로 꼭꼭 숨어 있는 비천각주의 정체를 눈치챘기 때문이다.

'비천각주가 형님이었다니……!'

이황자 주천학이 형님이라 부르는 인물, 다음 대 황천의 주인인 황태자 주진언은 파락호나 마찬가지인 사람이었다. 나이 서른이 넘어서까지 제왕학을 공부하긴커녕 주색잡기에만 열을 올렸고, 북경(北京)의 고관대작 집을 드나들며 적지 않은 말썽을 일으켰다.

결코 천하를 경영할 재목이 아니다!

세간의 평이었다.

해서 주천학으로 하여금 내심 천자(天子)의 위에 대한 야망을 불태우게 만들었던 그가 비천각주라니!

주천학이 받은 충격은 적은 것이 아니었다. 만약 요 근래 서문휘강에게 패한 후 무인지로에 대한 열망이 커지지 않았다면 울화가 치밀어 피를 토했을지도 몰랐다.

잠시 내심의 충격을 완화하는 데 주력한 주천학은 첫마디가 '아우야!'로 시작된 밀서를 주욱 읽어 내려갔다. 황실의 편지가 으레 그렇듯, 꽤나 점잖 빼는 안부 인사가 끝난 후 이어진 내용은 짧게 요약해서 지금 당장 천하맹 총단을 떠나 북경으로 복귀하라는 거였다.

'명령인가?'

주천학의 입가에 쓴웃음이 떠올랐다. 아무리 제국의 후계자인 황태자이자 비천각주의 명이라 해도 쉽사리 따르기 어려운 내용이라 생각한 것이다.

그때 힐끔거리며 주천학의 표정을 살피던 십일호가 목소리를 죽여 고했다.

"현재 천하맹은 강남의 반검맹과 전쟁 중입니다."

주천학의 시선이 십일호를 향했다.

"그건 나도 안다."

"그럼 비천각에서 천하맹을 실질적으로 장악한 흑의문상 한상월을 예의 주시하고 있다는 것도 아시는지요?"

"문상을?"

주천학의 얼굴에 의외란 표정이 떠올랐다. 그가 용문에 들어 오성 중 하나가 된 이후 한상월의 도움을 받은 바가 컸다. 황실에 가장 우호적인 인물이라 여겼던 사람이 요주의 대상이란 말을 듣자 의혹이 일지 않을 수 없었다.

그런 주천학의 내심을 읽고 십일호가 그동안 자신이 조사한 바에 대해 빠르게 말했다.

"흑의문상은 천하맹주의 의제로 오래전부터 강북무림에서 명성을 날렸던 사람이고, 벽력권문의 삼대가문 중 하나인 단가의 사위입니다. 하지만 그의 과거는 베일에 감춰져 있어 출신 성분이 불명확합니다. 그 점을 저희 비천각에선 이상하게 생각해 그동안 많은 조사를 병행해 왔습니다만, 애석하게도 그 꼬리를 붙잡는 데는 실패했습니다."

"그건 어째서 그렇지?"

"흑의문상의 과거를 캐기 위해 투입됐던 비천각의 인원 전부가 임무 중 순직했기 때문입니다."

"그건 확실히 이상하군."

"그렇습니다. 그래서 비천각주께서는 그동안 천하맹을 비롯한 강북 무림에 많은 신경을 기울이셨고, 요 근래 중대한 결심을 내리신 듯합니다."

"그게 뭐지?"

"그건……."

잠시 말끝을 흐린 십일호가 목소리를 낮춰 말했다.

"천하맹과 반건맹이 호북에서 맞붙은 이후 비천각주께서 내리신 명을 종합해 볼 때, 곧 황군(皇軍)이 무림을 정벌할 것 같습니다."

"뭣!"

"그리고 단지 소인의 예상에 불과합니다만, 이황자께서 받은 밀서에는 분명 천하맹 총단을 떠나란 말이 적혀 있을 걸로 사료됩니다만? 소인의 짐작이 맞는지요?"

익히 알고 있던 내용을 넘겨짚었다는 듯 의뭉스레 묻는 십일호의 말에 주천학의 눈빛이 매서워졌다. 연달아 특급 비밀을 내뱉는 눈앞의 복면인에 대한 의심이 생겨났기 때문이다.

그의 생각에 십일호가 진짜 비천각 요원이 맞다면, 방금과 같은 말은 절대 해서는 안 됐다. 상대가 이황자이자 비천각주의 친동생인 자신이라는 점은 변명이 될 수 없었다. 정보를 다루는 자들의 입은 죽음이 눈앞에 있다 해도 쉬이 열리지 않는 게 당연했다.

눈치가 빠른 십일호가 고개를 숙이며 말했다.

"이황자께서는 의심치 마십시오. 소인의 예상이 맞다면, 소인은 천하맹 총단에서 계속 상부의 명령을 수행하다 개죽음을 당하고 말 것입니다. 황군이 천하맹을 효율적으로 궤멸시키는 데 일조를 한 연후에."

"네 목숨을 살려달라는 것이냐?"

"앞으로 이황자님을 신명을 다 바쳐 따르겠다는 충성 맹세입니다."

주천학은 여전히 눈앞의 십일호를 믿을 수 없다고 여겼다. 그 딴에는 풍전등화와 같은 목숨을 구하려 나름대로 잔머리를 굴린 것이겠지만, 상대가 나빴다. 비굴한 자와 섬기던 주인을 바꾸는 자는 주천학이 가장 혐오하는 부류였다.

'그러나 황실과 무림 간의 대결이 임박한 이때, 비천각에 대해 잘 아는 이자는 꽤 유용하다. 한동안 비루하고 역겨운 목숨을 살려두기로 하자.'

내심 치밀어 오른 역감을 억누른 주천학이 차게 말했다.

"일단 네 말을 믿어보기로 하겠다."

"소인, 신명을 다 바치겠습니다!"

"흥."

나직이 코웃음 친 주천학이 막사 안으로 들어갔다. 명을 내리진 않았으나 십일호는 주저함없이 그 뒤를 따랐다. 이 밤이 지나면 이황자 주천학은 천하맹 총단을 떠날 터였다. 그전에 자신이 꽤나 유용하다는 점을 부각시키려니 마음이 바빴다. 조금이나마 낭비할 시간은 없었다.

'이런, 결론은 강물이 우물물을 범하듯 상천이 하지를 공격한다는 건가?'

주천학의 은신처를 몰래 감시하고 있던 최필은 주변에 펼쳐 놓은 결계를 믿고 발을 동동거렸다.

지난번 금마부에서 나온 마두들 중 유일하게 멀쩡한 상태로 임무를 완수한 탓에 그의 주가는 꽤 올라간 상황이었다. 여태까지와 달리 거산을 뛰어넘고 단독으로 문상 한상월에게 임무를 받아 수행할 정도로.

그래서 잔뜩 어깨에 힘을 주며 며칠간 밤이슬을 맞으며 주천학을 감시했는데, 놀랍게도 왕건이를 건졌다. 대성공이었다. 어쩌면 기라성 같은 마두들이 모인 금마부를 맡아 관리하는 직위를 얻을지도 모를 만한 정보를 귓구멍으로 똑똑히 들었다.

당연히 기뻐해야 할 터인데 최필은 오만상을 찌푸렸다.

정보의 내용이 무시무시했기 때문이다.

하긴 황군이 무림을 친다는 말을 들었는데, 아무리 사이비 무림인이나 다름없는 모산파의 도사라 할지라도 걱정이 되지 않을 수 없었다.

무림이 사라진다는 건 생각하기도 싫었다.

잠시 염소수염을 학대하며 결계 안에서 서성대던 최필이 나직이 장탄식을 터뜨렸다.

지금 당장 천하맹 총단을 떠나 심산유곡으로 도망치자면 그리 어려울 것도 없을 터인데 발이 쉽사리 떨어지지 않았다. 그 역시 황실과 황제를 상천이라 부르는 한 사람의 당당한 무림인이었기 때문이다.

'일단 문상께 알리고 보자! 세상에서 가장 머리가 좋은 그분이라면

뭔가 수를 낼 테지.'

단 한 차례 대면만으로 깊은 인상을 심어준 한상월을 떠올리며 마음을 결정한 최필이 결계를 거두고 천원 쪽으로 신형을 날렸다. 화굉요에게 강호제일의 도굴꾼이란 말을 들었던 사람답게 주천학과 십일호가 얘기를 끝낸 뒤 모습을 감추고도 한참 뒤의 움직임이었다.

## 살수(殺手)가 되라! 3

　단천엽과 서문휘강 간의 대결 결과는 금세 용문 전체, 정확히 말하자면 천하맹 총단 곳곳으로 퍼졌다. 누군가 우연히 북쪽 첨탑에서 벌어진 대결투를 목격하고 바로 입싸게 소문을 퍼뜨린 게 분명했다.

　물론 이런 종류의 소문이 대개 그렇듯 그 입싼 사람의 정체는 선혀 알려지지 않았다. 사실 그렇다. 사람들의 관심은 용문의 괴물로 알려졌던 서문휘강과 떠오르는 별이라 불리던 단천엽 간의 대결 결과였지, 열심히 떠들어대는 사람 그 자체는 아닌 것이다.

　그 덕을 봤다고 할까?

　단천엽은 복귀 뒤 패왕회의 동료들에게 설명할 수고를 상당 부분 덜 수 있었다.

　안환이나 금난주같이 집요한 몇 사람을 제외하곤 서문휘강을 이긴 단천엽에 대한 경외감 때문에 쉽사리 다가서려 하지 않았다. 어제까지 그저 패왕회를 이끄는 한 세력의 대표에 불과했던 단천엽은 이제 용문 전체를 압도한 무인의 지표로 우뚝 서 있었다.

패왕회에 문상 직속의 명령이 떨어진 건 그로부터 얼마 뒤였다.

"에엣, 전쟁 참가라고요?"

금난주가 조그만 입을 한껏 벌려 놀란 표정을 짓자 주변의 시선이 일제히 단천엽에게로 향했다. 금난주를 놀래킨 장본인이 바로 그였기 때문이다.

임시 본거지에 모여든 눈앞의 패왕회 수뇌진을 한차례 살펴본 단천엽이 고개를 끄덕였다.

"호북 전선이 많이 어렵다고 합니다. 그래서 이번에 외성 오당 중 순찰당의 당주이신 패검독행 구여진, 구 당주님께서 외성 무사들의 혼성 부대를 이끌고 호북으로 떠나게 됐습니다. 우리 패왕회는 그 뒤를 따르고요."

금세 놀란 표정을 지운 금난주가 눈을 데굴 굴렸다.

"그런데 어째서 하필이면 우리 패왕회만 전쟁에 참가하는 거죠? 용문의 다른 수련생들도 잔뜩 있는데. 난주는 싸움이 무서운 건 아니지만, 창칼받이가 되는 건 사양이라구요."

금난주의 말에 패왕회 수뇌진 전체가 다양한 찬동의 모습을 보였다. 그들은 하나같이 일류의 반열에 오른 무사들이긴 하나 전쟁에 참전한다는 건 쉬운 문제가 아니었다. 아무리 용문에서 실전에 가까운 수련으로 다져졌다 해도 진짜 피가 튀는 싸움을 경험한 이는 거의 없었기 때문이다.

그 면면들을 눈으로 확인한 단천엽이 달래듯 말했다.

"지난번 혈사로 인해 현재 용문에서 제대로 된 전력을 구축하고 있는 세력은 패왕회뿐이라는 점이 감안된 결정인 것 같습니다. 다만 이번에 실전에 투입되는 건 패왕회에서도 연옥백강에 든 사람들뿐이니, 전체가 가는 건 아닙니다."

"결국 패왕회 수뇌부 전체가 참전한다는 거잖아요. 괜히 그랬다가 용문에 남은 사람들을 낭인회나 기타 다른 녀석들이 치고 들어오면 속수무책인데, 그 점은 어떻게 하죠?"

"전쟁 중입니다. 그 정도 위험쯤은 감수할 수밖에 없습니다. 그리고 다른 곳은 몰라도 낭인회는 절대 패왕회를 건들지 않을 거라는 점은 내가 보장하겠습니다."

"회주님이요?"

'어떻게 보장한다는 거죠?'란 말을 뒤에 붙이려던 금난주의 양볼이 크게 부풀어 올랐다. 여태껏 단천엽 옆에 앉아 침묵하고 있던 모어언의 고운 아미가 살풋 찌푸려진 모습을 발견한 것이다.

'쳇, 여기서 더 땡깡을 부렸다간 어언 언니한테 혼나겠지?'

금난주는 못마땅한 기색을 여실히 얼굴에 드러내면서도 얼른 입을 꾹 다물었다. 아직까진 단천엽보단 모어언의 눈치를 보는 그녀였다.

그때 안환이 나섰다.

"회주, 그렇다면 우리 패왕회는 구 당주님의 명에 따라 움직이는 겁니까?"

단천엽이 고개를 가로저었다.

"먼저 호북으로 떠난 선발 부대와 합류할 때까지는 구 당주님의 인솔을 받지만, 전투 시 독립적인 작전 수행을 펼칠 수 있게 허락을 받았습니다. 명령 체계는 여태까지의 패왕회 조직 그대로를 승계한다고 보면 됩니다."

"그럼 우리 패왕회의 역할은 일종의 별동대가 되는 겁니까?"

"별동대이자 기동 타격대의 역할을 수행할 생각입니다. 전쟁에 참전한 이상 화려한 전적을 안고 총단으로 복귀해야 하지 않겠습니까?"

단천엽은 일부러 자신의 살수행에 대해 함구했다. 전쟁에 참전한다는 것만으로 잔뜩 흥분한 동료들을 당분간은 놀라게 하고 싶지 않았다. 옆에 자리를 함께한 모어언을 비롯해서.

씩!

단천엽의 입가에 자신감 넘치는 미소가 걸리자 다소 흥분됐던 패왕회 수뇌진은 긴장이 풀리는 걸 느꼈다. 이번 출전에서 그들을 이끌 사람은 용문의 괴물이라 불리던 사성의 으뜸, 서문휘강을 며칠 전 박살낸 용자란 사실이 새삼 각인되는 순간이었다.

대충 설명을 끝낸 단천엽은 잠시 휴식 시간을 갖자 말하고 임시 본거지를 빠져나갔다.

잠시 생각할 것이 있어서였다.

그가 밖으로 나간 순간 안환과 기소천이 잔뜩 흥분된 표정으로 떠들어대고, 사도진영을 비롯한 칠무검 역시 정도의 차이는 있으나 마찬가지였다. 아직은 전장을 떠올리는 것만으로 피가 끓어오르는 젊음이었다.

그런 장내의 변화에 잠시 황당하다는 표정을 지어 보인 금난주가 재빨리 단천엽을 좇아 밖으로 나갔다. 단천엽이 용변을 본다 해도 뒤따라 해결할 일이 있었다.

다행히 단천엽은 용변을 보러 간 게 아니었다. 내심 작은 가슴을 쓸어 내린 금난주가 냉큼 단천엽을 좇아가 새침한 표정으로 입술을 오물거렸다.

"에휴, 회주님은 시간이 갈수록 능구렁이가 되어가네요."

갑작스런 전음에 단천엽이 금난주에게 시선을 던지곤 태연히 응대했다.

"그게 무슨 소리지요?"

"방금 전에 중요한 점은 싹 빼고 앞뒤만 말했잖아요. 막사 안의 바보들은 회주님의 말이 진실의 전부라고 생각하고 있다구요."

"나는 오로지 진실만을 말했을 뿐인데, 금 소저가 무언가 오해를 한 것 같습니다만?"

금난주가 발을 굴렀다.

"맨 처음 천원에서 구룡무각을 거쳐 패왕회에 전달된 출전 명령서를 전해 받은 건 난주였어요. 당연히 회주님한테 명령서를 넘겨주기 전에 잔뜩 훔쳐봤다구요."

"그건 그리 당연한 일이라곤 보이지 않는데요?"

"그런 작은 일은 그냥 넘어가자구요! 지금 중요한 점은 어째서 회주님이 명령서 안의 내용을 자기 마음대로 바꿔 말했냐는 거니까요."

"그건……."

"잠깐만요! 난주가 맞춰볼게요!"

손을 내밀어 단천엽의 말을 막은 금난주가 눈알을 살짝 굴리고 전음을 이었다.

"난주의 생각에 회주님은 이미 명령서를 받기 전에 이번 패왕회의 출전에 대해 알고·있었어요. 그리고 그 이면에 담긴 진짜 목적 역시도 알고 있고요. 다만 그걸 패왕회의 수뇌부에게도 말할 수 없기에 방금 전에 앞뒤만 붙여서 말한 거예요. 그렇지 않은가요?"

단천엽은 눈앞의 작은 소녀를 인정하지 않을 수 없었다. 그녀의 상황 판단 능력은 그의 예상을 훨씬 뛰어넘고 있었다. 칭찬해 줄 만했다.

그때 단천엽의 눈치를 살살 살피던 금난주가 눈꼬리를 샐쭉하게 만들었다.

"난주는 정말 실망이에요. 회주님이 그런 사람인 줄 몰랐는데⋯⋯."

단천엽의 입가에 미소가 떠올랐다.

"본래 나는 그런 사람이 아니었는데 금 소저와 같이 지내다 보니 그리 됐습니다."

"엥, 그건 또 무슨 소리지요?"

"말 그대로의 뜻이지요. 금 소저가 항상 나를 전전긍긍하게 만드니, 뱃속에 능구렁이라도 한 마리 품지 않고선 버텨내질 못하지 않겠습니까?"

"쳇! 어언 언니는 어째서 이런 사람을 좋아하는 건지⋯⋯."

금난주는 전음을 흐리고 머리를 잘래잘래 흔들었다. 단천엽의 속마음을 염탐하려 했으나 쉽지 않았다. 애써 전음까지 사용했던 보람이 없었다.

그때 막사를 빠져나온 모어언이 천천히 걸어오자 금난주가 단천엽을 뒤로하고 그녀에게 달려갔다.

"어언 언니!"

느닷없이 모어언에게 달려가 품 안에 안긴 금난주는 치기 어린 어리광쟁이의 모습 그대로였다. 그녀의 작은 머리가 연신 모어언의 가슴을 파고들었다.

일순 '얘가 왜 이러나?' 하는 표정이 됐던 모어언이 살며시 금난주의 머리를 매만져 줬다. 그리고 연달아 등을 가볍게 토닥인 모어언이 단천엽에게 짐짓 화난 목소리로 소리쳤다.

"어째서 우리 난주를 울린 거죠?"

단천엽의 얼굴에 대뜸 억울하단 표정이 떠올랐다. 그는 몇 차례나 손사래를 치며 말했다.

"내가 어찌 금 소저를 울린단 말이야! 그건 언 매의 오해라구!"

'언 매?'

슬그머니 모어언의 품에서 얼굴을 떼어낸 금난주의 큰 눈이 몇 차례나 깜빡였다. 그녀는 뚫어져라 단천엽을 향해 따사로운 미소를 머금고 있는 모어언의 얼굴을 바라봤다. 앞서 단천엽의 호칭과 함께 짐작 가는 바가 있었다.

"두 사람 어느새……."

금난주가 말끝을 흐리자 그녀를 품 안에서 떼어놓은 모어언이 고운 두 볼을 가볍게 붉혔다. 그동안 혈사의 뒤처리에 바빠 단천엽과의 관계를 짐짓 알리지 않고 있었는데, 금난주가 알아차렸으니 이젠 더 이상 숨길 엄두도 내지 못하게 된 것이다.

그때 어느새 두 여인에게 다가온 단천엽이 모어언의 낭패함을 면하게 해줬다.

"이건 당분간 비밀로 해두는 게 좋겠지요?"

금난주의 목소리가 새되게 흘러나왔다.

"어째서요?"

재빨리 모어언과 시선을 맞춘 단천엽이 대답했다.

"우리는 곧 전장으로 떠나게 됩니다. 한동안 언 매는 패왕회 전체의 연인으로 놔두는 편이 사기 진작에 조금쯤 도움이 되지 않았습니까?"

"고작 그런 이유로?"

"사실 언 매와 당분간 남들의 눈을 피해 몰래 사귀고 싶다는 사심도 없다곤 할 수 없지요. 남몰래 미인과 만나는 것만큼 즐거운 일도 드무니까요."

단천엽이 익살맞게 한쪽 눈을 감아 보이고, 손가락을 입가에 갖다 대자 금난주의 얼굴에 기가 막히다는 표정이 떠올랐다. 언제나 지나칠 정도로 스스로에게 엄격했던 모어언이 별다른 반론 없이 단천엽의 말에 수긍하는 모습을 보니, 두 사람의 관계가 이미 돌이킬 수 없는 강을 건넜다는 생각이 들었다.

물론 돌이킬 수 없는 강이 뭘 뜻하는지 순진한 금난주가 알 도리는 없었다. 다만 종종 훔쳐봤던 연애소설에 적혀 있던 말이 일순 뇌리에 떠올랐을 뿐이다.

"쳇, 알았다구요!"

자신이 보든 말든 눈앞에서 서로 다정한 눈빛을 나누는 두 사람의 모습에 혀를 찬 금난주가 고개를 잘래잘래 흔들었다. 더 이상 두 사람 사이에 끼어 바보가 되고 싶지 않은 느낌이었다.

문득 발길을 돌린 그녀의 큰 눈에 눈물 한 방울이 고였다가 툭 하니 볼을 따라 흘러내렸다. 두 사람 사이에 절대 끼어들 수 없다는 서러움의 발로였다.


마침 막사 안을 빠져나오던 안환은 하필 금난주가 눈물을 떨구는 광경을 목격했다.

'이런!'

철면검객 답지 않게 일순 안색을 딱딱하게 굳힌 안환과 눈이 마주친 금난주가 재빨리 소매로 얼굴을 문댔다. 아미 비전의 금나수인 불영무

형수(佛影無形手)를 펼치자 얼핏 보였던 눈물이 환상인 듯 느껴졌다.

'하지만 눈이 빨갛잖아!'

내심 한숨을 토하며 고개를 외면하는 안환에게 금난주가 억지 웃음을 보이며 소리쳤다.

"난주 얼굴을 왜 그렇게 빤히 쳐다보는 거죠? 그리고 부끄럽다는 듯이 고개까지 외로 꼬고. 설마 난주한테 반한 건 아닐 테지요?"

안환이 얼른 자세를 바로 하고 어울리지 않게 근엄한 표정으로 대답했다.

"어찌 소생이 금 소저에게 삿된 마음을 품을 수 있겠습니까?"

"삿된 마음? 갑자기 왜 그렇게 어려운 말을 쓰는 거죠? 그것 역시 난주한테 잘 보이고 싶은 마음의 발로가 아닌가요?"

"아니, 그게 아니라……."

"아아, 됐어요! 난주가 인기 절정인 게 어디 하루 이틀이던가요! 안 소협의 마음은 난주의 마음속 깊이 새겨놓고만 있을 테니, 그리 변명을 늘어놓을 필요는 없어요."

"……"

일시에 금난주에게 반한 얼간이가 된 안환의 안색이 가볍게 붉어졌다. 진짜 금난주에게 반했기 때문이 아니라 일순 울화가 치밀어 올랐기 때문이다.

게다가 그 역시 말발로 남에게 뒤져 본 일이 별로 없는 사람인지라 이렇게 속수무책으로 당하고 그냥 물러설 수 없다는 오기가 발동했다.

"잠깐만!"

막사 뒤쪽으로 걸어가는 금난주를 쫓아가 불러 세운 안환이 짐짓 심술궂은 표정으로 말했다.

"금 소저는 그런 말을 하기 전에 빨간 눈부터 남에게 보이지 않는 게 어떻겠소이까?"

"빨간 눈?"

안환의 손가락으로 자신의 눈을 가리켰다.

명백한 의도가 느껴지는 행동.

대충 상황을 파악한 금난주의 조그만 얼굴이 일그러졌다.

그녀의 빨간 눈이 매섭게 안환을 쏘아봤다.

"어디서부터 본 거죠?"

안환이 딴청을 부렸다.

"뭘 말하는 건지?"

"흥, 당당한 사내대장부가 쪼잔하게 작은 계집아이의 약점을 붙잡고 좋아하는 꼴이라니."

"그 말 매우 듣기 거북합니다만?"

금난주가 입술을 삐죽 내밀었다.

"그럼 우리 한판 뜰까요? 난주는 요즘 기분이 무척 안 좋다구요!"

안환은 더 이상 금난주를 놀려선 안 되겠다고 생각했다. 진짜 손속을 나눌 시 그녀를 이길 자신도 없을뿐더러, 방금 전 들었던 말이 가슴을 눌러왔다.

'역시 당당한 청성의 제자가 여인과 다투는 건 도리가 아닐 것이다.'

애써 가슴속에 끓어올랐던 금난주에 대한 울화를 가라앉힌 안환이 정중히 고개를 숙여 보였다.

"소생이 큰 결례를 범했습니다. 금 소저의 비밀은 그저 이 가슴속에 파묻고 죽을 때까지 나오지 않을 터인즉, 이만 용서해 주시기 바랍니다.”

“그 거짓말 정말인가요?”

“맹세하라면 합지요!”

안환이 손까지 들어 올리며 소리치자 잠시 그의 얼굴을 살핀 금난주가 갑자기 조신한 표정으로 고개를 숙여 보였다.

“안 소협은 난주와 같은 구산의 일원인데 어찌 의심할 수 있겠어요. 난주 역시 무례를 범했으니, 안 소협께서 너그러이 이해해 주시기 바래요.”

“하하, 그렇지요. 금 소저와 소생은 결코 남이 아니지요.”

안환이 입가에 웃음을 담은 채 금난주를 따라 고개를 숙여 보였다.

■ 제53장 ■
초전(初戰)

초전(初戰) ,

　무상 단백경을 총사령으로 한 호북출정군이 천하맹 총단을 떠난 지 꼬박 일 년이 넘어가고 있었다.

　그동안 지지부진하던 호북 전선이 반검맹의 통천명 제갈현빈과 오패무적단의 등장으로 꼬이기 시작하자 여이은 출병이 계속됐다. 호북 출정군의 후방 보급선이 연달아 끊겼기에 천하맹으로선 어쩔 수 없는 선택이었다.

　그래서 순찰당주 패검독행 구여진이 참전한 사차 파병엔 외성 오당의 일급 고수들이 잔뜩 배속되어 있었다.

　어차피 무림방파 간의 전쟁이란 고수의 숫자가 승패를 결정짓는다. 무사의 숫자상으론 전혀 반검맹의 오패무적단에 꿀릴 게 없는 상황이니 고수가 잔뜩 증원되는 건 당연한 수순이었다.

　백여 명에 달하는 일류고수들.

외성 오당의 주축 세력 중 삼분지 일에 해당하는 병력이었다.

천하맹은 이번 기회에 아예 호북에서 반검맹의 세력 전체를 몰아내려는 심산인 것이다.

패왕회, 일명 패왕기동대로 명명받은 단천엽 일행은 사차 파병 부대의 뒤에 따라붙었다. 애초 단천엽이 장담했던 대로 사차 파병 부대 중 별동대의 역할을 수행하게 된 것도 한 가지 요인이나 용문의 수련생이란 신분이 더욱 감안된 병력 배치였다. 구여진이나 외성 오당의 무사들은 실전을 경험하지 못한 패왕기동대를 은근히 무시하고 있었다.

어찌 보면 당연한 일이었다.

설혹 단천엽을 비롯한 패왕기동대의 무위가 일반 외성 오당의 무사들보다 뛰어나다 해도 그건 전력 외였다.

무공이 강한 것과 실제 전쟁에서 잘 싸우는 것에는 많은 차이가 있었다. 전쟁에서 필요한 인물은 기민한 상황 판단 능력과 충분한 살인을 통해 실전에서 전혀 망설임이 없는 실력자들이었다.

피와 살이 튀는 전쟁터!

그곳은 단 한 순간의 망설임이나 판단 착오가 생명과 직결될뿐더러, 동료와 부대 전체의 존망을 좌우했다.

그런 의미에서 처음 실전 배치된 패왕기동대란 아직 보호하고 이끌어야 할 대상이지 믿음직한 전우라 볼 수 없었다.

애송이들!

구여진 이하 무사들이 패왕기동대를 바라보는 시선이었다. 물론 그들의 평가에는 이미 용문을 넘어 천하맹 총단 전체에 명성이 자자해진 단천엽이나 맹주의 딸인 모어언, 그 밖에 강북무림의 총아라 할 수 있는 기재들에 대한 질투심이 조금쯤은 섞여 있었다. 약간의 기대감과 더불어.

총단을 떠난 사차 파병 부대는 빠르게 대별산(大別山) 부근으로 향했
다. 이미 앞서 출병한 보급 부대가 진출해 있는 대별산에서 보급과 지
친 말을 갈아타고 신야(新野)를 거쳐 호북으로 향한다는 게 기본 계획
이었다.

전시이긴 하나 하남은 여전히 평화로웠다.

부대 이동은 순조로웠다.

하긴 천하맹 총단이 위치한 하남이었고, 이미 몇 차례에 걸쳐 보급
선을 다진 터였다. 특별한 사단이 일어날 턱이 없었다. 적어도 구여진
은 그리 생각하고 있었다.

부대는 총단을 떠난 지 십 일 만에 대별산을 눈앞에 뒀다.

보급대와의 내응을 위해 전령을 파견한 구여진이 잠시 부대 휴식을
명하자, 부대의 맨 뒤에 처져 있던 단천엽과 모어언 쪽으로 금난주가
말을 몰아왔다.

푸르르!

용문의 내로라하는 기재답게 단천엽 이하 패왕기동대의 전 인원은
단 며칠 만에 익숙지 않던 기마에 적응해 있었다.

말을 몰아온 금난주가 말의 목 부근을 툭툭 쓰다듬어 주자 모어언이
살풋 미소를 보이며 말했다.

"처음만 해도 세상에서 가장 미운 짐승이 있다면 그건 자신을 태운
말일 거라고 울먹이더니, 그새 정이 담뿍 든 모양이네?"

금난주가 커다란 눈을 깜빡이며 어리광스런 목소리로 말했다.

"난주가 언제 울먹였다는 거예요!"

"그랬잖아."

"아니에요! 아니에요!"

금난주가 고개를 도리질치자 모어언뿐 아니라 단천엽 역시 입가에 미소를 담았다. 꽤나 강행군이었는데도 여전히 쉼이 없는 금난주의 입이나 행동은 패왕기동대 전체의 활력소가 된 지 오래였다.

금난주의 입술이 삐죽 내밀어졌다.

"쳇, 회주, 아니, 기동대장님까지 난주를 보고 웃어대다니! 숙녀에겐 큰 결례라구요! 중요한 일이 떠올라 알려주려고 왔는데, 관둬야겠다!"

단천엽이 얼른 입가에 매단 미소를 지웠다.

"금 소저한테 정말 큰 결례를 범했소이다. 내 이렇게 사과할 테니, 용서해 주시면 안 되겠습니까?"

단천엽이 쩔쩔매는 표정까지 지어 보였으나 금난주는 뚱한 얼굴로 고개를 잘래잘래 흔들었다.

"안 돼요! 아니, 싫어요!"

"난주야!"

모어언이 끼어들자 금난주가 말을 몰아 뒤로 주춤 물러섰다.

"아무리 어언 언니가 압력을 행사해도 안 되는 건 안 되는 거랍니다. 난주는 툭하면 울먹이는 울보이긴 해도 꽤 고집있는 아이거든요."

"으음."

모어언이 손을 들었다. 금난주가 이렇게 한번 고집을 부리면 누구도 말릴 수 없다는 걸 익히 알고 있었기 때문이다.

그녀의 시선이 단천엽을 향했다.

'어떻게 좀 해봐요!'

단천엽이 어깨를 가볍게 으쓱해 보이곤 시선을 금난주 어깨 너머로 던졌다. 출병 이후 줄곧 금난주의 뒤를 따라다니던 안환이 열심히 손 짓하고 있었다. 확실히 중요한 일이 있긴 있는 모양이었다.

'그렇다면 장난만 치고 있을 순 없겠군.'

안색을 가볍게 굳힌 단천엽이 금난주를 내버려 둔 채 안환 쪽으로 말을 몰아갔다.

"어!"

갑작스런 변화에 금난주가 놀란 소리를 냈다. 그녀는 단천엽이 이렇 게 단호히 자신을 내버릴 줄 몰랐던 것이다.

아랫입술을 꼬옥 깨문 그녀가 얼른 단천엽 뒤를 좇았다.

하나 이미 안환 앞에 도착한 단천엽은 무언의 시선으로 대답을 강요 하고 있었다.

"그게……."

입을 열다 잔뜩 노한 표정의 금난주가 다가드는 모습을 본 안환이 얼른 합죽이가 됐다.

그때 금난주가 화난 목소리로 소리쳤다.

"대장님, 난주를 무시하시는 거예요!"

단천엽이 말머리를 돌리며 웃어 보였다.

"설마요?"

"그럼 어째서 난주를 놔두고 안 소협에게 간 거지요?"

"금 소저가 중요한 일이라고 할 정도면 꽤 급한 사안이지 않겠습니 까? 마음이 다급해져 안 대형에게 상의하러 온 것입니다."

"쳇, 이유가 되지 않는다구요!"

안환의 얼굴이 가볍게 일그러졌다. 금난주에게 무시를 당한 게 하루 이틀은 아니나 이렇게 눈앞에서 노골적으로 당하자 기분이 언짢았다.

'하지만 저런 모습도 귀여우니…….'

슬쩍 금난주의 발갛게 달아오른 얼굴을 훔쳐본 안환이 입술을 꾹 다물었다. 요즘 들어 금난주와 자주 만나다 든 정 때문인지, 그녀가 무얼 해도 예뻐 보였다. 전혀 화를 낼 마음이 들지 않는 것이다.

그런 사정을 알 리 없는 단천엽이 안환을 힐끔 살피곤 내심 고개를 갸웃거렸다. 이 정도쯤에서 안환이 그 중요한 일이란 걸 잔뜩 떠들어 대리라 생각했는데, 예상이 빗나갔다.

그때 금난주가 척 양손을 허리에 갖다 댄 후 말했다.

"뭐, 확실히 사안이 급하니까 이번 한 번만 난주가 참고 넘어가도록 하겠어요."

"고맙습니다. 감사합니다. 내 다시는 금 소저의 마음 상할 짓을 하지 않기 위해 주의, 또 주의하겠소이다."

짐짓 단천엽이 고개까지 숙여 보이며 감격한 모습을 해 보이자 금난주는 더 이상 화를 낼 수 없는 듯 입가에 미소를 띠었다. 그리고 언제 화를 냈냐는 듯 귀여운 장난기가 그녀의 얼굴에 떠올랐다.

"헤헤, 그렇게까지 난주한테 겸손해하실 필요는 없는데……."

"겸손이 아니라 존경이라고 해두지요."

"이젠 재미없어요!"

한마디로 단천엽의 장단을 끊은 금난주가 슬쩍 목소리를 낮췄다.

"대장님은 큰 위험이 바로 코앞이란 걸 알고 계신가요?"

"큰 위험이라면?"

힐끔 모어언 쪽을 바라본 금난주의 목소리가 더욱 작아졌다.

"정적 출현이라구요!"

"정적?"

단천엽은 슬쩍 미간을 좁혀 보였다. 금난주의 말이 당최 이해가 가지 않았다.

답답한 듯 가슴을 한차례 두들긴 금난주가 설명하듯 말했다.

"어언 언니는 용문에 있을 때 천은마갑으로 몸을 꼭꼭 가리고 다녔어요. 무공 연마의 의미도 있지만, 자꾸 주변에서 껄떡대는 사내들을 떨궈놓기 위해서였죠. 그래도 용문제일의 미녀로 불리며 뭇 소협들의 가슴에 불을 질렀다구요."

"그야……."

"그야가 아니라구요! 그때 어언 언니를 가장 괴롭힌 상대가 누구냐 하면, 윤문환 대교두였어요. 그래도 떠오르는 생각이 없는 건가요?"

대교두 윤문환! 용문 삼대교두 중 일인이며, 강호에서의 별호는 다정쾌검이라 불리는 색한이었다.

여인을 강제로 겁탈하는 건 운우지락의 도를 모르는 자들의 소치라 하여 색마의 길을 걷진 않았으되, 극히 위험한 인물이었다. 한때 단천엽은 모어언에게 연서를 전해달라는 그의 부탁을 가볍게 묵살한 전력이 있었다.

그런데 하필 그가 천하맹 총단을 떠나 현재 자리를 튼 곳이 대별산이었다. 보급을 위해 대별산의 보급대에 들를 경우 그가 천은마갑을 벗은 모어언을 보게 될 걸 생각하자 단천엽은 갑자기 오싹한 소름을 느꼈다. 개봉 기루 섭렵기나 연애론을 떠들어댈 때 그가 보이던 광기는 가히 두려울 정도였다.

잠시의 침묵 끝에 단천엽이 딱딱히 굳은 얼굴로 금난주에게 도움을 구했다.

"…어쩌지요?"

금난주가 다시 모어언 쪽을 살피곤 빠르게 속삭였다.

"일단 어언 언니를 인의 장벽으로 가린 뒤에 난주하고 아상이 윤 대교두의 정신을 빼놓을게요. 난주가 잔뜩 애교를 부리고 아상이 옆에서 장단만 맞춰주면, 보급이 끝날 때까진 어떻게 버틸 수 있을 거예요."

"그렇지만 그건……."

"괜찮아요. 난주 혼자라면 몰라도 아상하고 함께라면 짐승 같은 윤 대교두도 쉽사리 덤벼들진 않을 거예요."

금난주의 표정은 비장했다. 그야말로 이 한 몸 아낌없이 불태우리란 표정 그 자체였다.

하지만 단천엽은 처음부터 금난주에 대해선 완전히 걱정을 붙들어 매 놓고 있었다.

그가 걱정하는 건 연아상이었다. 여우의 환생이나 다름없는 금난주와 달리 순진한 연아상에게 윤문환은 너무 자극이 강한 독약과 같다는 생각이 들었다.

그때 금난주의 말을 열심히 훔쳐 듣고 있던 안환이 다소 상기된 얼굴로 끼어들었다.

"윤 대교두의 지저분한 여성 편력은 평소 흠모하… 는 게 아니라 매우 우려하고 있었소이다. 금 소저와 연 소저같이 가냘픈 여성들에게 그분을 맡기는 건 그야말로 말도 안 되는 일이라고 생각합니다."

단천엽이 지나치게 열성적인 안환과 눈을 맞췄다.

짐작 가는 바가 없지 않았다.

"흠, 그럼 안 대형의 고견을 말씀해 주시겠습니까?"

안환이 주먹으로 가슴을 쾅쾅 두들겼다.

"윤 대교두는 내가 맡겠소이다!"

금난주가 미간 사이에 주름을 만들었다.

"어떻게요?"

단천엽이 호기심 어린 시선을 던지자 안환이 살짝 목소리를 낮춰 말했다.

"안 대교두와 남자 대 남자로 승부를 결하면 되는 거 아니겠소이까!"

"남자 대 남자?"

고개를 갸웃거리는 금난주와 달리 단천엽은 안환이 한 말의 의도를 대충 짐작했다.

그가 볼 때 안환과 윤문환은 서로 비슷한 관심 분야를 공유하고 있었다. 경험으로 보나 관록으로 보나 안환이 윤문환의 상대가 안 될 건 뻔한 일이나 어쩌면 젊음의 패기로 좋은 승부를 펼칠지도 모른다는 생각이 들었다.

'안 대형이 이렇게까지 나서니, 일단 그에게 맡겨보도록 할까?'

내심 결정을 내린 단천엽이 막 안환에게 대임을 맡기려는 찰나였다. 원형진을 구축한 채 휴식을 취하고 있던 부대의 중심에서 작은 소동이 일었다. 대별산 보급대로 보냈던 전령이 탄 말이 돌아온 것이다. 화살에 꿰뚫려 숨이 끊어진 주인을 매단 채로.

"부대, 주변 경계!"

내력이 담긴 구여진의 카랑카랑한 목소리가 터져 나왔다.

초전(初戰) 2

    대별산 보급대, 일명 호북 전선의 젖줄에서 제운영이 맡은 직위는 보급부장이었다. 쉽게 말해 보급대의 이인자인데, 문제는 일인자이자 직속 상관인 보급대장이 다정쾌검 윤문환이라는 데 있었다.

    윤문환은 자청해서 파병 부대에 차출된 후 일부러 대별산에 남았다. 그 정도의 절정급 고수라면 철사자 장선홍처럼 최전선인 양양으로 가는 게 당연하다. 제운영 역시 그리 생각했기에 대별산 보급대에 남은 것인데, 일이 꼬였다. 그가 놀랍게도 일부러 한직에 머물 뜻을 내비친 것이다.

    그 당시 파병 부대에서 윤문환의 뜻을 거스를 만한 사람은 없었다. 그는 뜻대로 보급대장의 직위를 계승했다.

    그가 보급대에 남은 까닭은 금세 밝혀졌다.

    보급대장이 된 것과 동시에 그는 제운영을 자신의 부장으로 삼고 마음껏 직위를 이용한 작업에 들어갔다. 제운영으로선 혹 떼려다 다른 혹 하나를 더 붙인 꼴이 된 셈이었다.

'그렇다곤 해도 무능한 사람이라곤 생각하지 않았는데, 이렇게 허술한 방어 편성을 짜놓다니!'

제운영은 하루 일과대로 윤문환의 집요한 구애를 물리치고, 보급 창고와 마사(馬舍)를 둘러보던 중 적의 습격을 전해 들었다. 재빨리 일월도검을 빼 들고 보급대로 본진으로 달려왔으나 그녀의 얼굴은 어두웠다. 어느새 보급대 본진으로 새카맣게 화살이 쏟아지고 있었기 때문이다.

차차차차창!

일월도검이 엇갈리자 그녀를 노리던 철시들이 되튕겨져 날아갔다. 손아귀가 욱신거리는 게 궁사의 내공이 비범하단 생각이 들었다.

그때 화려한 검술로 날아드는 화살을 방어하며 고래고래 소리를 질러대고 있던 윤문환이 그녀를 발견하고 달려왔다. 보급대의 수비 진형을 구축하는 것도 뒤로 밀어놓고.

기가 막힌 제운영이 왈칵 소리를 질렀다.

"대장님, 뭐 하시는 거예욧!"

윤문환이 다시 날아든 철시를 검을 휘둘러 튕겨내고 입가에 어색한 미소를 담았다.

"아니, 난 제 부장이 무사한 모습을 보고 반가워서……."

제운영의 눈에서 불꽃이 일었다.

"수비 진형은요?"

"절반쯤 구축했으니 본진은 무사할 거야."

"마사 쪽에 사람은 보냈겠죠?"

"그게, 아직……."

"무능한 사람!"

윤문환에게 차게 소리친 제운영이 재빨리 신형을 날렸다. 윤문환이 버리고 온 수하들 쪽이었다. 이미 불꽃이 솟구치기 시작한 창고 쪽은 어쩔 수 없다지만, 마사의 말들만큼은 지켜야 한다는 판단이었다.

그녀의 뒤를 좇으며 윤문환이 연신 머리를 긁적였다.

"마사의 말들이야 다시 모으면 되니까……."

제운영이 윤문환을 돌아보며 이를 갈았다.

"으득, 식량이야 총단이나 다른 보급창에서 다시 채워오면 되지만 말은 달라요! 말을 잃으면 곧 도착할 사차 파병 부대의 이동 속도가 절반 이하로 떨어진다구요!"

"그야……."

그러는 와중에도 자신의 둔부 쪽을 눈으로 힐끔거리는 윤문환의 모습에 제운영은 입을 꾹 다물었다. 상종 못할 사람이라 생각한 것이다.

본진에 도착한 제운영은 날아드는 화살을 방어하느라 여념이 없는 수하 중 날랜 자 십여 명을 추렸다. 그리고 식수로 사용하는 우물 쪽으로 또 십여 명을 보내 재빨리 살수조(撒水組)를 편성하고, 다시 이들의 방어조를 차출했다. 윤문환이 두 눈을 멀건히 뜨고 바라보는 동안 벌어진 일이다.

그런 후 윤문환에게 시선을 던진 제운영이 명령하듯 말했다.

"대장님은 이곳에서 본진 방어에 힘써주세요!"

"보, 본진?"

"방어진 구축에 힘써달라는 뜻이에욧!"

"아, 알았네."

"그럼."

보일락 말락 고개를 끄딱여 보인 제운영이 급히 편성한 살수조와 방어조에 각기 명령을 내리고, 마사 쪽으로 달려갔다. 그녀의 뒤로 십여 명의 수하들이 황황히 달려갔다.

그 시각, 사차 파병 부대는 대별산의 바로 코앞에 원형의 방어진을 구축한 채 기습에 대비하고 있었다. 주변이 온통 산으로 둘러싸인 지형이라 기습 및 매복에 취약했다. 먼저 엄밀히 방어진을 구축하는 건 병법상 당연한 일이었다.

하나 방어진에 같이 포함된 패왕기동대의 후미에서 잠시 염두를 굴린 단천엽에겐 다른 의견이 있었다. 그가 배운 동방의 병법대로라면, 아군 세력권 깊숙이 침투한 적의 의도가 단순한 기습 및 매복은 아닌 게 자명했다.

'적이 노리는 건 대별산 보급대이다!'

단천엽은 구여진에게로 말을 몰아갔다.

전마 위에 앉아 팔짱을 끼고 주변을 경계하고 있던 구여진의 눈에 이채가 떠올랐다.

"내게 무슨 볼일이라도 있는가?"

단천엽이 군례를 취해 보이고 말했다.

"적의 의도를 알 것 같습니다."

"적의 의도?"

구여진의 얼굴에 '요놈 봐라?' 하는 기색이 떠올랐다. 얼마 전 천하맹 총단을 떨어 울린 괴물 서문휘강과의 대결전, 용문을 장악한 수완을 모르는 바는 아니었다.

하나 그거야 어디까지나 수련생끼리의 일이었지, 실전은 전혀 사정이 달랐다. 그녀의 눈에 단천엽은 애송이 중 가장 뛰어난 놈 정도에 불과했다. 아직까지는.

단천엽이 말을 이었다.

"전쟁 시 후방 타격에 나서는 건 일종의 소수 정예의 특공대가 벌이는 일입니다. 목표는 요인 암살, 후방 교란, 보급로 파괴 등입니다."

구여진의 얼굴에 비로소 흥미가 떠올랐다.

뭔가 뇌리를 때리는 공명이 있었다.

"그런데?"

"지금 적의 침습을 받은 대별산은 호북 전선을 지원하는 최대의 보급창입니다. 적의 특공대가 노리기엔 가장 적절한 곳이란 뜻이지요."

"결국 적의 목표는 우리가 아니니, 지금 당장 대별산 보급대를 지원 나가자 이 소리군?"

"그렇습니다. 다만 이곳은 매복하기에 좋은 지형입니다. 적의 기습 역시 방비하지 않으면 안 됩니다."

"이도 저도 아니면 어쩌자는 건가?"

구여진의 얼굴에 다소 짜증스러움이 섞이자 단천엽이 눈을 빛내며 말했다.

"패왕기동대가 기동 타격에 나서겠습니다."

"뭐?"

"부대 방어진에 별 무리 없이 보급대를 지원하려면 그 수밖엔 없다고 생각합니다."

구여진의 아미가 찌푸려졌다가 펴졌다.

단천엽의 판단이 옳다는 걸 직감했기 때문이다.

"괜찮겠나?"

"패왕기동대는 강합니다!"

잠시 뒤 방어진의 후미에 붙어 있던 패왕기동대가 움직이기 시작했다. 첫 출전이었다.


오패무적단 오 개 대 중 삼번대 조장인 파풍일심검(破風一心劍) 모용심결은 냉정하게 전장을 주시했다. 삼십대 중반의 나이지만 오지 중 모용세가의 중견 고수인 그의 실전 경험은 꽤 풍부한 편이었다.

본래 대로라면 반검맹 산하 최강의 무력 단체인 오패무적단의 일원으로 피와 살이 튀는 전장 한복판을 누비고 있어야만 했다. 이런 후방 보급선 차단 임무 따위는 그에게 전혀 어울리지 않았다.

하나 현재 호북 전선을 지휘하고 있는 제갈현빈은 계속 천하맹의 후방 보급선을 차단하는 데만 주력하고 있었다. 무슨 까닭인지 설명은 하지 않은 채.

그 점이 모용심결은 기분이 나빴다.

비록 제갈현빈이 반검맹의 군사이긴 하나 어디까지나 모용세가와 동등한 위치인 제갈세가의 가주였다. 타 가문 수장의 명에 계속 고개를 숙여야 한다는 건 자부심이 드높은 그의 마음 한 켠에 작은 파란을 일으켰다. 물론 거기에는 모용세가와 제갈세가의 관계가 썩 좋지 못하다는 주변 상황적인 요인이 포함되어 있는 것도 사실이었다.

그렇다 해도 모용심결은 능력있는 자였다.

병력을 움직이는 능력이라면 전혀 비교가 되지 않는 윤문환이 버벅거리고 있는 동안 그는 착실히 화전을 보급 창고 쪽에 집중시켰다. 앞서 보급대의 본진을 치는 척 양동 작전을 펼친 것이 주효하여 보급 창고는 금세 화마에 휩싸였다. 이젠 부근의 마사만 초토화 킨 후 뒤로 빠지면 심심하던 이번 후방 타격은 끝나는 셈이었다.

한데, 종내 대별산 전체로 퍼져 나갈 듯하던 창고 쪽의 화마가 점차 수그러들기 시작했다.

화룡을 제압하려는 듯 느닷없이 나타난 수룡(水龍)이 거센 물줄기를 뿜으며 용틀임을 보이고 있었다. 제운영의 명을 받은 살수조와 방어조가 도착한 것이다.

처음과 달리 발빠른 대응.

그와 동시, 마사 쪽으로 향했던 타격조에서 전령이 달려왔다. 강적의 출현을 알리는 전조였다.

'역시 호북 전선의 젖줄이라는 건가?'

모용심결의 입가에 싸늘한 미소가 떠올랐다. 심심하던 차에 잘됐다는 판단이었다.

"불에 타든 물에 젖든 어차피 보급품은 사용 불능이 됐다. 마사 쪽을 해결하고 올 테니 적의 본진 쪽에 좀 더 압박을 가해서 당분간 움직임을 봉쇄하라!"

빠르게 부조장 전광검(電光劍) 모용강에게 명령한 모용심결의 신형이 바람같이 날았다. 직접 마사 쪽으로 달려가 몸을 풀고 일을 빨리 해결하려는 의도였다.

그렇게 모용심결이 마사 쪽에 도착했을 때 상황은 난장판이나 다름없었다. 오패무적단의 상징인 붉은 전포를 걸친 그의 수하들 십수 명이 마사 앞을 막아 선 적과 대치한 채 격렬한 싸움을 벌이고 있었다.

모용심결의 눈에 일월도검을 빼 든 채 분전하는 제운영이 들어왔다. 그가 이곳에 어울리지 않는 것과 마찬가지로 그녀 역시 이런 곳에서 썩기엔 아까운 무위란 생각이 들었다.

그러나 그녀의 일월도검이 번뜩일 때마다 수하가 죽어나가고 있었다. 상대의 무위를 감상만 하고 있을 시간 따윈 없었다.

'어쩌다가 나 모용심결이 계집에게 검을 빼 들어야 하는 날이 왔는가!'

나직이 끌탕을 친 모용심결이 발검과 동시에 제운영에게 달려들었다. 그의 검끝을 타고 모용세가의 비전절학인 자오쌍영검법(子午雙影劍法)이 기쾌하게 펼쳐졌다. 내심과는 달리 한 치의 망설임도 보이지 않는 살초!

쇄액!

연달아 일월도검으로 본신의 절예인 벽검광한무십이식(碧劍狂寒霧十二式)을 펼치던 제운영의 신형이 제자리에서 회전했다. 자신을 노리는 자오쌍영검의 검기에 반응을 보인 것이다.

그리고 전개된 회선검무!

일월도검으로 연달아 아홉 차례 공간을 휘저은 제운영이 주춤하고 뒤로 물러섰다. 그녀가 펼친 검기도영을 뚫은 지오쌍영검이 한차례 변화를 보이곤 면전으로 파고들었기에 어쩔 수 없는 선택이었다.

그제야 검초를 슬쩍 뒤로 물린 모용심결이 무심히 고개를 끄덕여 보였다.

"귀검참마도?"

제운영의 눈빛이 어둡게 가라앉았다.

그녀 역시 일검의 나눔으로 상대를 알아봤다.

"모용세가의 자오쌍영검이겠지요?"

모용심결의 시선이 살짝 아래로 처진 제운영의 왼쪽 어깨를 향했다.

"쌍영귀풍(雙影歸風)의 일검을 완전히 막아내진 못한 것 같군."

"정말 대단한 자오쌍영검이었으니까요."

"수세를 알았으면 물러남도 장수의 도리일 터."

"미안하게도 나 제운영은 무인이지 장수가 아니라 걸어온 싸움에서 도망가는 방법을 모르네요."

"그렇군."

모용심결은 두 번 권하지 않았다.

그의 검이 다시 냉혹한 검기를 뿜어냈다.

검기의 방향은 제운영의 처진 왼쪽 어깻죽지였다.

"비열한!"

제운영은 눈빛을 가라앉히고 일월도검을 휘둘러 엄밀한 방어에 들어갔다. 윤문환의 구원을 기다리는 건 아니었다.

무인의 본능이 일단 지구전으로 들어가는 쪽을 선택했다.

물론 지구전은 모용심결이 원하는 바가 아니었다.

일류고수인 제운영이 나타났으니, 그 이상 가는 고수가 느닷없이 등장하지 않으리란 보장이 없었다. 일단 빨리 처리하고 마사를 불태워야만 했다.

번뜩!

검기에 힘을 실어 제운영의 방어를 흔들어놓은 그의 자오쌍영검이 현란한 변화를 일으켰다. 단숨에 승부를 결하기 위함이었다.

그런데 연신 쏟아지는 검격에 밀려 뒤로 물러서던 제운영의 눈에 이채가 떠올랐다. 모용심결의 검격을 방어하는 것만도 힘겨워하던 여태까지완 조금 달라진 표정과 함께.

'이변이 생겼다!'

수많은 실전으로 다져진 모용심결의 머리에 빨간 불이 들어왔다. 조금만 더 밀어붙이면 제운영을 제압할 수 있는 상황이나 그는 자신의 본능을 더욱 중시했다.

스윽!

제운영을 놔둔 채 기쾌하게 물러선 모용심결의 검끝이 맹렬하게 흔들렸다. 기척도 없이 파고든 암기가 비산하듯 그의 코앞에서 폭발했기 때문이다.

하나 모용심결의 자오쌍영검은 애꿎은 허공만을 휘감았다.

섬뜩할 정도로 가까이서 폭발한 암기는 하나도 그의 검끝에 걸리지 않았다. 이미 흔적도 없이 소멸해 방비할 만한 어떤 것도 남지 않은 상황.

'독?'

재빨리 소매를 휘저어 강맹한 바람을 일으킨 모용심결이 뒤로 걸음을 옮겼다. 검법만큼이나 깨끗하고 빠른 움직임.

그때 그의 삼 장 앞까지 다가선 단천엽이 제운영 쪽을 바라보며 씩 웃어 보였다.

"늦었습니다."

## 초전(初戰) 3

단천엽이 모용심결에게 집어 던진 건 다름 아닌 한 줌의 진흙덩이였다. 대별산을 오르던 중 불꽃이 치솟는 방면을 택해 신형을 날리다 집어 든 것이었다.

제운영이 화를 당하기 직전이라 급한 김의 선택이었으나 효과는 만점이었다. 놀랍게도 모용심결같은 절정고수를 뒤로 물러서게 만드는데 성공했다.

모용심결의 얼굴에 다소 놀란 표정이 떠올랐다.

단천엽이 예상외로 젊었기 때문이리라.

그는 제운영과 단천엽을 동시에 견주고 있던 검기를 잠시 늦추고 입을 열었다.

"젊은 나이에 대단한 무공이군. 천하맹에서의 직위를 물어봐도 되겠는가?"

눈으로 제운영의 안위를 살핀 단천엽이 다소 차갑게 대답했다.

"전장에서 인사 따윈 필요없지 않을까요?"

모용심결의 동공이 수축했다. 과연 그렇다는 생각과 더불어 드높은 자부심 한 켠에 생채기가 생겼다. 눈앞의 애송이에게 놀랐던 감정이 분노로 변하는 순간이었다.

"하긴 그렇군."

짧게 고개를 끄덕인 모용심결이 수중의 장검을 가볍게 떨어 보였다. 노련한 실력자답게 분노한 와중에도 상대를 가볍게 보는 우를 범하진 않았다.

검기에 내처 푸른빛 검강이 어렸다.

단천엽을 제운영 이상 가는 고수로 인정한 것이다.

그 뒤 전개된 벼락같은 검격!

"아!"

제운영은 놀라 움찔 어깨를 떨었다.

그 정도로 빠른 검격이 단천엽과의 삼 장 거리를 단숨에 좁혀 들어 갔다. 자오쌍영검의 살초인 자오심사(子午心死)가 펼쳐신 섯이다.

물론 단천엽 역시 그냥 두 손을 내버려 둔 채는 아니었다.

휘릭!

발끝을 모아 반 장가량 좌측으로 이동한 단천엽의 신형이 일순 쭈욱 늘어나며 자오심사의 검영 속으로 파고들었다.

그와 동시 일어난 푸른 섬광.

바늘 끝만큼의 틈도 없는 검격의 틈을 비집고 파고든 그의 손끝에서 파검식 벽파(碧波)가 가열차게 폭발했다.

파카캉!

검강을 줄기줄기 뿜어내던 모용심결의 검수가 크게 뒤틀렸다. 검영을 뛰어넘는 빠르기로 다가선 단천엽의 불가사의한 일격에 깜짝 놀라 억지로 초식을 바꾸자 손목에 무리가 왔다. 검리(劍理)에 어긋나는 동작을 취했으니 당연한 결과.

하나 이미 단천엽은 그의 사각으로 파고든 상황이었다.

들끓는 기혈을 억누른 채 연속적으로 검강을 뿌려대던 모용심결의 가슴에서 벼락이 일었다.

"컥!"

모용심결은 심장이 멎는 듯한 통증을 느꼈다. 이미 벽파에 심맥이 손상당한 것이다. 검강을 만들어내던 진기가 가닥가닥 끊겼다. 평생의 적공이 한순간 물거품처럼 소멸했다.

그러나 그는 절정고수답게 그 상황에서도 억지로 고통을 참고서 뒤로 황급히 신형을 날렸다.

아직 다리에는 힘이 남아 있었다. 그만큼 그가 당한 일격은 어이없으리만큼 급작스러웠다. 도대체 어떻게 당한 건지조차 감이 잡히지 않을 정도로.

그때 다시 푸른 섬광이 눈을 어지럽혔다.

다시 벽파가 펼쳐진 것이다.

모용심결은 원영지기까지 몽땅 끌어내 자오쌍영검의 절초를 연달아 펼쳐 냈다. 심맥에 남은 한 가닥 진기가 끊기기 전에 어떡해서든 주변의 수하들을 뒤로 물려야만 했다. 그것이 상관 된 자의 도리였다.

한데 그런 그의 마음도 모르고 수하들은 불나방처럼 단천엽에게 달려들다 연신 바닥으로 나뒹굴었다.

도저히 상대가 안 됨을 알면서도 상관을 보호하려는 그들의 충성심은 눈물겨울 정도였다. 상관은 수하를 생각하며 아끼고, 수하 또한 상관을 위해 초개와 같이 목숨 내던지기를 아까워하지 않았다.

하나 단천엽은 눈물을 흘리지 않았다.

오히려 그는 더욱 완고하고 잔혹할 정도로 손을 썼다. 제운영을 악랄하게 공격하던 모용심결을 놓칠 수 없기도 하려니와 현재 그의 어깨에는 패왕기동대 전체의 안위가 달려 있었다. 어설픈 인정에 마음이 휘둘릴 수는 없었다.

그렇게 두어 호흡이 빠르게 지나갔다.

주변에 모여 있던 수하들 모두가 쓰러졌고, 진기가 불순해지자 모용심결은 목젖까지 구역질이 치솟아올랐다.

비참했다. 그래도 검세를 멈출 순 없었다. 푸른색 악마와 같은 단천엽이 바로 코앞에서 전혀 떨어질 생각을 않고 있었기 때문이다.

그러다 문득 진기가 기름 떨어진 유등처럼 달리는 걸 느낀 모용심결이 비로소 걸음을 멈췄다. 아니, 멈출 수밖에 없었다. 연신 시퍼런 검강을 뿜어 단천엽을 공격하던 검이 아래로 툭 떨궈졌다.

"……."

모용심결은 눈앞에 단천엽이 있는데, 더 이상 검을 들 힘조차 없었다. 무리한 진기 운행으로 원영지기마저 바닥을 드러냈다. 이젠 심맥을 보호한 단 한 줌만이 원영지기의 전부일 뿐.

"후우, 후……."

절정고수답지 않게 숨을 헐떡이는 모용심결을 공격하는 대신 그 앞에 멈춰 선 단천엽이 말했다.

"하려던 것을 하시지요."

모용심결이 단천엽을 바라봤다. 그의 내심을 읽은 듯한 단천엽의 말에 놀란 것이다. 완벽하게 눈앞의 애송이에게 패했다는 생각이 들었다.

'처음부터 알고 있었던가!'

자조 섞인 미소와 함께 모용심결은 심맥을 보호하던 한 줌 진기를 남김없이 뽑아 소리쳤다.

"오패무적단 삼번대여! 지금 이 시각 이후 부조장의 인솔 하에 즉각 이곳을 탈출하라!"

'역시!'

단천엽의 침묵 속에 심장이 멎은 모용심결의 신형이 천천히 바닥으로 쓰러져 내렸다.


애석하게도 오패무적단의 삼번대는 조장인 모용심결의 유지를 받들 수 없었다. 부조장 모용강의 인솔을 받으며 윤문환이 이끄는 본진을 타격하던 그들의 후방으로 무지막지한 애송이들이 달려들었기 때문이다.

모어언이 이끄는 패왕기동대!

애송이들답지 않게 그들은 지독하리만치 강했다.

적어도 모용강과 오패무적단 삼번대에겐 그랬다.

최초는 봉황구전 연아상의 봉황뇌격시의 연사였다. 폭뢰가 운기된 봉황뇌격시는 일반 무사들이 쏘는 화살과는 격이 달랐다. 연달아 십여 명이 쓰러졌다.

그것이 개전이었다.

패왕기동대는 모어언의 무자비한 돌진이 있은 후 마치 둑 터진 방죽의 물처럼 공격해 들어왔다.

패왕기동대에 속한 자들은 이미 용문에서 충분할 정도로 실전 수련을 받은 데다 하나하나가 일류고수급이었다.

살인에 대한 본능적인 공포 역시 연아상의 봉황뇌격시로 인해 무뎌진 상태에서 모어언이 앞장서자 그 파괴력은 놀라울 지경이었다. 구여진이 이 모습을 본다면 놀라 입을 다물지 못한 채 여태까지 패왕기동대에 취했던 자신의 태도를 반성할 정도로.

물론 그 가운데에서도 눈에 띄는 사람들은 있었다.

전쟁의 여신처럼 선두에 선 모어언과 새색시처럼 안색을 붉힌 채 지독한 살기를 내뿜는 홍안마도 기소천이 그들이었다.

일단 싸움에 들어가자 그 두 사람은 가히 야차와 다름없었다. 두 사람이 지나간 자리엔 추풍낙엽처럼 적들의 시체가 쌓였다. 평범한 무사들로선 두 사람의 도검을 막아낼 수가 없었다.

결국 보다 못해 모용강이 나섰다. 그러나 그 역시 수세를 면키는 어려웠다. 당연하다. 모어언의 검을 막아낸 순간 바로 연아상의 봉황뇌격시가 요혈을 노리며 파고들었고, 금난주의 아미신창이 쾌절한 변화를 보이며 공격해 들어왔다. 그 홀로 상대한다는 건 애딩초 무리였다.

'도저히 당할 수 없다!'

모용강은 모용심결이 없는 걸 원망했다. 그라도 있었다면 이렇게 속절없이 당하진 않았으리란 심산이었다.

모용심결과 마찬가지로 그 역시 모용세가의 중견 고수였지만, 세 명이나 되는 절정에 버금가는 고수를 막아내는 데는 힘이 부칠 수밖에 없었다.

그는 단 삼 초도 버티지 못하고 뒤로 물러섰다.

뒤로 물러서는 모용강을 따라붙으며 모어언이 화려한 매화검을 쏟아냈다.

설혹 곁의 두 여인이 뒤로 빠지고 모어언과 일 대 일로 붙는다 해도 자신이 없겠다는 생각에 모용강은 가볍게 진저리쳤다. 언제 강북무림에 이렇게 많은 후기지수들이 나왔는지 누구든 붙잡고 하소연하고 싶은 심정이었다.

모용심결이 죽음 직전에 내뱉은 명령은 하필 그때 터져 나왔다. 가뜩이나 삼분지 일도 되지 않는 패왕기동대에 밀려 쩔쩔매고 있던 삼번대 전체가 지진이라도 맞은 듯 진동했다. 기세가 완전히 꺾여 버린 것이다.

'조장님!'

모용강은 내심 이를 갈며 모용심결을 불렀다.

돌아오지 않을 메아리였다.

그때 방어만이 살길이라는 듯 본진에서 꼼짝도 하지 않던 윤문환이 무사들을 이끌고 공격해 들어왔다. 패왕기동대의 선두에 선 모어언을 발견한 그의 얼굴엔 천하를 몽땅 쓸어버릴 듯한 패기가 만만했다.

기가 막힐 정도로 완벽한 합공!

모용강은 피눈물을 흘리며 산개를 명한 후 뒤돌아 내처 달리기 시작했다. 사실 도주였다. 고작 병참 기지 습격이냐며 툴툴거렸던 전날엔 상상하지도 못했던 대패 끝에.


단천엽과 제운영이 어깨를 나란히 하고 모습을 드러낸 순간, 금난주는 울 듯한 표정으로 달려왔다. 무공을 연마한 후 첫 번째 살인이었다. 마음에 충격이 없다면 그건 거짓말이리라.

그녀의 내심을 읽은 단천엽의 입가에 씁쓸한 표정이 떠올랐다. 이제 전장에 첫발을 들인 것에 불과했다. 앞으로 얼마나 많은 피를 손에 묻히게 될지 모르는 상황이었다. 쉽사리 위로를 던지긴 곤란한 것이다.

단천엽의 내심을 읽은 제운영이 성큼 앞으로 나서 금난주의 작은 어깨를 안아주었다. 그녀는 금난주의 등을 토닥여 주며 말했다.

"본래 무인이란 그런 것이다. 아무리 좋게 꾸며 말한다 해도 무공을 배워 익힌다는 건 언젠가 남과 싸워야 한다는 것이고, 피를 봐야 한다는 것이야. 그걸 이제 알았으니, 난주 너 역시 이젠 한 사람의 당당한 무인이 된 거야. 그걸 기뻐할 필요는 없지만, 마음 아파할 것도 못 된다."

"그치만……."

"어리광은 여기까지! 네가 계속 어리광을 부리면 동료들이 불편해한다."

금난주는 입을 쭉 내밀었으나 평소처럼 종알거리며 반론을 제기하진 않았다. 그녀 역시 지금 어리광을 부리는 건 어리석은 일이란 사실을 알고 있었던 것이다.

'누님, 고맙습니다.'

'뭘.'

눈빛만으로 상대의 마음을 읽을 수 있다는 건 바로 이러한 것이리라. 서로 시선을 맞춘 채 미미하게 고개를 끄덕여 보인 두 사람의 입가에 가벼운 미소가 떠올랐다.

그때 반쯤 피에 젖은 장포를 걸친 기소천이 빠른 걸음으로 다가왔다.

"단 대형, 아니, 대장님, 명하신 대로 적들을 쫓아내긴 했으나 섬멸하는 데는 실패했습니다."

단천엽이 기소천의 안색을 살피곤 눈살을 가볍게 찌푸렸다.

"피가 많이 묻었구나."

"정신없이 싸우다 보니 그렇게 됐습니다. 제가 흘린 피는 아니니 염려하실 필요는 없습니다."

"확실히……."

단천엽은 말끝을 흐리고 다시 기소천의 안색을 살폈다. 한차례 피를 봤기 때문인지 그의 얼굴에 떠도는 살기가 평소보다 한층 짙어져 있었다. 실제 싸움 시 그 얼굴엔 필시 잔혹한 살소가 맺혀 있었으리란 생각이 들었다.

'전장은 소천에겐 너무 위험하다. 벌써 무공이 평소보다 한 단계 상승한 듯 보이니…….'

단천엽은 내심 고개를 가로저었다. 항상 어리게만 생각했던 기소천이 이젠 사뭇 위협적인 모습으로 변모한 것이 일견 대견하면서도 마음에 걸렸다.

기소천이 그의 상념을 끊으며 말했다.

"그런데 윤 대교두가 모 부대장에게 달려들기에 안 대형과 제가 칠무검과 함께 합공해 혈도를 제압했습니다. 마치 짐승 같았기에 어쩔 수 없는 조치였습니다."

"아아, 결국!"

황당한 표정이 된 단천엽 대신 제운영이 손으로 이마를 짚은 채 고개를 가로저었다. 보지 않아도 상황을 짐작할 수 있었다. 아무리 직속 상관이라지만, 윤문환에 대해 변명해 주고 싶은 생각이 전혀 들지 않았다.

그때 금난주가 제운영의 품에서 빠져나온 뒤 눈을 굴리며 말했다.

"제 교두님, 윤 대교두가 이곳의 최고 지휘권자지요?"

제운영이 고개를 끄덕였다.

금난주의 입가에 교활한 미소가 번져 나왔다.

"그럼 필시 제 교두님이 차석 지휘자일 테니 윤 대교두님은 격렬한 전투 중 사망… 은 안 되고, 그냥 큰 부상을 당한 걸로 하면 어떨까요?"

"큰 부상을 당해?"

"예, 저희가 대별산을 떠날 때까지만요."

제운영의 얼굴에 크게 혹하는 표정이 떠올랐다.

"그냥 쭉 병가를 내게 하면 안 될까?"

"그거야 뭐, 제 교두님의 판단에 맡겨야겠죠."

"흐음."

제운영이 심각한 고민에 빠진 사이 기소천과 대동소이한 모습을 한 패왕기동대가 모어언을 필두로 몰려왔다. 그들의 얼굴엔 하나같이 첫 전투의 대승이 가져다 준 흥분으로 가득했다. 단천엽의 우려를 씻어주기라도 하려는 듯.

# 벽력의 권, 천왕의 검 ,

대별산 보급대가 입은 피해는 예상보다 꽤 컸다.

불이 붙고 물에 불어 못 쓰게 된 식량이 삼천 석에 달했고, 옷감이나 피륙 등도 상당한 피해를 입었다. 모든 것이 초반 대응을 부실하게 한 보급대장 윤문환의 잘못이었다. 적이도 사자 파병 부대의 인솔자인 구여진은 그렇게 파악했다.

그래서 윤문환이 중상을 입어 요양 중이라는 말에 그녀는 별다른 반응을 보이지 않았다. 저도 낯짝이 있다면 얼굴을 내밀지 못하리란 판단이었다.

게다가 업무 대행자는 한때 수하였던 제운영이었다.

자신보다 실무에선 더 유능했던 그녀에 의해 착착 진행되는 피해 복구를 바라보고 있노라면 오히려 다행이다 싶었다. 총단 내 여인들 사이에서 지저분한 명성이 드높기로 유명한 윤문환을 상대하지 않아도 된다는 건 꽤 만족스런 결과였다.

"흠, 그럼 주변의 보급대에서 부족한 식량이 도착할 때까진 꼼짝없이 이곳에서 진을 치고 있어야겠군?"

윤문환에 대한 사항을 제외하곤 거의 윤색되지 않은 피해 보고였다. 한참 생각에 잠겨 있던 구여진이 묻자 제운영이 사무적으로 대답했다.

"대략 닷새 정도만 머무시면 되리라 봅니다. 패왕기동대의 활약으로 인해 마사 쪽의 말들의 피해가 거의 없었으니, 급한 대로 식량만 보충하면 되니까요."

"패왕기동대의 활약이라……."

구여진의 얼굴엔 회의가 떠올라 있었다. 실제 싸움을 지켜보지 못했기에 그녀의 패왕기동대에 대한 평가는 아직 유보 상태였다.

입에 침이 마르도록 칭찬 일색인 제운영의 말을 전적으로 믿기엔 의심이 먼저 생겼다.

아무리 한때 순찰당 부당주였다 해도 상대는 얼마 전까지 용문의 교두였다. 팔이 안으로 굽지 밖으로 굽진 않으리라는 판단이었다.

'게다가 그 용문의 아이들을 맡아 가르쳤다는 윤문환이란 작자의 작태를 보면 더욱 믿음이 안 간단 말씀이야.'

구여진은 내심 고개를 가로저었다.

제운영이 그녀의 기색을 읽고 확인하듯 말했다.

"패왕기동대에 속한 아이들은 용문의 연옥백강에서도 가장 강하고 괴물 같은 녀석들이에요. 특히 그 아이들을 통솔하는 단천엽은 괴물 중의 괴물이고요. 만약 구 당주님께서 그 아이들을 무시하신다면 후일 큰 낭패를 보게 되실 거예요."

"지금 겁주는 거니?"

"예."

구여진의 눈가에 살짝 잔주름이 만들어졌다.

눈웃음이었다.

"이 녀석!"

구여진이 양손을 뻗쳐 옆구리를 간질러 오자 제운영이 비로소 딱딱하고 사무적인 표정을 풀었다. 그녀는 난화불혈수를 펼쳐 구여진의 손길을 막으며 입가에 웃음을 담았다.

"이젠 그 수법엔 더 이상 당하지 않는다구요!"

"청출어람(靑出於藍)이라 이거냐!"

"청어람(靑於藍)이죠!"

두 여인은 한동안 살벌한 금나수를 주고받으며 회포를 풀었다. 제운영이 순찰당을 떠난 후 처음으로 둘만의 시간을 갖게 된 걸 자축하며.

잠시 후 보급대 대장실로 몇 개나 되는 술독이 날라졌다.

일단 시작하면 뿌리를 뽑는 두 여인의 월야대작이 시작된 것이다.


그 시각 단천엽은 방 안에 틀어박혀 좌정해 있었다.

그에게 배정된 방은 사방이 막힌 두 평 남짓한 공간이었다. 갑자기 백여 명이 넘는 인원이 늘어난 탓에 임시로 마련된 처소인지라 꽤나 허름했다. 사실 얼마 전까지 물건을 쌓아두는 창고 중 하나였음에 분명했다.

단천엽은 오랜만에 갖게 된 혼자만의 시간을 헛되이 보내지 않았다. 그는 좌정한 채 얼마 전 몽땅 암기하고 태워 버린 현문비록에 실린 무공을 하나하나 떠올리고 있었다.

야수감각도와 더할 나위 없이 잘 어울리는 무공들!

현문비록상의 무공들은 익히 단천엽이 알고 있던 중원의 무리(武理)와 완연히 달랐다. 그냥 겉모양인 초식이 다른 게 아니라 아예 근본적인 무공 원리 자체가 전혀 새로운 체계를 이루고 있었다. 처음 접했을 때만 해도 도저히 익힐 엄두를 내지 못했을 정도로.

한데, 그것이 야수감각도와 결합된 순간 사정이 달라졌다. 마음을 비우고 항상 억누르는 데만 신경 쓰던 야수감각도의 무한한 잠능을 열어젖히자 현문비록의 무공은 이미 더 이상 신세계가 아니었다.

하나하나 구절을 외워 나갈 때마다 새로운 이치가 떠올랐다. 마치 바닥을 길 줄만 알던 아이가 처음으로 일어서 첫발을 내딛는 것과 다름없었다.

그와 동시, 창안자인 화굉요조차 그저 이론상으로만 만들어냈던 비권 천류영상의 다양한 기법들 역시 새롭게 조합됐다.

화굉요가 알았다면 경악할 만한 변화!

덕분에 요즈음 그는 불완전하던 광풍난무, 파뢰, 벽파 등의 상승 기법을 완벽하게 펼칠 수 있게 됐다.

그의 머리 속에서 불완전하던 비권 천류영은 비로소 완벽한 권법으로 탈바꿈했다. 야수감각도와 결합된 현문비록상의 구절이 이를 가능케 만들었다.

물론 단천엽이 익힌 무공은 비권 천류영뿐이 아니었다.

그는 비권 천류영에서 어느 정도 효과를 본 이후 욕심이 생겼다. 전중혈에 내공을 담을 수 없는 특이 신체를 뛰어넘게 만들어준 구양구음검공 중 여태까지 파악하지 못한 무극지기마저 넘보게 된 것이다.

무극지기!

구양구음검공을 이루는 아홉 개의 차크라에서 만들어진 미증유의 기운을 한데 모아야만 이룰 수 있는 기운. 만약 성공만 할 수 있다면 단번에 초절정을 뛰어넘어 신의 영역마저 넘볼 수 있을 만한 놀라운 기운이었다.

하지만 말이 그렇다 뿐이지, 단천엽은 오랫동안의 참오로도 아직 무극지기를 이루는 데는 성공하지 못하고 있었다. 항시 야수감각도 전체가 개방되는 것에 일말의 두려움을 가지고 있었기 때문이다.

그때가 오면 어찌 될지 모른다!

그래서 두려웠다.

자신이 모르는 것에 대한 막연하지만 넘기 힘든 두려움이었다.

그런데 그 두려움이 현문비록으로 깨졌다.

어둡고 어두워 불빛 하나 보이지 않던 길을 환하게 밝혀주는 이정표가 세워진 것이다. 이제 더 이상 그의 마음속에 두려움은 없었다. 전진만이 있을 뿐이었다.

그렇게 용맹정진하여 무극지기의 끝 자락을 본 순간 단천엽은 깨달음을 얻었다. 현문비록상 유일의 살인 초식. 현문일검 천왕에 대한.

'결국 관건은 극쾌(極快)인 긴가!'

단천엽은 깨달음과 함께 반개하고 있던 눈을 떴다. 시간이 얼마나 흘렀는지 방 안에는 어둠만이 가득하고 주변 역시 고요했다. 혼자 있을 시간을 달라고 했던 그의 요청이 확실하게 먹혔음이 분명했다.

단천엽은 가부좌를 풀고 일어섰다. 갑자기 뇌리를 스치는 생각이 있었다. 노력한 만큼의 깨달음을 얻었으니, 이젠 다른 일 처리도 신경 써야만 했다.


전에는 창고였고 이후에도 창고일 게 분명한 거처를 빠져나온 단천엽은 빠르게 어둠 중에 이동했다.

바로 전날 마른하늘의 날벼락처럼 적의 기습을 당한 터였다. 깊은 밤임에도 주변 경계가 엄중했으나 단천엽의 발걸음을 늦추는 데는 역부족이었다.

야천을 휘도는 바람처럼 단천엽은 한동안 보급대 본진을 휘젓고 돌아다녔다. 찾을 곳이 있었다.

잠시 뒤 그가 도착한 곳은 꽤 은밀한 장소에 위치한 부대 내 창고였다. 하도 은밀한 곳에 감춰져 있는지라 앞을 지키는 무사 한 명 보이지 않았다. 다행이었다.

스윽!

창고 안으로 숨어들어 간 단천엽의 눈에 이채가 떠올랐다. 그의 예상대로 꽤나 깨끗하여 방이라 해도 믿음이 가는 다섯 평 남짓한 창고 내의 침상에는 윤문환이 누워 있었다. 평소 한 번도 보지 못한 단정한 표정을 한 채로.

씩!

한걸음에 윤문환에게 다가선 단천엽의 입가에 미소가 떠올랐다. 평소 보이지 않던 나이다운 장난기 어린 미소.

그는 바로 다리를 들어 올리곤 윤문환의 머리를 노려 힘차게 내리찍었다.

파악!

작은 소음과 함께 죽은 듯 누워 있던 윤문환의 쌍수가 기쾌하게 휘저어졌다. 마치 단천엽의 암습을 기다리고 있었던 듯 그의 쌍수에선 강한 기파가 일었다.

그러나 이때 단천엽은 이미 다리를 거둬들인 상태였다. 처음부터 윤문환을 떠보려는 것이었을 뿐 암습할 생각 따윈 추호도 없었다.

휘릭!

발을 거두고 뒤로 한 걸음 물러선 단천엽의 얼굴에 웃음이 감돌았다. 자신의 예상이 맞았음을 확인한 자의 여유였다.

그때 침상에서 뛰쳐 일어선 윤문환이 평소 능글맞던 얼굴을 가볍게 굳힌 채 단천엽을 노려봤다.

"그래도 스승이나 다름없는 사람한테 발길질은 너무 심하잖는가!"

단천엽이 미소를 거두고 말했다.

"일부러 기척을 냈는데도 계속 모른 척하고 계시기에 잠시 실례했습니다."

"잠시 실례? 두 번만 실례를 했다간 사람 잡겠구만!"

"계속 사람들을 빤한 거짓 행동으로 속여온 분치고는 꽤나 불만이 많으신 것 같네요. 뭐, 화가 풀리지 않았다면 지금이라도 사람들을 불러와도 되고요."

"그건……."

윤문환은 다시 잡아먹을 듯 단천엽을 노려보다 표정을 평소처럼 바꿨다. 본래의 능글맞고 뻔뻔한 얼굴로 놀아간 것이다.

"뭐, 그릴 것까진 없고."

윤문환이 손사래를 치자 단천엽이 얼른 말뚝을 박았다.

"그럼 이번 일은 용서했다고 생각하겠습니다."

"끄응, 현재 칼자루를 쥔 쪽은 자네이니, 일단은 마음대로 하게나."

"뒤에 무언가 후환이 있을 거란 말로 들립니다만?"

"후환이 남을 바엔 그 후환을 발본색원하겠다는 말처럼 들리네만?"

두 사람은 서로 속을 떠보는 말을 내뱉곤 거의 동시에 입가에 미소를 머금었다. 여태까지의 만남 중 가장 화기애애한 모습이 된 것이다.

윤문환이 물었다.

"어떻게 알아냈지?"

꽤나 포괄적인 질문이었다. 만약 곁에서 누군가 두 사람의 대화를 엿듣는다 해도 질문의 요지를 파악하기 곤란할 터였다. 그만큼 알쏭달쏭했다.

물론 단천엽은 알아들었다.

"윤 대교두님과 그리 많은 교분을 나눈 건 아니지만, 한 가지 분명한 사실은 항상 절 긴장하게 만들었다는 겁니다. 여태까지 무림에 나와 꽤나 많은 사람들을 만나봤지만, 절 그렇게 긴장하게 했던 사람은 몇 없었지요."

"꽤나 대단한 자신감이로군. 그래서?"

"그래서 어제 보인 윤 대교두님의 상황 대처나 행동에 모순이 있음을 직감했습니다. 적어도 윤 대교두님이 모든 사람에게 자신의 능력을 숨기려 했다면, 조금쯤은 스스로를 드러내야만 했던 거지요. 그렇게 무능한 사람이 용문의 대교두가 될 수는 없으니까요."

탁!

윤문환이 손바닥으로 이마를 쳤다.

아차 싶었던 것이다.

단천엽이 말을 이었다.

"그렇기 때문에 윤 대교두님이 어째서 자신의 능력을 남들 앞에서 숨기는지에 대한 의문이 생겼습니다."

"당연한 일이겠지."

"예, 그래서 여쭙겠는데… 윤 대교두님, 진짜 정체가 뭡니까?"

윤문환은 잠시 망설였다. 그의 정체는 천하를 통틀어도 단 몇 사람 밖엔 알지 못할 정도로 극비였다. 함부로 남에게 털어놓을 만한 것이 못 됐다.

그는 눈앞의 단천엽을 천천히 견주어봤다.

방금 전 전개했던 미녀소수인(美女素手印)을 아무렇지도 않게 피한 거라든지 나이답지 않게 뛰어난 심계를 제외하더라도 쉽지 않아 보였다. 전혀 무공 수위가 짐작되지 않는 게 못 본 사이 예상키 힘든 괴물이 된 게 분명해 보였다.

'그렇다고 대충 속여 넘기기엔 머리가 너무 좋고. 이럴 땐 사실대로 이실직고하는 것도 한 방법이려나?'

재빨리 마음을 정리한 윤문환이 한숨과 함께 입을 열었다.

"휴우, 장강의 앞 물결이 뒷물결에 밀린다는 말을 믿지 않았더니, 아직 창창한 나이에 벌써 후배에게 강압당하는 꼴이 됐구만."

"죄송하게 생각합니다."

"전혀 죄송하지 않은 표정이네만?"

"그런가요?"

"됐네! 내 앓느니 죽고 말지."

단천엽을 향해 훼훼 손을 흔들어 보인 윤문환이 속마음을 털어놨다.

"나는 본래 암천에 속한 사람일세."

"암천이라면……."

"반검맹 산하 정보 조직이지. 그러나 암천은 반검맹의 중추인 오지에 속하지 않는 독립된 조직이고, 그 조직의 수장은 흔히 삼안귀면(三眼鬼面)이라 불리는 남천존자 이심수란 분이라네."

잠시 화굉요와 부상당한 그를 데리고 사라진 암천 십삼호, 미인화

만금주를 떠올린 단천엽이 고개를 끄덕였다.

"들은 바 있습니다."

"당연히 들은 바 있겠지. 자네의 부친인 문상은 내 주군인 남천존자와 동맹을 맺은 동천명왕이니까."

"동천명왕?"

"설마 몰랐던 건가? 그렇다면……."

단천엽이 눈살을 찌푸린 순간 윤문환은 일이 잘못됐음을 직감했다. 정보업계에서 오랫동안 잔뼈가 구른 사람다운 눈치로.

재빨리 뒷말을 흐린 그가 잠시의 침묵 끝에 다소 굳어진 얼굴로 말했다.

"자네가 문상께 별다른 말을 못 들었다면 나로선 더 해줄 말이 없네. 해줄 만한 주제도 못 되고."

"이해합니다."

"흠, 역시 말이 통하는구만."

고개를 끄덕인 그가 슬쩍 화제를 돌렸다.

"그럼 자네의 질문에 대한 대답은 이쯤에서 끝내기로 하고, 이번엔 내가 질문할 차례니 한 가지 묻겠네."

"저는 윤 대교두님의 질문에 대답하겠다고 말한 적이 없습니다만?"

"이 사람, 이거 왜 이러나! 본래 가는 게 있으면 오는 것도 있는 게 세상 사는 이치가 아닌가 말야!"

"그렇긴 합니다만……."

"그렇지! 그렇지!"

옳음을 박듯 부르짖으며 빠르게 손바닥을 비빈 윤문환이 눈을 번뜩이며 말했다.

"그래서 소미녀, 아니, 이젠 대미녀가 됐다고 봐야 하나? 으음, 천하맹 최고 미녀인 모 맹주의 고명따님은 도대체 어떻게 꼬신 건가?"

"그 질문엔 대답할 수 없습니다."

윤문환의 얼굴이 흉악해졌다.

"아니, 천하맹 무사 모두의 연인을 꼬셔놓고 그런 작은 일조차 말해주지 않겠다는 겐가! 나는 내 목숨줄이나 다름없는 정체를 몽땅 까발렸는데!"

"그래도 안 됩니다."

"그럼, 제 교두나 봉황구전 연아상, 무쌍창 금난주와 다리를 놔주는 건 어때? 응응, 자네는 이미 최고 미녀를 차지했지만, 불쌍한 나는 이 나이 먹도록 상부의 임무에만 열중하느라 제대로 된 연인조차 갖지 못했단 말야. 이런 내가 진짜진짜 불쌍하지 않은가?"

"그냥 쉬시죠?"

웃는 얼굴로 윤문환의 어깨를 붙잡아 침상에 앉힌 단천엽이 빠르게 뒷걸음질쳤다. 윤문환이 자신의 모든 것을 숨이고 있었던 건 아니란 사실을 깨달은 채.

벽력의 권, 천왕의 검 2

구여진과 제운영이 밤이면 밤마다 주량을 겨루고, 떠오르는 해를 바라보며 무승부를 아쉬워하는 동안 복구 작업은 착착 진행되었다.

밤에 그렇게 술을 푸고도 낮만 되면 말짱해지는 제운영의 지도력과 강인한 체력, 일보삼천배의 명성을 확인시켜 주는 주량 덕분이었다.

물론 그사이 단천엽을 비롯한 패왕기동대가 제운영에게 질질 끌려다니며 복구 작업에 동원된 건 당연한 일이었다.

용문에서 익히 경험했던 바, 제운영의 사람을 반가워하는 방법은 항상 그런 식이었다. 전혀 상대방이 반가워하길 원치 않는 것에 관계없이.

닷새가 빠르게 지나갔다.

제운영의 장담대로 근처 보급창에서 날라져 온 식량과 건강한 말의 보급은 원활하게 끝났다. 패왕기동대의 눈부신 활약—작업으로 다져진 용문 출신들답게—속에 보급대 복구 작업 역시 많은 진척을 본 상황.

여전히 듬뿍 반가워하고 싶어하는 제운영의 아쉬움과 패왕기동대의 만세 삼창 속에 사차 파병 부대는 서둘러 대별산을 떠났다.

여전히 형식적인 보급대 수장인 윤문환은 코빼기도 내비치지 않았으나 이미 거기에 신경 쓰는 사람은 구여진을 비롯해 아무도 없었다. 마치 그가 처음부터 이곳 대별산 보급대에 존재하지 않았던 사람인 것처럼.

닷새 동안 이어진 공전절후한 주투(酒鬪)의 여파로 속쓰린 얼굴을 한 구여진의 명에 의해 부대 행군 속도는 평소의 두 배를 유지했다. 예상치 못했던 적의 습격으로 늦어진 기간을 생각하자면 어쩔 수 없는 선택이었다.

그렇게 다시 닷새가 지나 빠르게 신야를 통과한 부대는 호북 노하구(老河口)에 이르러서야 행군의 속도를 늦췄다.

이름 모를 언덕 위에 올라서자 얼마 전 보급선 확보를 위해 양양에서 하남 방면으로 후퇴한 호북출정군의 본지이 한눈에 들어왔다.


푸르르!

고삐를 잡아당겨 말을 멈춰 세운 구여진이 손을 들어 올리자 부대가 일사불란하게 행군을 멈췄다.

대별산을 떠난 이후 줄곧 부대의 양익을 담당하고 있던 패왕기동대 대장 단천엽이 말을 몰아 다가오자 그녀의 입가에 흐릿한 미소가 번져 나왔다.

"이번에도 자네의 판단이 옳았군. 적의 후속 공격을 꽤 염려하고 있었는데, 정말 아무 일도 일어나지 않았어."

"운이 좋았을 뿐입니다."

"운이라……."

구여진의 얼굴에 '과연 그럴까?' 하는 표정이 떠올랐다. 어느새 마흔을 바라보는 나이임에도 기껏해야 이십대 후반 정도로밖에 보이지 않는 그녀의 얼굴에는 아직 요염함이 남아 있었다. 여전히 사내들을 충분히 꼬실 수 있을 만한 미태와 함께 눈꼬리를 살짝 치켜뜨는 모습은 꽤나 도발적인 분위기를 연출했다.

그러나 단천엽은 나이에 비해 꽤나 많은 여인들을 경험한 바 있었다. 그러니 구여진의 요염한 얼굴 이면에 숨은 탐색의 표정을 읽지 못할 리 없었다.

'어째서 내 주변의 여인들은 하나같이 이런 것인지…….'

그가 내심 가볍게 한숨을 지을 뿐 별다른 표정의 변화를 보이지 않자 구여진의 얼굴에 재미없다는 표정이 떠올랐다. 윤문환처럼 발정 그 자체인 인간도 문제지만, 눈앞의 단천엽같은 남자도 여자 입장에선 별로였다.

무안함을 감추려 재빨리 안색을 바꾼 구여진이 말했다.

"그런데 자네 말이 맞다면 지금쯤 이곳 노하구는 심각한 전쟁 상태여야 맞는데, 눈앞에 보이는 광경은 꽤나 평화롭군. 앞의 예상은 맞았지만 뒤의 것은 틀렸다고 봐야 하려나?"

단천엽이 말을 다독이며 구여진과 시선을 마주치곤, 멀리 보이는 호북출정군 본진 쪽을 바라보며 말했다.

"그렇지도 않은 것 같습니다."

"그렇지도 않다?"

단천엽의 말이 꽤나 여상스러웠기에 구여진이 멀리 보이는 호북출정군 쪽의 기변을 발견하는 데는 조금 시간이 걸렸다. 여기에는 단천엽의 무위를 자신보다 아래로 보는 그녀의 선입견이 많이 작용했다. 제운영의 경고에도 불구하고 강호 절정고수라는 그녀의 자부심은 단천엽의 능력을 그대로 인정하는 데 걸림돌이 되고 있었다.

물론 지금 중요한 건 그런 문제가 아니었다.

결국 군진 쪽의 이상을 감지한 구여진의 안색이 변했다. 설마 적이 대담하게 대낮에 호북출정군의 본진을 치랴던 안이한 생각에 경종이 울린 것이다.

그사이, 빠르게 수신호를 보내 양익으로 갈라져 있던 패왕기동대를 집결시킨 단천엽이 구여진에게 살짝 고개를 숙여 보였다.

"아무래도 총교두, 아니, 무상께서 본진에 위치하지 않은 것 같습니다."

'그렇겠지!'

"그러니 적의 성동격서(聲東擊西:동쪽에서 소리 지르고 서쪽을 공격한다)와 암도진창(暗渡陳倉:기습과 정면 공격을 함께 구사한다)에 빠진 게 분명합니다. 그래서 대별산 보급내를 무리하게 공격해 사차 피병 부대의 행보를 늦추려 했던 것이고요."

"그렇다면 현재 본진이 위험하다는 건가?"

"십중팔구 그러리라 봅니다. 그러니 제가 패왕기동대를 데리고 좌측을 타격할 테니, 그사이 구 대장님께서 나머지 인원을 데리고 우측을 맡아주십시오."

패왕기동대 인원은 열다섯, 나머지는 구여진을 포함한 구십여 명이었다. 보통의 상황이라면 절대 같이 놓고 전력을 비교할 수 없었다. 그런데 단천엽은 같은 무게의 작전을 동시에 펼치자 말하고 있었다. 자신감 넘치는 목소리로.

구여진이 이젠 확연히 격전이 벌어지고 있다는 게 눈으로 확인되는 호북출정군 쪽을 살피고 말했다.

"내 보기엔 좌측보다는 우측이 좀 더 적의 공세가 느슨한 것 같은데……."

"패왕기동대가 좌측을 맡겠습니다."

"그래?"

구여진이 단천엽을 한차례 노려보고 고개를 끄덕였다.

천둥벌거숭이 같은 제운영이 인정한 사내의 능력을 가늠해 보고자 하는 의도였다.

'여차하면 병력을 돌려 좌측 지원에 나서면 될 테지.'

일군의 수장다운 판단이었다.

그럴 거라고 그녀는 생각했다.

그때 단천엽이 말 머리를 패왕기동대로 돌리곤 힘차게 소리쳤다.

"패왕기동대, 일제 돌격 준비!"

"우우!"

어느새 안색 자욱이 살기를 뿜어내기 시작한 기소천의 부르짖음과 함께 패왕기동대 특유의 진형이 갖춰졌다. 열 배나 스무 배가 넘는 적진이라 해도 망설임없이 뛰어들 수 있을 정도의 패기와 더불어.


처음으로 본진 방어를 맡은 곽채량의 얼굴은 이미 붉게 달아오른 지 오래였다.

흑건질풍대의 양 부장인 상소충과 검비혼(劍飛魂) 유성찬이 각기 양 익으로 기마 백씩을 끌고 나가 분전 중이었으나 마땅치 않았다.

그동안 흑건질풍대의 기마 전술에 대한 연구가 활발히 진행된 것이리라!

오패무적단의 주력이 총동원된 듯한 적들이 구사하는 병진에 갇힌 양익은 조금도 힘을 발휘하지 못하고 있었다. 이대로 가다간 흐지부지 흩어져 전멸당할 게 불을 보듯 뻔했다.

그러나 곽채량은 수족같이 아끼는 수하들이 귀신같이 움직이는 오패무적단에 의해 하나둘 궤멸당하고 있는 모습을 지켜보면서도 달려나갈 수 없었다.

마음은 이미 수하들을 향해 달려가고 있었다.

중군을 내어 빌어먹을 움직임을 보이는 눈앞의 오패무적단을 단숨에 쓸어버리고 싶었다. 그거야말로 강호에서 질풍의 사나이라 불리는 곽채량에게 딱 어울리는 역할이었다.

하나 그는 지금 친우 유겸호가 항상 맡아왔던 역할을 대신 수행하고 있는 중이었다. 자신의 판단이나 기분에 의해 전군을 위험에 빠뜨릴 순 없었다. 평상시처럼 기마대를 이끌고 나가 적과 생사를 걸하는 혈투에 참가할 순 없었다.

그래서 기분이 지랄 같았다. 피가 거꾸로 도는 걸 참고 적들의 희롱을 참아내려니 당장에라도 미쳐 버릴 것 같았다. 항상 이와 같은 기분을 감내했을 유겸호와 그의 잘린 왼팔을 생각하자 더욱 화가 폭발적으로 끓어올랐다.

그때 격전과는 조금 거리가 먼 쪽인 후방 쪽에 배치됐던 무사 하나가 빠른 걸음으로 다가왔다.

연신 힘이 들어가는 주먹을 불끈거리고 있던 곽채량의 노호와 같은 시선이 무사를 향했다.

"무슨 일이냐! 설마 적의 별동대가 후방 타격에 나선 것은 아니겠지?"

'그렇다 해도 저한테 그걸 막을 방도는 없는뎁쇼!'

곽채량에게 고개를 숙여 보인 채 내심 중얼거린 무사가 얼른 낯빛을 고치고 고했다.

"적의 별동대가 아니라 아군이 도움을 주러 달려온 것 같습니다."

"아군?"

가볍게 눈살을 찌푸려 보인 곽채량의 뇌리를 스치는 게 있었다. 닷새 전 대별산을 출발한 사차 파병 부대가 도착할 때가 얼추 됐다는 생각이었다.

"그 병진을 짤 줄도 모르는 머저리들이 와봤자 무슨 도움이 되겠느냐!"

'그러니까 그걸 저한테 물어보서 봤자 아무런 소용이 없다니까요!'

항변의 시선을 던진 무사가 곽채량의 매서운 시선을 보고 얼른 어깨를 움츠렸다. 화가 난 곽채량에게 얻어맞으면 자신만 손해라는 판단이었다.

무사는 못다 한 보고를 빠르게 마쳤다.

"그들이 양쪽으로 갈라섰는데, 본진을 우회해서 적들을 타격하려는 것 같습니다."

"뭐?"

"전령으로 보이는 무사가 전한 말은 그러했습니다."

곽채량이 반사적으로 벌컥 노성을 터뜨리려다 까칠한 턱을 손으로 더듬었다.

솔직히 외성에서 긁어온 무사들이 달려들어 봤자 현재의 전황이 바

뀔 가능성은 전혀 없었다.

현재 벌어지고 있는 건 대군과 대군 간의 전쟁으로, 제대로 된 병진 수련이나 군 이동조차 숙지 못한 자들 따위 별다른 도움이 되지 않기 때문이다.

'흠, 하지만 그들을 미끼 삼아 상소충과 유성찬을 구해낼 수 있을지도 모르겠군.'

구여진이 들었다면 얼굴에 오선지를 그으려 달려들었을 법한 생각을 한 곽채량이 옆에 선 전령을 손짓해 불러 몇 가지 명령과 함께 군을 움직이는 깃발을 건넸다.

군례를 취한 후 달려가는 전령을 바라보는 곽채량의 얼굴은 여태까지와 달리 여유가 흘렀다. 그는 자신이 마치 제갈무후라도 된 듯 입가에 흐릿한 미소를 띠었다.

"역시 죽으란 법은 없는 것이겠지."


곽채량의 예상대로 구여진이 이끄는 외당의 고수들은 시작부터 심한 난관에 봉착했다.

그들이 달려들자마자 득달같이 수백 개가 넘는 강전이 날아들었고, 그 뒤로 거의 일 장이 족히 넘는 장창 부대가 기마를 위협했다.

강호의 일 대 일 싸움, 기껏해야 한꺼번에 대여섯 정도만을 상대했던 외성 고수들로선 아연실색할 따름이었다. 도대체 어찌 상대해야 할지 대책조차 세울 수 없었다.

그때 구여진이 나섰다.

그녀는 벼락같이 비전의 패도십팔식을 연달아 펼쳐 장창 부대를 일부 뒤로 물러나게 만든 후 크게 소리쳤다.

"기마를 버리고, 한동안 스스로를 보호하는 데 집중한다!"

잠시 공황 상태에 빠졌던 외성 고수들이 바로 알아들었다. 익숙지도 않은 말을 타고 적의 조직적인 장창수들에게 대항하느니, 본신절기를 발휘해 일 대 일 싸움 쪽으로 몰아가는 게 현재로선 최선의 방도였다.

그러나 적은 이미 그런 데까지 세심한 주의를 기울이고 있었다. 구여진을 비롯한 외성 고수들이 빠르게 기마를 포기하자 장창수들이 물러선 공간을 장도병(長刀兵)들이 메웠다. 엄정하고 완벽한 병진을 갖춘 채.

"으득, 끝내 우리의 앞을 가로막겠다는 거냐!"

구여진의 얼굴에 노기가 떠올랐다.

평생 자부심을 가졌던 무공이 전혀 먹히지 않는 눈앞의 현실이 분했던 것이다.

하나 현실적으로 첩첩이 앞을 가로막아 선 장도병과 장창수, 궁수들을 넘어 적진을 타격한다는 건 불가능해 보였다. 살갗을 따끔거리게 만드는 적들의 살기에 대항하는 것만 해도 벅찼기 때문이다.

'그런데 그 애송이는 뭘 믿고 그리 자신감을 보였던 걸까?'

구여진은 연신 검을 휘두르면서도 시선을 힐끔 단천엽과 패왕기동대가 떠난 곳으로 던졌다. 그래 봤자 전혀 보이지 않고 느껴지는 바도 없으나 심히 걱정되긴 했다.

애송이들이……

순간 면전으로 파고든 적의 도파를 검기를 쏟아내 박살 낸 구여진은 상념을 끊었다.

단천엽 등을 염려하기엔 자신의 발등에 불이 떨어진 상황이었다. 남에 대한 걱정 따윈 사치에 불과했다. 눈앞의 아수라장 속에서 살아남기 전까진.

"어차피 이 녀석들은 방어밖엔 할 생각이 없다! 모두 절기를 발휘해서 단숨에 밀어붙여!"

"우와아!"

"적을 죽여라!"

구여진의 외침에 동조하는 목소리와 함께 격전은 가일층 격렬해졌다. 피와 살이 튀는 전장이 무인들의 피를 끓어오르게 만들었다. 동료들의 잇단 죽음과 연신 튀어오르는 혈화, 잿빛 죽음의 기운을 깡그리 잊게 만들 정도로.

그 순간, 그들의 좌익에선 경악스런 일이 벌어지고 있었다.

벽력의 권, 천왕의 검 3

　　호북출정군 본진의 좌측을 선택한 단천엽의 패왕기동대는 쐐기형 돌격 진형을 구축하고 있었다. 기마 돌격의 파괴력에 있어선 타의 추종을 불허하는 진형이었다.

　　한데 단천엽이 갑자기 점차 기세를 높여가고 있던 패왕기동대의 속도를 늦추게 했다. 눈앞으로 보이는 장창 부대와 장도 부대의 살기등등한 진형 외곽에서 서성이는 일군의 기마가 눈에 거슬렸기 때문이다.

　　장창과 장도 부대의 경우 기껏해야 이, 삼류의 무인들로 잘 훈련된 창칼받이에 불과하나 기마의 경우는 사정이 달랐다. 이대로 돌격을 감행하다 옆구리를 당하면 회복 불능의 타격을 입을 것은 자명했다.

　　게다가 일진 뒤로 엄정하게 화살를 잰 채 버티고 서 있는 궁수의 숫자가 물경 삼십에 달했다.

　　빠른 돌격만 이뤄진다면 별다른 효과를 발휘하지 못할 터이지만, 난

전에 들어갈 시 커다란 위협이 된다. 조금이라도 밀려 뒤로 후퇴하면 화살의 표적이 될 공산이 큰 것이다.

만약 보통의 병법가라면 위험을 알고 뒤로 물러섰을 터.

물론 단천엽은 보통의 병법가가 아니었다.

손을 들어 다시 쐐기형 돌격 진형을 구축하게 만든 단천엽이 위엄 어린 목소리로 외쳤다.

"어언, 소천!"

단천엽의 좌우를 점한 채 따르고 있던 모어언과 기소천이 얼른 목소리를 높여 대답했다.

"예!"

단천엽이 여전히 시선을 적의 진형에 둔 채 말했다.

"돌진 시 절대 손에 사정을 두지 말라! 그리고 적의 일진을 무너뜨릴 때까진 내 뒤를 놓치지 말고 따르도록!"

"예!"

모어언과 기소천이 짧은 대답과 함께 눈빛을 빛냈다. 저음부터 단단히 마음먹고 있었지만, 단천엽의 당부를 듣고 보니 눈앞의 적이 한층 대단하다는 생각이 들었다. 두 사람은 단천엽의 엄정한 등이 거대한 절벽처럼 느껴졌다.

그 뒤 다시 몇몇 사람을 호명해 각자의 역할을 분명히 전달한 단천엽이 마지막으로 패왕기동대의 후미를 맡은 연아상에게 명령했다.

"개전을 알리는 화살을 쏘시오!"

"예."

연아상의 대답과 함께 봉황단궁이 휘청, 만월을 만들었다.

돌격 개시였다.

금일 천하맹의 호북출정군 본진을 공격해 들어온 대병을 이끄는 자는 전 오패무적단주이자 현 부단주인 무적마창 언찬연이었다.

오패무적단 주 전력의 구 할에 그동안 충원된 반검맹의 무사 일천을 이끌고 노하구에 도착한 그는 한동안 꽤나 여유로웠다. 얼마 전 대별산으로 떠난 삼번대가 전멸에 가까운 피해를 입었으나 아직 그의 휘하엔 일, 이, 사, 오번대가 남아 있었고, 이끄는 무사들 또한 병진에 능숙했다.

기습을 받자마자 주 전력의 절반을 헛되이 출전시켜 고립되게 만든 멍청한 적의 수장 곽채량을 생각하면 그저 웃음이 나올 뿐이었다.

꽤나 강적이라 애를 먹이던 유겸호와 달리 곽채량의 병진 운용은 기대 이하였다. 첫 교전부터 극명한 우열이 갈라진 전황이 그의 기량을 웅변하고 있었다.

그나마 가장 기동력이 좋은 좌우 양익의 고립에도 불구하고 쉽사리 중군을 내지 않고 있는 것만은 가상했으나 그것도 시간문제일 터였다.

언찬연은 고양이가 쥐를 데리고 놀듯 희롱하다 그를 끝장낼 생각으로 마음이 즐거웠다.

지금쯤 상관인 여만해와 제갈현빈은 적은 병력으로 노호와 같이 무서운 단백경과 유겸호를 막아내느라 고생이 막심할 터이지만, 거기까지 걱정하고 싶진 않았다. 어차피 여만해든 제갈현빈이든 앞으로 그의 반검맹 내 입지를 위해선 사라져 주는 편이 나은 존재들인 것이다.

하지만 언찬연의 느긋함은 거기까지였다.

호북출정군 후방에서 갑자기 나타난 일백의 인마가 그의 뇌리에 위험 신호를 울렸다. 삼번대를 괴멸시킨 천하맹의 일류고수들이 참전한다면 전세는 언제든 역전될 수 있다는 판단이었다.

그가 느낀 위험 신호는 곧 현실로 나타났다.

재빠른 명령에 의해 움직인 좌우 양측의 별동대 중 좌측에서 느닷없이 거센 파도가 밀려들었다. 수없이 많은 싸움과 전장을 경험한 백전 노장 언찬연의 눈이 휘둥그레해질 정도의 파괴력을 동반한 채.


단천엽은 맨 앞에서 말에 박차를 가했다.

항시 온화하던 주인의 마음을 읽은 듯 말은 힘차게 앞으로 내달렸다. 눈앞으로 시퍼렇게 날이 선 장창과 장도의 숲이 가로막고 서 있는데도 전혀 아랑곳없는 질주였다.

장창수들이 일제히 자세를 낮춘 채 충돌에 대비했다.

단천엽과 그 뒤를 따르는 패왕기동대 전체를 장창에 산적처럼 꿰어 박살 내려 했다.

물론 단천엽이 그들의 의도를 읽지 못할 리 없다.

그는 충돌 직전 말 위로 올라섰다. 고삐를 놓은 채 오직 발끝의 감삭만으로 균형을 잡았다. 마치 기마 일체가 된 듯 자연스럽게.

그와 동시, 일어난 찬연한 검기의 폭풍!

단천엽의 손끝을 타고 일어난 수십 개의 무형검기가 돌개바람처럼 와선의 회오리를 만들었다. 목표는 바로 코앞까지 접근한 수십의 장창수들.

피의 폭풍우가 불었다.

단천엽의 손끝을 타고 일어난 무형검기에 의해 오히려 산적같이 꿰뚫린 장창수들 뒤로 장도병들이 이를 악물고 달려들었다. 엄격한 군율과 훈련에도 불구하고 그들의 얼굴엔 흐릿한 공포가 담겨 있었다.

그만큼 단천엽이 연달아 일으킨 무형검기의 위력은 놀라웠고 그 손속은 단호했다. 절대고수라 해도 쉽사리 보일 수 없는 잔혹함이고 위용이었다.

돌격을 막기 위해 달려들던 장도병들의 발걸음이 주춤할 수밖에 없었다. 당연하다. 사람인 이상 단천엽이 보인 무위와 잔혹함은 여파를 남길 수밖에 없었다.

그 잠깐의 망설임이 패왕기동대의 돌파를 허용했다. 단천엽이 다시 일으킨 무형검기의 폭풍에 놀라 전열이 흐트러진 장도병들의 머리 위로 전쟁의 여신 모어언과 살기등등한 기소천의 도검이 벼락같이 떨어져 내렸다.

흡사 양 떼 사이로 뛰어든 늑대와 같은 공세!

그때 순식간에 궁수들의 방어선마저 돌파한 단천엽이 말을 몰아 패왕기동대의 후위 쪽으로 치달리기 시작한 적의 기마를 향해 박차를 가했다.

쇄쇄쇄!

창궁의 매처럼 돌진해 오는 단천엽을 향해 수십 발의 화살이 날아들었다. 오패무적단 오번대답게 빼어나고 정확한 기마궁술이었다.

그러나 단천엽이 돌파 시 장창수로부터 빼앗은 장창을 돌개바람처럼 휘두르자 바위라도 꿰뚫듯 파고든 화살들은 천지사방으로 튕겨질 뿐이었다. 마치 막강한 호신강기를 일으킨 듯 단천엽은 말까지 보호하며 오번대를 향해 파고들었다.

아무리 일류고수들로 이뤄진 오번대라 해도 공포를 느끼지 않을 수 없는 위용!

오번대 조장 노호폭류창(怒虎暴流槍) 언가진의 얼굴이 딱딱하게 굳었다.

이대로 패왕기동대를 놔둔다면 별동대가 만든 방진은 돌파당할 게 분명하고, 눈앞의 단천엽의 돌진 역시 그냥 놔두긴 곤란했다. 놀랍게도 돌격을 허용한 직후 양동 작전에 걸려 버린 것이다.

일시 노련한 고수답지 않게 언가진의 얼굴에 고뇌가 떠올랐다. 병법상 그가 택할 최선의 선택은 단천엽의 돌진을 놔둔 채 패왕기동대의 후미나 옆구리를 타격하는 것이었다. 적의 본진이 궤멸되면 단천엽 혼자 오번대 전체와 나머지 혼합병 전체를 상대하긴 곤란할 터였다.

하나 장창을 휘두르며 달려드는 단천엽의 기세는 아직 거리가 떨어져 있음에도 창법의 고수라 자처하는 그조차 등골이 오싹할 만큼 위협적이었다.

병법가가 아닌 무인의 본능은 그에게 지금 당장 단천엽에게 전력을 기울이라 외치고 있었다. 패왕기동대를 그냥 내버려 둔 채.

그때 부조장 절명삼창(絶命三槍) 언가기가 결단을 촉구했다.

"조장님, 명령을!"

잠시 별동대의 방진을 거의 돌파한 패왕기동대 쪽을 실핀 언가신이 단천엽 쪽을 바라보며 어깨를 폈다. 결국 그는 병법가가 아니라 무인의 본능에 오번대와 자신의 운명을 걸었다. 무인의 숙명처럼.

"오번대 기창 앞으로!"

권법과 함께 양가창, 아미신창과 더불어 중원삼대창법을 소유한 언가 중심의 오번대 전체가 우렁찬 함성과 더불어 기창했다. 그에 따라 좀 전 단천엽과 패왕기동대가 상대했던 장창수들과는 아예 수준 자체가 다른 광포한 기세가 일어났다.

흡사 하늘에서 하나의 거대한 뇌창이 떨어져 내린 듯한 형국!

오번대 전체의 기세를 받아 노도와 같은 창강(槍罡)을 일으킨 언가진이 어느새 지척까지 이른 단천엽을 향해 달려들었다.

일백 대 일.

백 명의 기마와 일기단창의 단천엽이 맞붙었다.

그 순간, 멀리 오패무적단의 중군에서 전체 전황을 살피고 있던 언찬연의 입에서 묵직한 신음이 터져 나왔다.

"저 녀석 뭐야!"

언찬연은 잠시 입을 벌린 채 눈살을 찌푸렸다.

오번대를 맡은 언가진과 언가기는 개인적으로 그의 육촌 조카뻘이었다. 당연히 언가가 주축인 오번대에 대한 그의 애정은 남다른 것이었다. 일부러 적의 주력과 만날 가능성이 적은 좌측의 별동대, 그중에서도 후방 타격대 쪽에 위치시킨 것만 봐도 알 수 있는 일이었다.

그런데 일이 꼬였다.

꼬여도 아주 단단히 꼬였다.

대군과 대군의 전면전인 걸 감안하면 좌측 별동대 쪽을 치고 들어온 패왕기동대는 그냥 무시해도 상관없을 정도였다. 그들보다 훨씬 많은 우측의 침투 병력이 난전을 벌일 뿐 전혀 주요 전장으로 파고들지 못하는 것만 봐도 알 수 있는 일이었다.

한데, 그렇게 적은 적들한테 이백이 넘는 좌측의 혼합 별동대가 무너지고 있었다. 일시적으로 방진이 돌파당한 정도가 아니라 놀랍게도 적의 양동 작전에 걸려 각개격파당하고 있었다.

있을 수 없는 일!

절대 있을 수 없는 일을 가능케 만든 건 어이없을 정도의 양동 작전을 홀로 수행하고 있는 단 한 사람, 일백의 오번대 창기병들에 맞서 혈풍을 일으키고 있는 단천엽이었다. 그의 절대적인 무위와 빠른 상황판단력이 없었다면 열 배가 넘는 방진이 그리 쉽사리 돌파당할 리 없었다.

'위험한 놈이다!'

언찬연의 등으로 축축한 땀이 배어 나왔다.

당장에라도 오번대를 홀로 박살 낼 듯 무시무시한 단천엽과 덩달아 날뛰고 있는 패왕기동대가 만들어낸 변화였다.

언찬연은 당장 명을 내려 좌측 별동대 쪽으로 병력을 집결시키려다 움찔했다. 마치 단천엽과 패왕기동대의 활약을 예견이라도 했던 듯 머리를 발 사이에 끼운 채 꼼짝도 하지 않던 곽채량의 중군이 갑자기 움직임을 보이기 시작한 것이다.

"역시 아주 맹탕은 아니란 것이겠지?"

나직이 중얼거린 언찬연은 가볍게 끌탕을 쳤다. 쥐를 데리고 노는 고양이 놀이에 열중하다 쥐에게 물린 격이었다. 물린 자리가 꽤나 아팠다. 게다가 더욱 상처기 부풀어 오를시도 모를 상황이 임박하고 있었다.

일단 물린 자리를 치료하는 게 급했다.

부관을 맡은 일번대 조장 쾌검쾌장(快劍快掌) 남궁후를 부른 언찬연이 전군 후퇴를 명했다. 전군을 책임진 위치답게 좌측 별동대와 오번대에 대한 명은 따로 내리지 않았다. 곽채량의 중군이 움직인 이상 사사로운 정에 이끌려 전국에 혼란을 일으킬 순 없다는 판단이었다.

'괴물 같은 뇌정경혼과 유검호가 없는 사이 궤멸에 가까운 타격을 입혔어야 했거늘. 아니, 이젠 또 다른 괴물이 등장했으니 앞으로의 전국은 한 치 앞도 예상치 못하게 된 셈인가?'

언가의 정예라 해도 과언이 아닌 오번대의 창기병들을 철저하게 유린하고 있는 단천엽 쪽을 힐끔 바라본 언찬연이 천천히 말 머리를 돌렸다.

조장들 중 수석이며 가장 강하고 뛰어난 남궁후와 일번대가 후위를 맡았다. 후퇴 시 별다른 일은 벌어지지 않을 테지만, 말의 박차를 가하는 언찬연은 입맛이 썼다. 다 잡았던 대어를 놓쳤을뿐더러, 삼번대에 이어 오번대마저 잃게 됐으니 이번 싸움은 그의 패배나 다름없었다.

그의 뇌리에 단천엽의 얼굴이 깊게 아로새겨졌다.

■ 제55장 ■
야수와 권왕

야수와 권왕 **ɪ**

단천엽과 패왕기동대가 끝에 뾰족하게 날을 세운 통나무로 에워싸인 호북출정군의 군진에 들어섰을 때다. 갑자기 폭풍 같은 함성이 터져 나왔다.

완벽한 수세였디. 쉽사리 뒤엎을 만한 전황이 아니라는 걸 모두 알고 있었다. 그때 바람같이 나타나 단숨에 패배를 승리로 바꾼 영웅들!

바로 단천엽과 패왕기동대였다.

해서 그들의 등장에 전투의 후속 처리에 몰두해 있던 무사들은 일제히 하던 일이나 동작을 멈춘 채 열광했다. 앞서 본진으로 들어선 구여진 일행을 대할 때와 완연히 다른, 무사들의 진심이 듬뿍 담긴 자발적인 환호성이었다.

군진 안에서 죽음의 공포와 싸우고 있던 무사들은 직접 눈으로 본 것만을 믿었다. 그리고 신뢰했다.

그래서 단천엽 이하 패왕기동대의 무용과 전과에 그들은 마음 깊이 감복하고 있었다. 오직 단백경만이 받던 자발적인 환호로 환영을 표시할 만큼.

피로와 살육의 흥분으로 잔뜩 눈에 핏발이 서 있던 패왕기동대의 어깨가 자신들도 모르게 활짝 펴졌다. 정확한 사정은 모르나 마음 깊숙한 곳에서 솟구친 한 가닥 자부심이 피를 끓어오르게 만들었다.

그때 끝나지 않을 듯하던 함성을 뚫고 군진 정중앙에 위치한 거대한 막사 안에서 피에 젖은 무장 차림의 무사가 나와 빠른 걸음으로 다가왔다. 단천엽과 패왕기동대의 활약 덕분에 목숨을 건진 흑건질풍대 부대주 상소충이었다.

따가닥!

말을 몰아 앞으로 나선 단천엽이 포권과 함께 그를 맞으며 정중히 말했다.

"사차 파병 부대 중 별동대인 패왕기동대를 맡은 단천엽입니다."

상소충이 역시 포권을 해 보이곤 해연히 놀란 표정으로 단천엽을 바라봤다.

"서문휘강을 이겼다는……."

"운이 좋았을 따름입니다."

상소충이 고개를 가로저으며 목소리를 높였다.

"그렇지 않소이다. 정말 대단한 무위이고 빼어난 용병술이었소이다. 나 상소충이 오랫동안 전쟁터를 돌아다녔지만, 귀공처럼 빼어난 용력과 대담한 작전을 구사하는 지휘관은 본 바가 없었소이다."

"과찬의 말씀이십니다."

"과찬이 아니라 사실이오. 덕분에 본인을 비롯한 일백 흑건질풍대의 목숨을 건질 수 있었소이다. 진심으로 감사할 따름이올시다."

상소충의 목소리엔 진심이 담겨 있었다. 이제 막 단천엽을 맞았으나 오랫동안 전쟁터를 전전하며 피로 맺어진 전우를 대하는 듯했다.

부드러운 미소로 대답을 대신한 단천엽이 시선을 슬쩍 상소충 어깨 너머로 던지곤 질문했다.

"총사령인 무상께서 자리를 비우신 듯하니, 현재 호북출정군의 본진을 책임지고 계시는 분은 흑건질풍대주인 곽 대주님이시겠군요?"

"그걸 어떻게……."

"넘겨짚었을 뿐입니다. 무상께서 만약 본진에 있었다면 반검맹이 감히 이런 대낮에 정면으로 공격해 들어오진 않았을 테고, 상소충 부대주님이 이곳에 계시니 자연 본진 방어를 맡은 분은 곽 대주님이라 생각한 것이지요."

"그렇구려."

고개를 끄덕이는 상소충의 얼굴에 더욱 감탄의 기색이 짙어졌다. 사실 단천엽의 말은 세심한 성격의 사람이라면 대부분 짐작할 수 있는 것들이었으나 현 상황을 반추하면 생각처럼 쉽지 않은 일이었다. 피를 피로 씻는 혈전의 끝에 그런 냉정한 상황 판단을 한다는 건 어려운 일이었기 때문이다.

단천엽이 말했다.

"곽 대주님께서는 지금 구 당주님과 회견 중이실 테니, 전후 처리는 상 부대주님과 유 부대주님이 하셔야 할 터인데, 어찌 저희들을 맞으러 귀한 시간을 내셨는지 물어봐도 되겠습니까?"

상소충이 얼른 상념에서 벗어났다.

"이런, 내 정신 하고는! 확실히 현재 유 부대주는 뒤처리로 바쁘고

본인도 곧 달려가 봐야 합니다. 하지만 그러기 전에 곽 대주님께서 본인에게 직접 내린 명령을 처리하기 위해 귀공들을 찾은 것이오."

"곽 대주님께서 직접 내리신 명령이라면 화급을 요하는 것이겠군요?"

단천엽이 짐짓 모른 척 시치미를 떼자 입가에 씩 웃음을 떠올린 상소충이 말했다.

"곽 대주님께서는 이번 전투에서 최고의 전공을 세운 귀공들이 머물 숙소를 본인에게 직접 배정해 주라고 엄히 명하셨소이다."

"그런⋯⋯."

"당연한 일이오. 이번에 단 공과 패왕기동대의 활약이 없었다면 전황이 극히 불리하게 돌아갈 수도 있었으니까요."

"그러시군요. 그렇지 않아도 좀 피곤했었는데, 상 부대주님께서 몸소 안내해 주신다면 감사할 따름입니다."

"하하, 감사야 이 사람과 흑건질풍대가 해야지요."

상소충이 크게 웃어 보인 것과 동시에 단천엽이 말에서 뛰어내리자 패왕기동대 전체가 일제히 하마(下馬)했다.

여태까지 잔뜩 흥분했던 탓에 느끼지 못했던 피로감이 두 번째 전투를 끝마친 패왕기동대 전체의 골수로 천천히 파고들고 있었다. 쉴 곳을 마련해 주겠다니, 고분고분 말을 듣는 게 제일이었다.


단백경이 노하구의 본진으로 돌아온 건 사흘 뒤였다.

그를 따랐던 육백 기마 중 본진으로 복귀한 건 채 삼십 기가 되지 않았고, 부장으로 따랐던 유겸호와 철사자 장선홍의 모습 역시 보이지 않았다. 이번 출정은 잃어버렸던 양양 일대의 세력권 탈환과 견고한 수

성에 있었기에 대부분의 병력을 남겨둔 채 달려온 것이다.

노하구에서 벌어진 대회전 소식을 이미 전서구를 통해 전해 들은 단백경은 도착과 함께 수뇌부 회의를 열었다. 전서구를 통해 입수한 정보가 꽤나 요약적이었기에 정확한 전투 전후의 상황 보고를 들을 필요성이 있었기 때문이다.

구여진과 더불어 수뇌부 회의의 차석에 자리한 곽채량의 얼굴에 가벼운 그늘이 드리워졌다.

"총사령께서 무사 복귀하셔서 다행입니다. 총사령께서 유 부장과 더불어 양양으로 출발한 직후 적의 대규모 습격이 있었던지라 조금 걱정했습니다."

"본인이 아니라 유 부장이 걱정됐던 것이겠지요."

"그야 총사령은 무신(武神) 같은 분이시니……."

말끝을 흐리는 곽채량을 향해 단백경은 이해한다는 듯 미소 지었다. 비록 몸은 호북에 있고, 나날이 전투가 격렬해지곤 있다 하나 호북출정군 수뇌부의 이목은 항시 하남 천희맹 총단에 쏠려 있었다. 중앙을 떠난 이상 더욱 권력의 이농 상황을 예의 주시하고 있었다는 뜻이다.

해서 얼마 전 총단 내부에서 벌어진 혈풍과 맹주 모문환이 관계있다는 사실은 이미 비밀 아닌 비밀이 되어 있었다. 강대한 적을 눈앞에 둔 상황에도 불구하고 수뇌부 간에 이견과 반목이 발생할 수밖에 없었다.

그도 그럴 것이 계속된 증원으로 인해 현재 호북출정군의 총전력은 총단을 능가하고 있었다. 일단 세간과 호북출정군 수뇌부의 자체적인 판단은 그러했다.

은연중 천하맹 내에 암류처럼 흐르고 있던 맹주파와 문상파 간의 세력 싸움이 수면 위로 떠오른 이상 줄 서기와 이합집산은 지극히 당연한 수순이었다.

총사령 단백경은 대표적인 문상파로 통하고 있었다. 맹주파인 곽채량이 그에게 다소 껄끄러운 감정을 지니고 있는 건 어쩔 수 없는 일이었다. 같은 문상파라 해도 개인적 친분이 깊은 유겸호와 단백경은 그릇의 크기 자체가 다를뿐더러, 더욱 맹주 모문환에게 위협적이었기 때문이다.

두 사람 사이에 흐르는 침묵이 힘겨웠으리라.

무인이라기보다는 이성에 대한 호기심이 가득한 여인의 얼굴로 단백경을 힐끔거리고 있던 구여진이 침묵을 깼다.

"그렇다면 현재 양양 쪽에는 고수 육백 외에 유 대주와 두 명의 부대주, 장선홍 대교두가 위치해 있다는 것이로군요?"

단백경이 침묵을 깨고 대답했다.

"그렇소이다. 양양은 호북 전체를 장악하기 위해선 반드시 필요한 군사적 요충지인지라 보급선이 확보된 이상 최우선적으로 장악할 필요성을 느낀 것이지요."

"그렇지만 양양을 포기했던 건 꼭 보급선 때문만은 아니라고 들었는데요?"

"반검경혼 여 선배를 말씀하시는 것이겠지요?"

"그래요. 무상과 함께 사해에 명성을 떨친다는 반검경혼이 오패무적단의 단주로 등장했기에 무상의 행보와 전선이 위축될 수밖에 없다고 들었어요. 그런데 양양과 노하구로 병력을 양분한다면 커다란 문제가 발생할 수도 있다고 봅니다만?"

여인의 얼굴을 한 것과 달리 날카로운 지적이었다. 마침 그 점을 걱정하고 있던 곽채량이 동조의 눈빛을 던지자 단백경이 외눈으로 좌중을 한차례 둘러보고 말했다.

"여 선배라면 한동안 걱정하지 않아도 될 겁니다."

"아!"

"그렇다면……."

구여진과 곽채량이 동시에 소리를 질렀다가 서로를 바라보며 입을 다물었다. 두 사람 모두 단백경이 한 말의 의미를 눈치챈 것이다.

말석에 앉아 있던 상소충과 유성찬의 얼굴에 감복의 기색이 떠올랐다.

'기어이 강북의 뇌정경혼이 강남의 반검경혼을 제압했구나!'

'역시 천하맹 최강의 고수이시다!'

그때 단백경이 탄성에 끊겼던 말을 이었다.

"이번 양양 전투에서 본인은 여 선배와 제갈 가주 두 사람과 함께 자웅을 겨뤘소이다. 자칫 두 사람, 아니, 제갈 가주를 놓칠 시 양양의 전군이 몰살할 수 있는 상황이었기에 노하구까지 걱정할 수 없었지요. 그런데 마침 구 당주께서 맹의 정예를 이끌고 구원하러 와줬으니, 이번 전쟁은 하늘이 우리 천하맹 편을 들어주려나 봅니다."

"저기, 그건……."

단백경이 구여진에게 담담히 미소 지으며 고개를 끄덕여 보였다.

"단 모는 정말 구 당주에게 감사하고 있소이다."

구여진이 단천엽과 패왕기동대에 대해 하려던 말 대신 애매모호한 겸양을 떨었다.

"…제 미력한 힘이 도움이 된 건 모두 무상과 천하맹의 홍복일 뿐입니다."

"그렇지 않습니다."

"아이······."

구여진의 안색이 발갛게 달아올랐다. 보고 있던 곽채량 이하 상소충, 유성찬의 얼굴에 기막히단 표정이 떠오르는 걸 깡그리 무시한 채.

그때 구여진에게서 시선을 뗀 단백경이 곽채량에게 지나가는 투로 물었다.

"이번 사차 파병 부대에 용문의 아이들 몇 명이 실전을 경험하기 위해 따라나섰다고 했던가요?"

"아, 예. 그들은······."

"그 아이들에 대한 보고는 됐소이다! 내 충분히 그 아이들에 대해선 파악하고 있으니 전투 시 다른 특이 사항에 대한 간단한 보고나 전해 주시면 됩니다."

"그렇지만 이번 전투는 그들이 없었다면······."

"아마도 첫 전투였을 테니, 꽤나 엉성하고 실수도 많았을 줄로 압니다. 하지만 구 당주같이 탁월한 지휘관을 만났으니, 그 아이들로선 꽤나 운이 좋다고 할 수 있겠지요."

구여진의 얼굴이 더욱 붉게 달아올랐다. 단숨에 회춘해 이십대 초반이 된 것 같았다. 물론 그녀의 살짝 치켜 올라간 눈꼬리는 단백경의 시선을 피해 살기를 내포한 채 곽채량과 상소충 등을 훑는 걸 잊지 않았다. 더 이상 쓸데없는 말을 하면 재미없을 줄 알라는 엄포였다.

'이크!'

곽채량이 찔끔한 표정으로 입을 다물자 상소충과 유성찬은 더 이상 말할 것도 없었다. 노하구의 본진 전체가 다 아는 단천엽과 패왕기동대의 대활약이 땅속 깊숙이 파묻히는 순간이었다. 단백경과 구여진의 은근한 지원 속에.

야반삼경.

달빛만이 구름과 노니는 때가 되자 단천엽은 천천히 자리에서 일어섰다. 전승(戰勝)의 대가로 그와 패왕기동대에게 배정된 막사는 꽤나 좋은 편이었다.

전쟁터에선 왕후장상이나 누리는 사치에 가까운 개인 막사를 빠져나온 단천엽은 하늘을 한차례 올려다보고 바람처럼 신형을 날렸다.

휘익, 획!

바람이 귓전을 스쳐 지나갔다. 그만큼 단천엽의 신법은 빨랐다. 그가 철통같은 경계 하에 놓인 본진의 목책을 뛰어넘는데, 앞을 가로막는 자가 아무도 없었을 정도였다.

단천엽은 노하구 본진 뒤편에 위치한 이름 모를 야산의 정상에 도착해서야 걸음을 멈췄다. 청명한 날씨와 함께 고독한 달빛만이 그를 반기고 있었다.

냉정한 눈빛으로 한차례 주변을 둘러본 단천엽이 나직한 목소리로 말했다.

"외숙, 조카를 놀리실 생각 말고 그만 나오시지요."

아무것도 없던 텅빈 공간에서 담담한 목소리가 흘러나왔다.

"내가 미리 도착해 있었던 걸 어찌 짐작한 것이지? 설마 나도 모르는 새 문상께서 추종향이라도 뿌려둔 것이더냐?"

단천엽의 입가에 가벼운 미소가 떠올랐다.

"여전히 대단한 자신감이십니다."

"그 말 뜻은?"

"예, 저는 이곳에 도착한 순간 외숙께서 은신해 계신 장소를 파악할 수 있었습니다."

"허!"

말이 흘러나오던 공간의 반대편에서 가벼운 파랑이 일더니 장대한 단백경을 토해냈다. 그와 말을 섞던 중 단천엽이 힐끔 곁눈질한 장소였다.

단천엽이 정중히 허리를 접어 보였다.

"조카가 외숙을 뵈옵니다."

단백경의 외눈에 담담한 신광이 떠올랐다.

"괄목상대(刮目相對)라더니, 네가 바로 그렇구나! 내 서문휘강을 이겼다는 말을 믿지 않았더니……."

"운이 좋았습니다. 저와의 대결 시 서문휘강은 부상 중이었습니다."

"그 또한 알고 있다. 하나 지금 네가 보이고 있는 기도라면 그 아이가 부상을 입지 않았다 해도 상대할 수 없었을 듯하구나. 물론 싸움이란 상대적인 것일 테지만."

단천엽은 단백경이 내뱉은 '상대적'이란 말속에서 그의 내심을 짐작하곤 마음 한구석이 따뜻해짐을 느꼈다.

'외숙은 내게 내려진 명령을 이미 알고 있기에 지금이라도 발길을 돌리라 권하고 있다. 아무리 내 무공이 서문휘강을 뛰어넘을 정도가 됐다 해도 천하제일검을 암살한다는 건 목숨을 내놔야만 가능한 일일 테니까. 하지만 내가 문상과의 혈연을 끊고 스스로의 삶을 선택하기 위해선 이번 명령을 반드시 수행해야만 한다. 설혹 목숨을 내던진다 해도.'

단천엽의 얼굴에 결연한 표정이 떠올랐다. 단백경의 은근한 권유를 뿌리친 것이다.

단백경이 이를 깨닫고 처연한 표정이 됐다.

"너 역시 그래야만 하는 것이냐. 끝내 내 말을 듣지 않고서……."

야수와 권왕 2

단천엽은 단백경의 말속에 어폐가 있음을 느꼈다.

마음 한구석을 울리는 둔탁한 느낌.

단백경에게서 한 번도 본 적이 없는 처연한 표정을 본 순간 가슴이 아릿하게 떨려왔다. 한 번도 본 적이 없는 얼굴, 어머니 가인 단려군의 모습이 단백경 속에 겹쳐 떠올랐기 때문이다.

"…어머니에 대해 물어봐도 되겠습니까?"

단백경에겐 두 번째 하는 질문이었다. 첫 번째 때 들은 말은 그저 어머니가 세상의 누구보다 아름답고 현숙한 분이었다는, 단천엽으로선 별로 가슴에 와 닿지 않는 말뿐이었다.

이제 장성하여 두 번째로 질문을 던지자 단백경의 군건한 얼굴 한 켠에 미세한 균열이 일었다. 첫 번째로 질문을 던졌을 때 봤던 바로 그 표정이었다.

"네 모친에 대해 그렇게 듣고 싶으냐?"

단천엽의 눈에 열기가 담겼다.

"제가 들은 어머니에 대한 얘기는 몇 가지 되지 않습니다. 어찌 어머니에 대한 그리움이 없다 할 수 있겠습니까?"

"그렇겠지. 하나 세상에는 알지 않는 편이 오히려 나은 일도 있다. 그러니……."

"어머니께서 절 낳다 돌아가셨다는 건 이미 알고 있습니다."

"그……."

"그렇기에 더욱 어머니에 대해 알고 싶은 겁니다. 외숙이시라면 문상보다는 좀 더 많은 얘기를 해주실 것이라 믿고요. 안 되겠습니까?"

단백경의 외눈이 흔들렸다. 그같이 초절정의 경지를 뛰어넘은 절대고수로선 보이기 힘든 일. 마음이 크게 격동했음을 짐작케 하는 모습이었다.

하나 그는 곧 재차 목소리를 높이려던 단천엽을 손을 들어 제지했다. 내기 한 점 담기지 않은 손짓이나 단천엽이 흠칫 놀라 뒤로 물러설 정도의 박력이 담겨 있었다.

그 후 천천히 손을 내린 단백경의 외눈은 이미 평상시로 돌아와 있었다. 마치 애초부터 만년거암 같은 그가 보였던 균열은 단지 단천엽의 착각에 불과했다는 듯.

단백경이 말했다.

"네 모친인 려군에 대해 말해 주는 건 어렵지 않은 일이다. 하지만 문상께서 네게 려군에 대해 별다른 언급이 없었다면 무언가 까닭이 있을 터. 내가 문상의 계획에 차질을 줄 순 없다."

"결국 어머니에 대해 알고 싶다면 문상께 들으라는 뜻입니까?"

"꼭 그렇진 않다."

단천엽의 눈에 이채가 떠올랐다.

"그렇다면?"

단백경의 외눈에서 무시무시한 신광이 흘러나왔다.

"네가 오늘 날 만족시킬 수 있다면 려군에 대해 얘기해 주겠다. 내 그늘을 벗어날 정도로 큰 녀석이라면 사내 대 사내로 대화가 가능할 테니까."

"사내 대 사내의 대화입니까?"

"그렇다!"

단호한 단백경의 말과 함께 일어난 위압적인 기파에 밀려 다시 한 걸음 뒤로 물러선 단천엽이 살짝 눈살을 찌푸렸다. 자신을 위압하는 단백경의 터무니없는 조건이 무엇 때문인지 눈치챘기 때문이다.

'억지로라도 날 강남으로 보내고 싶지 않다는 뜻. 하지만 외숙, 천엽은 이미 다 컸습니다. 더 이상 외숙의 보호를 필요로 하지 않을 만큼.'

단천엽은 다시 한 걸음 뒤로 물러섰다.

세 번째 후퇴.

그렇게 총 세 걸음을 단백경으로부터 물러서 일격필살의 간격을 벗어난 단천엽이 천천히 구양구음검공을 끌어올렸다. 단백경의 조건을 받아들이겠다고 선포한 것이다.

'이 녀석!'

단백경의 굵은 입술이 꿈틀거렸다. 단천엽이 일으킨 무형검기가 점차 강해지더니 곧 하늘 끝까지 이를 정도로 거대해졌다.

단백경이 예상했던 이상의 반응!

금방이라도 살아 꿈틀대며 파고들 것만 같은 무형검기의 예기를 피해 한 걸음 옆으로 물러선 그가 질문했다.

"무공의 이름이 뭐지?"

단천엽이 백여 개 넘게 만들어낸 무형검기를 우수에 집중한 채 대답했다.

"구양구음검공 신검편에 있는 무형무극검입니다."

"어울리는 이름이다."

"감사합니다. 이제 공격해도 될까요?"

"얼마든지."

단백경의 호기 넘치는 일성과 함께 단천엽의 우수에 잔뜩 모여 있던 무형검기가 폭발적으로 쏟아졌다. 흡사 백만대군을 쓸어버리기라도 하려는 듯.


콰쾅!

뇌리를 울리는 소음. 낯설지 않은 소리에 놀라 모어언은 혼곤한 중에도 잠에서 깨었다.

슥!

그녀가 손을 뻗자 근처에 놔뒀던 장검이 딸려왔다.

그것으로 이미 그녀는 언제든 전쟁터로 달려갈 수 있는 모든 준비를 끝마쳤다. 과거 용문에 있을 때완 사뭇 다른 엄격함이었다.

그때 또다시 범상치 않은 굉음이 일자 모어언은 손으로 가슴을 짚었다. 어느새 심장이 콩당거리며 뛰고 있었다. 천무서각에서 매화검의 검의를 깨달은 이후 처음 있는 일이었다.

'천엽 오라버니의 기척이 느껴지지 않는다!'

모어언은 잠시 정신을 집중한 끝에 불안의 정체를 눈치챘다. 굉음에 놀라 뛰어나온 사람들의 웅성거림 중 어디에도 단천엽의 목소리나 기운이 느껴지지 않았다. 그의 막사가 바로 코앞이었음에도.

모어언은 바로 막사를 박차고 빠져나왔다.

그녀의 막사 앞에는 이미 패왕기동대 몇 명이 나와 주변을 경계하고 있었다. 모어언과 달리 그들 중 아직 단천엽의 부재를 눈치챈 이는 없었으나 왠지 뒤 마려운 강아지처럼 불안한 표정들이었다.

두차례 전투를 치렀다곤 하나 아직 패왕기동대는 경험이 부족했다. 단단하게 마음을 다잡아주고 명령을 내려줄 강인하고 든든한 마음의 지주가 필요했다. 단천엽 같은.

그들을 한차례 일별하고 슬쩍 단천엽의 막사 쪽을 바라본 모어언의 시선이 굉음이 들린 군진 뒤, 야산을 향했다. 여인만이 느낄 수 있는 직감이 그녀의 귓가에 속삭였다. 당장 소음이 들려온 곳으로 달려가라고.

'천엽 오라버니는 그곳에 있다!'

근거없는 확신이었다. 그러나 모어언은 자신의 확신을 믿어 의심치 않았다.

마침 졸린 눈을 비비며 달려나온 금난주를 손짓해 부른 모어언이 조용조용한 목소리로 명령했다.

"패왕기동대를 언제든 출동할 수 있게 해놔."

"에?"

"모르는 척하지 말고!"

금난주가 눈을 반짝이며 조심스레 말했다.

"난주가 따라가면 안 돼요?"

"안 돼! 네가 없으면 누가 패왕기동대를 맡겠어."

"그거야……."

"거봐! 너도 딱히 누굴 집어낼 수 없잖아."

금난주의 얼굴에 시무룩한 표정이 떠올랐다. 그녀의 명민한 두뇌는 이미 모어언이 여인의 직감으로 눈치챈 사실을 대부분 비슷하게 추론하고 있었다. 당장에라도 단천엽을 찾아 달려가고 싶은 마음이 굴뚝같았으나 항상 두려워했던 모어언과 경쟁할 순 없었다.

금난주의 머리를 한차례 쓰다듬어 준 모어언이 바람처럼 신형을 날렸다. 단천엽 때와 달리 주변에서 경계를 서던 무사들 사이에서 몇 차례 호각 소리가 들려왔다. 그러나 단단히 마음먹은 그녀의 앞을 가로막아 설 만한 자들은 없었다.

몇 번의 투닥거림 끝에 모어언이 군진을 벗어났다.

바람이 그녀를 배웅하듯 거세게 불어왔다.


우릉!

심혼을 떨리게 만들 정도의 굉음. 바로 코앞에서 폭발한 뇌극령에 휘말려 세 차례나 신형을 뒤집은 난천엽의 쌍수가 기쾌하게 움직였다.

파권식 파뢰!

화굉요가 언젠가 단백경과의 재대결을 꿈꾸며 만든 극강의 권력은 벼락의 기운을 띤 뇌극령을 단숨에 산산조각 냈다. 이름 값을 하는 순간이었다.

하나 그것도 잠시, 천하를 휩쓰는 단백경의 권력이 다시 움직이자 연달아 다섯 차례나 펼쳐진 파뢰가 오히려 소멸했다. 힘 대 힘으로 맞부딪쳐 무참히 박살나 버린 것이다.

그 순간 단천엽의 신형이 번개같이 회전했다. 파뢰를 박살 내고도 여력이 남은 단백경의 권력을 사량발천근의 수법으로 흩어버리려는 의도였다. 본래는 내기만으로 이화접목을 발휘하는 게 옳으나 단백경의 권력이 너무 엄청나 신법과 동시에 펼칠 수밖에 없었다.

단백경의 입가에 투박한 미소가 떠올랐다.

단천엽이 이화접목과 사량발천근을 제대로 이해하고 있다는 생각이 그를 기껍게 했다. 물론 마음이 기쁘다 하여 그의 손이 움직임을 멈춘 건 아니었다.

단천엽이 권력을 흩트린 순간 단백경은 권력을 좀 더 집중했다. 단천엽의 회전에 가속을 줘서 아예 팽이처럼 돌려 버리기로 작정한 것이다.

'큭!'

단천엽의 발끝이 삽시간에 땅속으로 파고들어 갔다. 회전의 축을 이룬 다리에 힘이 몰려 벌어진 현상이었다. 그러니 더 이상 사량발천근은 무리였다.

가가각!

일시지간 천근추의 수법을 이용해 회전을 멈춘 단천엽의 수장이 쌍당장의 형상으로 단백경의 권력에 맞섰다. 더 이상 힘 흘리기를 포기한 정면 승부!

파지직!

권력과 장력이 맞부딪친 자리에서 강렬한 뇌기가 방전됐다. 무형검기가 응축된 장강(掌罡)과 촌경이 응축된 권강(拳罡)이 정면에서 충돌을 일으켰으니 당연한 현상이었다.

호각지세(互角之勢)?

그렇진 않았다. 전력을 다한 일격으로 단백경의 뇌극령을 잠시 늦춘 단천엽의 신형이 바람같이 땅에 박힌 다리를 빼고 뒤로 날아올랐다. 그리고 그 뒤를 쫓아 잠시 멈칫했던 뇌극령의 권강이 노도처럼 밀려들었다.

콰콰쾅!

간신히 바닥에 착지한 단천엽의 신형이 태풍을 만난 나무처럼 격렬하게 흔들렸다. 당장에라도 그는 바닥에 무릎을 꿇고 주저앉을 것만 같이 위태로워 보였다.

그러자 잠시 권력을 뒤로 거둬들인 단백경의 외눈에서 매서운 기운이 뻗어 나왔다.

"네가 감히 날 봐주고 있는 것이냐!"

단천엽이 입가를 타고 흘러내린 핏물을 소매로 훔치며 대답했다.

"어찌 제가 외숙께 그런 불경을 저지르겠습니까."

단백경이 차갑게 코웃음 쳤다.

"흥, 그렇다면 어째서 그 정도밖에 안 되는 것이냐? 설마 하니 그런 잡술 따위로 서문휘강을 이겼다고 주장하려는 게냐!"

"그건……."

"과거 내 한쪽 눈을 앗아간 아이는 천엽 너보다 훨씬 강했다! 내가 평생 처음으로 공포를 느껴 죽여야만 했을 정도로."

회한이 느껴지는 말.

단천엽은 목구멍을 타고 넘어온 핏물을 삼키지 않고 뱉어냈다. 비릿한 피 내음과 함께 잠들어 있던 야수가 이빨을 드러내며 깨어났다. 그리고 그와 동시에 일어난 믿을 수 없는 역도!

쿠오오!

단천엽의 머리가 온통 하늘로 치솟아올랐다. 서문휘강을 상대할 때와는 상대가 되지 않을 만큼 완벽하게 야수가 깨어난 것이다. 단천엽 그 자체와 동화가 되어버릴 정도로.

"그 모습은……."

"크……."

힘겹게 혈기 어린 눈빛을 본래대로 되돌린 단천엽이 양손을 하늘로 들어 올린 채 말했다.

"외숙, 저는 이제부터 천엽이 아닙니다!"

"……."

"그러니 조심하시길!"

단백경은 어떤 대답도 할 수 없었다. 단천엽의 말이 끝난 것과 동시, 천인합일의 경지에 이른 그를 향해 악마와 같은 푸른 그림자가 덮쳐들어 왔기 때문에.

번쩍!

단백경이 처음으로 수세에 몰려 뒤로 물러섰다.

파검식 벽파를 피하기 위해.

그리고 바빠진 손발.

만년거암 같던 단백경의 몸 주변으로 거센 광풍이 일었다. 악마같이 달라붙는 푸른 그림자를 떼어내기 위해선 어쩔 수 없었다.

단천엽은 힘이 아닌 속도로 싸움을 걸어왔고, 단백경으로선 이에 답할 수밖에 없었다. 야수감각도와 비권 천류영을 결합시킨 단천엽은 그만큼 강적이었다. 단백경 스스로도 그의 노도와 같은 공격을 막아내는 자신에게 놀라워할 정도로.

그렇게 한동안 두 사람의 인간 같지 않은 격전은 계속됐다. 야산 주변에 듬성듬성 나 있던 나무들이 뿌리째 뽑혀 날아가고, 바위가 박살

나고, 땅이 깊숙이 패었다. 누구 한 사람이 지쳐 쓰러지기 전까진 결코 멈출 것 같지 않은 격전이었다.

그러다 본모습은 보이지 않고 광풍만을 일으키고 있던 두 사람이 벼락같이 양쪽으로 갈라섰다. 거의 무아지경에 빠져 권각을 휘두르던 중 갑자기 야산 쪽으로 다가오는 사람의 발자국 소리에 흥이 깨진 것이다.

"여아로구나?"

"그녀 정도의 무공이라면 금세 이곳에 도달할 겁니다."

"그럼 자리를 옮겨야겠군."

"그러는 게 좋겠습니다."

거의 동시에 합의를 본 단천엽과 단백경이 서로 손을 잡고 신형을 날렸다. 연달아 터져 나오는 소음을 쫓아온 모어언이 야산 정상에 도달하기 바로 직전의 일이었다.

"도대체 어디로?"

처참한 폐허로 변한 야산 정상에 도착한 모어언의 눈빛이 가볍게 떨렸다. 단천엽을 찾아왔으나 그녀를 낮이한 건 폐허와 바람, 그리고 하늘의 달빛뿐이었다.

## 야수와 권왕 3

손을 잡고 신형을 날리던 단천엽과 단백경은 어느새 다시 무지막지하게 격돌했다. 손과 발이 맞붙고 내공(內功)과 외공(外功)이 부딪쳤다.

그 와중에 야수의 이빨을 있는 대로 단백경에게 꽂아 넣던 단천엽의 머리에 흰머리가 하나둘 생겨나기 시작했다. 여태까지완 차원이 다를 정도로 극도에 이른 야수감각도를 사용함에 따른 부작용이었다.

이때 단천엽의 감각은 격전이 계속될수록 더욱 또렷해지고 있었고 기운은 끝없이 용솟음쳤다. 그렇기에 자신에게 나타나기 시작한 부작용을 느낄 새가 없었다.

지금 그의 관심사는 단 하나!

괴물이라 불리던 서문휘강에게서조차 느끼지 못했던 완벽, 그 자체에 이른 단백경의 권법이었다. 그와 치열하게 격돌하는 순간순간 단천엽의 무위는 한계라 여겼던 벽을 깨고 연달아 상승했다.

조금만 더 단백경이 야수의 이빨을 버텨준다면, 불가능하다 포기하고 있던 무극지기의 완성마저 꿈이 아닐 듯했다. 그리고 그 순간이 바로 코앞에 이르렀을 때였다.

퍼퍽!

위태위태하면서도 쉽사리 무너지지 않고 있던 단백경의 신형이 공중에서 갑자기 크게 휘청했다. 무아지경 속에서 뻗은 단천엽의 일격이 그의 몸에 격중한 것이다.

"아!"

두 사람의 신형이 빠르게 바닥으로 추락했다. 그 와중 단천엽은 단백경의 인중 바로 앞에서 멈춰 버린 두 개의 손가락을 바라보기 위해 눈의 초점을 맞췄다.

외숙인 단백경의 목숨을 앗아가려 했던 두 개의 손가락. 그 손가락의 주인이 바로 자기 자신이라는 걸 깨닫자 묘한 공허함과 씁쓸함에 가슴이 시려왔다.

'결국 여기까지인가!'

스득!

바닥에 내려선 단천엽이 뒤로 물러서자 단백경의 외눈에서 빠르게 신광이 소멸했다.

그의 눈빛은 이미 평소대로 돌아와 있었다. 방금 전까지 보였던 강렬함이나 패기가 씻은 듯 사라진 자리엔 부드러운 눈웃음만이 머물러 있었다.

"훌륭하다!"

단천엽은 문득 마음이 움직이는 걸 느꼈다.

"마지막에 일부러 방어를 포기하셨군요!"

"일부러란 말은 좀 이상하구나. 나는 다만 더 이상의 비무는 무의미하다고 느꼈을 뿐이다."

"그건……."

"네 머리를 봐라."

단천엽은 어느새 사자의 갈기처럼 봉두난발이 되어버린 머리를 쓸어 눈으로 살폈다. 칠흙같이 검은 머리 중 간혹 하얗게 센 머리카락이 눈에 띄었다.

손가락으로 흰머리 몇 개를 뽑아 다시 자세히 살핀 단천엽의 눈살이 가볍게 찌푸려졌다.

"이건 야수감각도의 부작용이겠지요?"

"아마도 그럴 것이다. 문상께서는 과거 북천쌍룡 시절 너무 과도하게 힘을 쓴 탓에 이제 사십여 세밖에 되지 않은 나이임에도 머리가 백발이 됐다."

"그리고 수명 역시 얼마 남지 않았을 테고요?"

단백경의 입가에 가벼운 한숨이 담겼다.

"네 말이 맞다. 문상은 자신이 죽을 시 시신을 불태워 네 모친의 무덤에 뿌려달라고 하셨다."

"그렇군요."

단천엽은 단백경이 갑자기 손속을 멈춘 까닭을 짐작하고 입가에 쓰디쓴 미소를 담았다. 단백경의 크나큰 애정은 고마웠으나 막 손끝에 닿을락 말락 했던 무극지기를 생각하자 아쉬움이 컸다. 천우신조로 다시 단백경과 같은 절대고수를 만나 생사결전을 벌인다 해도 이와 같은 경험을 할 수 있을진 자신할 수 없었기 때문이다.

단백경이 물었다.

"그런데 네가 막판에 펼쳤던 무공은 무형무극검이나 여타 중원의 무공과도 꽤 다른 것들이더구나? 그동안 또 다른 기우가 있었던 것이냐?"

단천엽이 상념을 끊었다.

"총단을 떠나기 전 문상께 몇 가지 무공을 얻은 바 있습니다."

"문상께?"

"예, 이번 임무를 수행하려면 필요할 거라시며 한백마검과 함께 전해주셨지요."

"지금 한백이 다시 합쳐졌다고 했느냐!"

단백경이 격동한 표정으로 소리치자 단천엽의 얼굴에 가벼운 의혹이 떠올랐다. 한백마검은 어디까지나 부친 한상월과 모친 단려군 사이의 정표였다. 그걸 합쳤다는 말에 단백경이 보인 격동은 예사롭지 않을뿐더러, 정상적이지 않았다.

'역시 과거 세 분 사이엔 무언가 내가 모르는 사연이 있었구나!'

"한백을 보시렵니까?"

단천엽이 천으로 감싼 채 등에 매달아났던 한백마검을 끌러 내밀자 단백경이 고개를 가로저었다. 그는 시선을 일부러 다른 쪽으로 돌린 채 손을 내저었다.

"한백이 다시 합쳐졌다 하나 이미 지난날의 마기가 느껴지지 않는다. 네 손에 들린 것이 과거의 한백이 아닌데 내가 다시 볼 필요는 없다."

"알겠습니다."

단천엽은 잠시 단백경의 괴로워 보이는 얼굴을 응시하다 다시 한백마검을 천으로 감싸 등에 메었다. 그에게 물어볼 말이 꽤 많은데, 시간을 낭비하고 싶지 않았다.

그런데 단백경이 먼저 선수를 쳤다.

"문상께서 네게 한백을 줬다는 건 그걸 사용할 방법 역시 가르쳐 줬다는 뜻일 터. 어째서 방금 전에 사용하지 않았더냐?"

"그 초식은 일격필살의 살인 초식이었습니다."

"역시 날 봐줬다는 뜻이더냐?"

"예, 외숙께 사용할 순 없었습니다. 하지만 외숙 역시 전력을 다하지 않으셨지 않습니까? 어차피 오늘 우리 두 사람은 혈연의 정에 이끌려 각자 최선을 다하지 않았으니, 서로 상대방을 탓할 건 없다고 봅니다."

"그건 확실히 그렇구나."

단백경이 납득한 듯 고개를 끄덕이자 단천엽이 얼른 목소리를 높였다.

"하지만, 그래도 계산은 확실히 해야 한다고 봅니다!"

"계산?"

"예, 분명 외숙과 저는 방금 전 호각지세의 싸움을 벌였고, 승패를 예단(豫斷)할 순 없겠지만, 결과적으론 제가 승리했다고 봅니다."

"강북제일권(江北第一拳)이란 명성이 탐나는 것이냐?"

"천하제일권이 옳다고 봅니다만?"

"만약 뇌정경혼을 이겼다는 명성을 가지고 싶다면 사양할 것 없다. 지금 네게는 그만한 자격이 있으니까."

"제가 그런 걸 원하는 게 아니라는 걸 아시잖습니까."

단천엽의 목소리는 크지 않았다. 오히려 평소보다 조금 작아졌다고 봐야 할 정도였다.

하나 단백경은 귓전에 뇌성벽력이 떨어진 것처럼 장대한 어깨를 떨어 보였다. 평생 그의 가슴 한 켠에 남아 있던 생채기 속으로 단천엽이 들어섰기 때문이다.

"후!"

단백경은 가볍게 한숨을 토하곤 맨바닥에 털썩 주저앉았다. 그리고 여전히 서 있는 단천엽에게 가만히 손짓해 보였다.

"얘기가 좀 기니, 이리 와 앉거라."

'이럴 땐 술과 오리구이가 있어야 하는 건데……'

화꿍요와 지냈던 때를 생각하며 단천엽은 얼른 단백경 근처에 쪼그려 앉았다. 그가 여태까지 가장 궁금하게 생각했던 모친 단려군과 부친 한상월, 그리고 단백경 간의 숨겨진 이야기를 기대하며.


모어언은 한동안 당황한 표정으로 서 있었다.

남 앞에선 한 번도 보인 일 없고 보일 수도 없는 얼굴을 한 채 그녀는 아미를 상큼하게 찌푸리고 있었다. 만약 항시 모어언에게 경망스럽다 혼나던 금나주가 봤다면 휘둥그레해진 눈 주변을 소매로 닦으며 입을 크게 벌릴 만한 모습이었다.

하나 모어언의 여느 소녀와 같은 모습은 거기까지였다. 아무리 마음이 초조하다 한들 모어언은 모어언이었다.

잠시 후 아랫입술을 잘끈 깨문 그녀는 빠르게 야산 정상을 휘저으며 격전의 흔적을 더듬기 시작했다. 어떻게서든 행방불명된 단천엽의 뒤를 좇을 만한 단서를 찾으려는 의도였다.

그녀의 그런 노력은 얼마 뒤 효과를 봤다. 절대고수 간의 격전에 의해 이리저리 파헤쳐지고 박살 난 지형 한 켠에서 보일락 말락 한 두 개의 발자국을 발견한 것이다.

재빨리 발자국 쪽으로 얼굴을 가져다 댄 모어언의 눈에 이채가 떠올랐다.

'찾았다!'

발자국이 향한 방향은 북서쪽이었다. 몇 차례에 걸쳐 방향을 확인한 후 고개를 든 모어언의 눈가가 문득 영롱하게 반짝였다. 달빛에 눈에 맺힌 눈물이 반사된 것이다.

슥!

소매로 눈가를 훔친 모어언이 잠시 방향을 가늠하다 신형을 날렸다. 반드시 단천엽의 뒤를 좇으리란 각오가 그녀의 얼굴에 방울처럼 매달려 있었다.


단백경의 이야기는 단천엽의 모친인 단려군이 어린 나이로 단가의 양녀로 들어오는 걸로 시작됐다. 그리고 이어진 양녀이기에 겪어야 했던 몇 가지 시련과 피 한 방울 섞이지 않은 오라비와의 만남.

이윽고 이야기는 세상에서 가장 의좋은 오누이가 된 두 사람 사이에 싹튼 애정과 그 사이에 한 명의 불한당이 끼어드는 부분에까지 이르렀다.

물론 여기서 세상에서 가장 의좋은 오누이 사이에 끼어든 불한당은 다름 아닌 단천엽의 부친인 한상월이었다. 당시 천하맹주 모문환과 더불어 북천쌍룡이라 불리며 강북제일의 후기지수로 불리던 그는 단숨에 불우한 어린 시절을 보낸 단려군과 사랑에 빠졌다. 아주 흔한 얘기였다.

단천엽이 가볍게 한숨을 내쉬었다.

"…결국 세 분은 연적 사이셨군요."

오랜 이야기의 끝. 단천엽이 놀란 심정을 한마디로 표현하자 꿈꾸는 듯 괴로운 듯 이야기를 늘어놓던 단백경의 굵은 입술이 가볍게 꿈틀거렸다.

"려군이 비록 단가의 양녀이긴 했으나 내겐 어디까지나 귀엽고 사랑스런 여동생, 그 이상도 이하도 아니었다. 그리고 문상은 어려서부터 나의 우상으로 두 사람의 결합에 추호도 딴마음을 품어본 적은 없었다."

"그렇지만 제 어머니를 사랑하셨잖습니까."

"그건……."

"설마 아니라고 하시고 싶은 겁니까?"

단백경은 대답하지 않았다.

그는 한동안 괴로운 표정으로 숨을 몰아쉬었다.

단천엽은 미미하게 고개를 흔들어 보였다.

"저는 지금 외숙을 비난하는 게 아닙니다. 하지만 외숙께서는 어째서 제 어머니가 배교의 마도대법을 시술받는 걸 방관하셨나요? 그토록 어머니를 사랑하셨던 분이 이째서? 도대체 무슨 까닭으로……."

단천엽은 흥분한 와중에도 '나 같은 괴물을 어째서 세상에 태어나게 했냐'는 마지막 말을 끝내 입 밖으로 내뱉을 수 없었다. 부친인 한상월에게조차 한마디 항변도 하지 못한 그로선 묵묵히 고통을 삭여왔던 단백경을 비난할 자격이 없다는 생각이 들었기 때문이다.

그때 괴로운 듯 장대한 어깨를 흔들고 있던 단백경이 갑자기 고개를 가로저었다.

"그건 네가 잘못 알고 있는 것이다."

"예?"

"네 모친인 려군은 배교의 마도대법을 시술받지 않았다는 거다."

"그, 그게 무슨?"

단천엽의 얼굴에 혼란스런 감정이 그대로 드러났다. 그만큼 단백경의 말은 그에게 충격적이었다. 여태까지 알고 있던 사실이 온통 뒤죽박죽되는 느낌이었다.

단백경이 한숨과 함께 말을 이었다.

"문상께서 어째서 친혈육인 네게 그런 거짓말을 했는진 나도 모르겠다만 마도병기라니! 그런걸 문상께서 려군에게 시킬 리가 없잖느냐! 려군이 난산 끝에 죽은 건 사실이나 배교의 마도대법을 시술받아 그렇게 된 건 아니다. 그건 내 명예를 걸고 장담할 수 있는 사실이다!"

"그럼……."

한참 말끝을 못 잇고 망설이던 단천엽이 더듬거리며 말했다.

"전, 저라는 놈은 도대체 뭐죠?"

■ 제56장 ■
북천마도와의 만남

## 북천마도와의 만남 I

모어언은 한동안 숨이 턱에 차 오를 정도로 신형을 날렸다.

바람이 쌩쌩 귓전을 스쳐 갔다. 슬슬 초여름도 끝나가고 있었으나 아직 밤의 기운은 찼다.

하지만 잠시라눈 발을 멈추면 단천엽이 멀리 도망쳐 버릴 것만 같았다. 그녀는 결코 발을 멈출 수 없었다.

그렇게 한참을 바람이 무색할 정도로 달리던 모어언의 얼굴에 반가움의 빛이 떠올랐다. 아무것도 없는 평원, 한가운데 홀로 고독하게 앉아 있는 단백경의 모습이 보였다.

'두 사람 중 한 명은 총교두님이셨구나!'

모어언의 신형이 순간 대지를 박차며 두 배쯤 빠르게 가속했다. 언제 숨이 턱에 차 올랐냐는 듯 원기왕성할뿐더러, 생기발랄한 표정을 한 채.

스슥!

거의 발치까지 도착해 신형을 멈춰 세운 모어언을 향해 단백경이 미미하게 고개를 끄덕여 보였다.

"그동안 성취가 있었구나."

모어언의 안색이 가볍게 상기됐다.

내심 부친과 더불어 천하제일인을 다툴 수 있다고 생각하는 단백경이었다. 그런 절대고수의 칭찬을 받고 보니 기쁜 마음을 감추기란 쉬운 노릇이 아니었다.

"노력했습니다."

"그래, 그런 것 같다. 네 나이에 쉽지 않은 성취인데, 그동안 고생했다."

단백경의 눈빛은 더욱 무공 증진에 힘쓰라 격려하고 있었다. 칭찬에 인색한 그로선 보기 드문 모습이었다.

문득 마음 한 켠에 파문을 느낀 모어언의 별빛 같은 눈빛이 주변을 살피곤 살짝 빛을 잃었다.

"혹시, 단 공자를 보지 못하셨나요?"

"천엽을 말하는 것이냐?"

"예. 분명 이곳까진 총교두님과 같이 온 것 같은데……."

말끝을 흐리는 모어언을 바라보는 단백경의 시선이 잠시 부드러운 빛을 띠었다. 그녀의 모습과 행동 속에서 단천엽에 대한 애정을 엿볼 수 있었기 때문이다.

'앞으로 문상과 맹주는 천하맹의 패권을 놓고 전쟁을 벌일지도 모른다. 하지만 아이들에게 무슨 잘못이 있으랴? 그저 지켜볼 수밖에.'

단백경이 말했다.

"천엽은 떠났다."

"떠… 났다뇨?"

"천엽에게는 너희 패왕기동대완 다른 임무가 내려졌다는 뜻이다. 내가 마지막 인사라도 하고 가라고 했다만, 너희들의 모습을 보면 마음만 괴로워질 거라고 하더구나."

"아아!"

폐부 깊숙한 곳으로부터 터져 나오는 신음과 함께 모어언이 가슴을 부여안았다. 그녀의 작은 어깨가 오들오들 떨렸다. 금방이라도 쓰러질 것만 같았다.

그러다 그녀는 신형을 돌려세웠다. 그리고 막 신형을 날리려는데, 어느새 그 앞을 단백경의 장대한 그림자가 가로막고 서 있었다.

"비, 비켜주세요!"

단백경이 고개를 가로저었다.

"안 된다."

"저는… 저는……."

"네 마음은 잘 알겠다만, 안 되는 건 안 되는 거다. 녀석이 맡은 임무는 네가 따라가 봤자 도움이 될 수 없는 것이야."

모어언의 얼굴에 단호한 표정이 떠올랐다.

"저는 단 공자를 쫓아가야 해요!"

"나는 안 된다고 했다."

모어언의 신형이 순간 뒤로 나뒹굴었다. 단백경의 옆구리를 뚫고 달려가려다 붙잡혀 반대편으로 집어 던져진 것이다.

그러나 그 정도로 모어언은 포기하지 않았다.

그녀는 어느새 검을 빼 들고 있었다. 무력으로라도 단백경으로 뚫겠다는 의지의 소산이었다.

단백경이 늠연히 눈썹을 치켜 올리며 말했다.

"모어언, 너는 이미 패왕기동대에 속해 전장에 나왔다. 전장에서는 전장의 군령이 있는 법. 네가 만약 계속 고집을 부린다면 너뿐 아니라 패왕기동대 전체에 죄를 묻겠다! 그래도 계속 군령에 따르지 않으려느 냐?"

모어언의 단호하던 얼굴에 가벼운 균열이 일었다. 단백경은 정확하게 그녀의 급소를 파악한 것이다.

"절 놔주세요!"

애원하는 그녀에게 단백경이 다시 고개를 가로저었다.

"천엽은 떠나며 패왕기동대를 모어언 네게 일임하겠다고 했다. 그만큼 널 신임하고 의지하는 것이다. 그런데 네가 이리 고집을 부린다면, 천엽의 믿음을 배신하는 것이 되지 않겠느냐?"

"그건, 그건……."

"네 마음은 충분히 알겠다. 하지만 지금은 내 말을 따르도록 해라. 후일 너희들을 위해 내가 한 팔의 힘을 거들 날이 올지도 모르니까."

단백경의 마지막 말은 앞의 엄한 기풍이 깃든 명령과는 조금 달랐다. 흡사 월하빙인(月下氷人)이 여아에게 멋진 낭군을 소개시켜 주기 전에 하는 말 같았다.

문득 낯이 뜨뜻해지는 걸 느낀 모어언이 고개를 옆으로 돌리며 작게 말했다.

"정말 그래 주실 건가요?"

단백경의 입가에 담담한 미소가 떠올랐다.

"날 못 믿는 것이냐?"

"어찌 총교두님을 믿지 못하겠어요! 다만, 이 일은, 이 일은……."

"날 믿겠다면 그 검은 내려놓도록 해라. 화산 매화검의 진수를 견식하고 싶지 않은 건 아니나 오늘은 이미 충분히 싸워 더 이상 싸우고 싶은 마음이 없구나."

"죄송합니다."

모어언은 검을 거두며 단백경의 말을 곱씹었다. 그가 오늘 밤 싸웠다면 당사자는 단천엽밖에 없을 터였다. 그런데 그와 충분히 싸웠다니, 단천엽의 무위가 또 한 단계 상승했다는 생각이 들었다.

'그렇다면 천하에 천엽 오라버니를 위해할 자는 거의 없다고 볼 수 있다.'

모어언의 작은 가슴이 가볍게 들썩였다.


단백경과 헤어진 단천엽은 사흘을 꼬박 달렸다.

목표는 무당산.

관두를 따라가면 편할 테지만, 경공을 발휘하기가 곤란했다. 그래서 그는 부당산으로 향하는 내내 인적이 드문 산길이나 샛길만을 골라 내달렸다.

그가 무당산에 가는 건 단백경이 따로 내린 명령 때문이었다. 열흘 뒤까지 무한(武漢)에 도착해 강서성(江西省)까지 안내해 줄 사람을 만나야 했기에 걸음을 빨리할 수밖에 없었다.

그렇게 산자락만 팔백 리에 달하는 무당산 부근의 방현(房縣)에 이르러서야 걸음을 멈춘 단천엽은 잠시 바위에 걸터앉아 땀을 식혔다. 어느새 성큼 여름이 다가와서인지 대낮에는 날씨가 꽤나 뜨거웠다.

'외숙의 말을 의심하는 건 아니지만, 무당산의 태우 도장을 만ㅏ가르침을 받으라니, 도대체 그와 내 출생의 비밀 사이에 무슨 연관이 있단 말인가?

단천엽은 전날 단백경에게 전해 들은 말을 곱씹으며 입가에 가벼운 한숨을 매달았다. 사실 자신이 저주받은 마도병기가 아니란 말을 들었을 땐 마음 한 켠에 기쁨이 샘솟았다. 여러 가지 의혹이 연달아 떠올랐으나 상관없다는 생각이 들었다. 여전히 어머니를 죽이고 태어난 불효자임엔 틀림없으나 조금은 마음속의 짐이 경감되는 걸 느꼈다.

그럼 부친 한상월은 어째서 그런 거짓말을 한 것일까?

단백경 또한 알 수 없다 말했기에 단천엽은 지난 사흘간 계속 그것만을 생각했다. 그리고 몇 가지의 가설을 세울 수 있었다. 모두 여태껏 봐왔던 부친의 성격을 참조한 후 그럴듯한 이유를 만들어 대입한 것들이었다.

하지만 단천엽은 곧 자신이 만들어놓은 가설 모두를 폐기 처분했다. 하나하나 뜯어보면 그럭저럭 이유가 될 수 있을 듯도 보이나 부친의 냉정한 얼굴을 떠올리자, 아예 씨도 안 먹히는 헛소리일 뿐이었다. 그가 아는 부친은 자신이 만들어낸 유치한 가설들 정도론 절대 움직이는 사람이 아니었다.

그쯤에서 단천엽은 염두 굴리길 그만뒀다.

그가 휴식을 취하는 큼지막한 바위가 있는 언덕배기로 몇 명의 사람들이 걸어오고 있었다. 걸음이 빠르면서도 가벼운 걸로 보아 무림인들이 분명했다.

'일류 정도의 고수 한 명에 이, 삼류가 다섯 명? 말이 끄는 수레가 딸린 걸 보니, 표행(鏢行)인가?

단천엽은 단숨에 언덕으로 다가오는 무림인들의 무공수준을 가늠한 후 바위에서 일어섰다. 힘들게 언덕에 오른 표사들이 쉴 자리를 만들어준 것이다.

그의 예상처럼 언덕에 오른 표사들 중 몇 명이 나무 그늘이 드리워진 널찍한 바위를 보고 희색이 만면해 소리쳤다.

"어이쿠, 힘들다! 힘들어! 어찌 이리 언덕 길이 높고 길어 이 몸을 고단하게 하누."

"마침 저기 쉬기 좋은 바위가 있구나!"

표사 둘이 농치듯 말하자 제법 연배가 있어 보이는 중년 표사가 표두로 보이는 일행의 가장 앞 열에 선 당당한 체격의 사나이에게 눈치를 주며 말했다.

"이젠 완연히 여름이라 날씨가 제법 덥습니다."

"그런가?"

"예, 오늘 내로 무당산 초입까지 가려면 이곳에서 잠시 휴식을 취하는 것도 나쁘지 않아 보입니다만."

"흠."

표두의 시선이 바위를 훑더니, 그 옆에서 바람에 몸을 맡기고 있는 단천엽을 의심스런 표정으로 바라봤다.

'자세가 곧고 눈빛이 맑다. 등에 길쭉한 물건은 검인 것 같고……'

그때 표두의 시선을 느낀 단천엽이 씩 웃으며 포권했다.

"소생은 무림초출인 한단이라 합니다. 형장들께선 표국의 표사들이신 것 같은데, 존성대명을 여쭤봐도 되겠는지요?"

잘생긴 얼굴인데도 특이하게 사내들에게 호감을 주는 인상이었다. 여전히 삼 푼쯤 의심을 품은 표두와 달리 주변에 늘어서 있던 표사들은 와자하게 웃으며 소리쳤다.

"크하하, 무림초출이라!"

"참 좋을 때군! 좋을 때야!"

그때 중년의 표사가 표두의 안색을 슬쩍 살피고 앞으로 나서서 말했다.

"소형제, 우리는 무당과 한가족인 풍운표국(風雲鏢局)의 사람들이라네. 자네의 출신 문파를 물어도 되겠는가?"

'무당속가인가 보군.'

내심 고개를 끄덕인 단천엽이 얼른 답했다.

"무당천도에 속한 분들이셨군요. 저는 그냥 가전의 무학을 조금 익혔는지라 따로 사문을 두고 있진 않습니다."

"가전의 무학을 익혔다?"

"예, 부친께서 한때 군관을 지내셨지요."

"아, 그랬구만."

중년 표사는 고개를 끄덕이며 더 이상 묻지 않았다. 관부와 무림은 본래 서로를 관여치 않으나 표국은 달랐다. 종종 관부와 관계된 거래도 심심치 않게 들어왔기에 다른 무림인들처럼 아예 대놓고 무시하진 않는 것이다.

그때 단천엽의 허실을 계속 염탐하고 있던 표두가 드디어 무겁게 입을 열었다.

"부친께서 군관이셨다면, 어찌 무림에 출도한 것인지 물어봐도 되겠는가?"

"관직에 뜻이 없었습니다."

"부친의 반대가 만만찮았을 텐데?"

"그래서 밤에 몰래 도망쳐 나왔지요. 무당산에 올라 제 운을 시험해

보고 싶어서요."

단천엽이 얼굴 한 면을 익살스레 일그러뜨리자 주변의 표사들이 다시 껄껄거리며 웃어댔다. 그들 중 몇 명 또한 소싯적에 그런 일이 없었다곤 장담치 못할 과거를 가지고 있었기 때문이다.

표두가 그제야 안색을 풀고 천천히 고개를 끄덕였다.

"본인은 풍운표국의 대표두로 있는 진천철장(震天鐵掌) 종리후라 하네."

"종리 선배님!"

단천엽이 다시 포권하며 허리까지 숙여 보이자 종리후 주변에 늘어서 있던 표사들이 열심히 자신들의 이름을 주어 넘겼다.

"마칠일세!"

"우등이야!"

"춘길인데, 이 이름은 좀 거시기하니 춘도라 불러줘."

표사들이 이름을 말할 때마다 단천엽은 정중히 포권하며 고개를 숙어 보였다. 한 명 대참에 소홀함이 없었다.

그 모습에 호감이 디해진 중년 표사가 마지막으로 웃으며 말했나.

"나는 사명원이라 하네. 어렵사리 뜻을 세우고 집을 뛰쳐나온 대장부에게 초면에 너무 실례를 범했구만."

단천엽이 얼른 손사래치며 말했다.

"그렇지 않습니다. 오히려 무림초출이라고 했기는 했는데, 이곳까지 오는 동안 무림인 한 명 본 적이 없어 적적하던 차에 선배님들을 뵈오니 마음이 다 통쾌해 지는 것 같습니다."

"이곳까지 오는 도중 무림인을 본 일이 없다구?"

종리후가 관심있는 표정으로 묻자 단천엽이 얼른 둘러댔다.

"저희 집은 본래 하남성 외곽에 있습니다. 부친의 눈을 피하기 위해 호북으로 내려왔는데, 산길로만 다녀서 그런지 무림인은 한 명도 보지 못했습니다."

"흠, 하남성 외곽에서 산길로만 왔다면 그럴 수도 있겠군. 지금 호북은 천하맹과 강남의 개도적 같은 반검맹 녀석들 간에 싸움이 한창이라 무림인들이 몸을 사리고 있는 중이니."

"천하맹과 반검맹이 붙었습니까?"

"아무리 관부 군관의 자제라지만, 자네도 꽤나 소문에 어둡군 그래. 천하맹과 반검맹이 호북에서 자웅을 겨루기 시작한 게 벌써 일 년이 넘었는데."

단천엽이 부끄러운 표정을 지어 보이며 작게 말했다.

"부친께서 엄하셔서 무림의 일에 대해선 아는 바가 없습니다."

"허허, 거참."

나직이 혀를 찬 종리후가 사명원에게 눈짓을 해 보였다. 단천엽에 대한 의심을 풀고 자신의 눈치만 보고 있는 표사들에게 휴식하는 걸 허락한 것이다.

## 북천마도와의 만남 2

단천엽은 종리후 등을 통해 일 년 넘게 전쟁에 시달린 호북 민심을
여과없이 들을 수 있었다.

전쟁의 피해를 가장 많이 본 지역답게 호북인들은 서서히 반섬냉뿐
만 아니라 천하맹 측에도 넌더리를 내고 있었다. 두 세력이 전면전을
벌인 이래 호북 상권은 심각한 타격을 입었고 치안은 불안하기만 했다.
민생에 직접적인 피해가 없다 하나 사람들의 마음에 불안감이 생기지
않을 도리가 없었다.

게다가 호북은 수백 년간 구산제일이라 불리는 무당이 단단히 뿌리
내린 지역으로 지역민들의 자부심은 대단했다. 내심 하남에 천하맹과
소림이 있고 사천에 아미와 청성, 점창이 있다 하나 천하제일은 무당이
라고 그들은 믿고 있었다.

그런데 그런 그들의 마음속 지주인 무당이 느닷없이 봉문을 선언하

자 그 충격은 이루 말할 수 없을 정도였다. 하루에도 몇 차례씩 무당산 무당오궁으로 사람들이 달려와 봉문을 풀라고 소리치는 일이 비일비재했다.

한마디로 호북인들 입장에선 천하맹이든 반검맹이든 타지인이고 자신들 땅에 흙발로 들어와선 난동을 부리는 외지인이었다. 누가 이기든 상관없으니 빨리 전쟁이 끝나라는 게 그들 모두의 생각이었다.


"흠, 확실히 타 지역의 녀석들이 잔뜩 몰려와서 자기들끼리 치고 받고 싸우며 이곳은 내 땅이라 한다면 기분이 무척 더럽겠군요."

단천엽이 한마디로 정의를 내리자 주변에 앉아 노닥거리고 있던 표사 몇이 얼른 맞장구쳤다.

"거, 소형제가 말 한번 시원하게 하는구만!"

"그렇지! 타 지역 녀석들이 와서 그러는 건 정말 배알 꼴리는 일이지!"

그때 사명원이 신중해 보이는 얼굴로 표사들을 제지했다.

"여기 소형제도 하남 사람으로 호북 사람은 아닐세. 어찌 그리 경망되이 주둥이를 놀리는 건가?"

"그렇지만……."

"여기 소형제는 무당의 제자가 되기 위해 집에서 가출까지 했지 않습니까? 무당의 제자가 된다면 호북 사람이라 해도 과언이 아니지요!"

표사들이 이구동성으로 소리치자 사명원이 눈살을 찌푸리며 멀찍이 떨어져 앉은 대표두 종리후의 기색을 살폈다. 풍운표국의 삼대고수이자 무당 속가제자인 종리후가 있는 자리에서 무당의 이름을 함부로 들먹일 순 없다는 판단이었다.

그때 단천엽이 눈치를 보곤 손사래를 쳤다.

"무당은 천하내가무학의 정종으로 무수히 많은 무학고수와 대종사를 배출한 곳입니다. 제가 비록 천상의 거위를 바라는 심정으로 무당산을 향하고 있긴 하나 어찌 쉽사리 그곳의 제자가 되길 바라겠습니까?"

사명원이 고개를 끄덕였다.

"그도 그렇겠지. 게다가 요즘 무당은 봉문을 한 터라 따로 제자를 받아들일지도 알 수 없는 일이고. 그러니 소형제도 이번 무당행이 잘못되더라도……."

종리후가 갑자기 끼어들었다.

"무당의 봉문은 이미 풀렸다!"

"대표두, 그건……."

사명원의 얼굴에 당황한 기색이 떠오르는 걸 단천엽은 놓치지 않았다. 그러나 그는 내심을 숨긴 채 종리후에게 의혹의 시선을 던졌다.

"무당의 봉문이 풀렸다고 하셨습니까?"

종리후가 단천엽과 시선을 맞췄다.

"그렇다네. 얼마 되지 않아 현재로선 무당제자들만이 알고 있는 사실이지."

단천엽이 묵직한 표정으로 고개를 끄덕였다.

"비밀을 지키겠습니다."

종리후의 입가에 미미한 미소가 떠올랐다.

"역시 마음에 드는 소형제일세. 내가 사람을 잘못 보진 않았어. 그런데 자네는 내가 어째서 그런 비밀을 함부로 말했는지 알겠는가?"

"그건……."

단천엽이 말끝을 흐리자 종리후가 염려 말라는 듯 말했다.

"여기 있는 사람들은 오랫동안 나와 생사고락을 같이한 수족 같은 사람일이야. 자네가 걱정할 필요는 없다네."

"그렇군요."

고개를 끄덕인 단천엽이 끊었던 말을 이었다.

"선배님께서는 한동안 제게 의심스런 시선을 던지셨습니다. 표행에 나선 길에 낯모르는 사람을 만났으니 당연한 일이겠지요. 하지만 그 뒤 제가 무당에 제자가 되기 위해 간다는 말을 하자 눈빛이 많이 부드러워지셨습니다. 처음엔 그냥 좋은 선배님을 만났다고 생각했는데, 선배님께서 무당 속가제자란 걸 알고는 의중을 어느 정도 파악할 수 있었습니다."

"내 의중을 파악할 수 있었다?"

"예, 선배님께선 절 좋게 봐서 제자로 받아들이고 싶으신 게 아닌지요?"

이미 대충 종리후의 마음을 짐작하고 있던 사명원과 달리 다른 표사들 사이에서 떠들썩한 소란이 일어났다.

풍운표국 삼대고수이며 무당 속가제자인 종리후가 제자를 받아들인다는 건 그만큼 중요한 일이었다. 적어도 그를 수년간 따르면서도 반초식의 무공도 전수받지 못한 표사들에겐 그러했다.

주변에 인 소란을 사명원이 얼른 무마시키자 종리후가 단천엽에게 미미하게 고개를 끄덕여 보였다.

"역시 인재로구만. 어쩌면 소형제가 아니라 이 종리후가 천상의 거위 고기를 탐내는 게 아닌가 싶을 정도야."

에둘러 자신의 의견을 피력한 종리후의 시선이 대답을 촉구하자 단천엽이 정중하게 고개를 숙여 보였다.

"종리 선배님의 뜻은 감사하나, 사나이 대장부 칼을 뽑았으니 크게 휘둘러 보기라도 하고 싶습니다."

종리후의 얼굴에 가벼운 실망이 떠올랐다.

"거절인가?"

단천엽이 자세를 바로 한 채 대답했다.

"일단 무당산에 오른 후 대답을 드려도 되겠는지요?"

"알겠네."

종리후가 고개를 끄덕이곤 더 이상 권하지 않았다. 대신 시선을 사명원에게 던지자 그가 얼른 알아듣고 표사들에게 큰 목소리로 소리쳤다.

"휴식 끝났다! 다들 빨리 엉덩이 털고 일어서라구!"

단천엽은 종리후 일행을 좇아 무당산으로 향했다. 그들 표행의 목적지가 무당산 산자락에 위치한 이가장(李家莊)인데다, 종리후가 무당오궁에 들러 인사를 한다기에 은근슬쩍 따라붙은 것이다.

일행은 하루를 꼬박 걸어 이가장에 도착했다. 노련한 고수인 종리후가 꽤나 신경 썼던 것과 달리 표행을 방해할 만한 어떤 일도 벌어지지 않았다.

무당이 이제 막 봉문을 풀었다 하나 그 영역 안에서 감히 무당 속가의 표행을 건들 만한 담 큰 독각대도나 녹림(綠林) 산적들이 있을 리 만무했다.

이가장 총관의 입회 하에 운반해 온 표물의 확인 작업을 꼼꼼하게 끝낸 종리후는 나머지 일을 사명원에게 일임한 후 단천엽을 찾았다.

마침 세상을 불태울 듯 붉은 노을이 이가장 뒤로 웅장한 산자락을 드리운 무당산 전체를 휘감고 있었다. 그 모습을 홀린 듯 바라보는 단천엽을 발견한 종리후가 걸음을 멈추고 나직이 헛기침을 터뜨렸다.

"험험, 나는 항상 무당산의 저녁노을이 천하제일이라 생각하고 있었다네."

단천엽이 종리후를 돌아보며 입가에 미소를 담았다.

"정말 대단히 아름다운 노을입니다. 종리 선배님이 천하제일이라 하신 말이 절대 지나침이 없을 정도입니다."

"자네의 그런 점이 마음에 들어."

"예?"

"담백할뿐더러 꾸밈이 없거든."

"그렇지도 않습니다."

"아니, 내가 오랫동안 표국에서 일하며 많은 사람들을 만나봤지만, 자네처럼 투명한 눈빛을 지닌 사람은 본 일이 없다네. 정말 욕심 같아선 억지를 부려서라도 내 제자로 들이고 싶을 정도야. 하지만 그건 자네가 원하는 일이 아닐 테지?"

잠시 말을 멈춘 종리후가 단천엽의 안색을 살피곤 미미하게 고개를 끄덕였다.

"내일 새벽 일찍 무당에 오를 것일세. 그때 자네를 데려갈 테니 빼든 칼을 마음껏 휘둘러 보도록 하게나."

"감사할 따름입니다."

"그럼 이가장에서 숙소를 마련해 줬으니 일찍 쉬게나. 무당산은 생각보다 꽤 오르기 힘들다네."

"예, 그러지요."

단천엽은 멀어져 가는 종리후에게 천천히 고개를 숙여 보였다.


깊은 밤.

단천엽은 조용히 자신의 거처를 빠져나왔다. 무당산에 터를 닦고 있다 하나 일류의 무가(武家)라곤 볼 수 없는 이가장이기에 그의 이목을 피할 수 있는 고수는 없었다.

잠시 정신을 집중해 주변의 동태를 살핀 단천엽의 신형이 순간 야조로 변해 이가장의 높은 담을 뛰어넘었다. 이 밤이 지나기 전에 무당산 자소봉에 올라 무당제일도 태우 도장을 만나야만 했다.

단천엽은 부지런히 신형을 날리며 종리후와 비슷한 연배의 천하맹 고수들을 비교하곤 눈빛을 차갑게 가라앉혔다. 그가 본 종리후는 그저 평범한 일류고수이나 명문의 풍모를 지닌 사람으로 충분히 신경을 기울여야 할 사람이었다.

명예를 알기에 더욱 무서운 사람.

종리후와 같은 속가제자가 그 정도이니, 부당오궁에는 얼마나 많은 고수가 있을지 짐작조차 할 수 없다는 생각이 들었다. 군사를 이끌고 적진 한가운데로 달려드는 것과는 또 다른 긴장감에 그는 가벼운 오한을 느꼈다.

그렇게 한참을 달려 무당의 자랑인 해검지에 도착한 단천엽의 눈에 이채가 떠올랐다. 달빛조차 침침한 깊은 밤임에도 자소봉으로 오르는 길목인 그곳에는 일곱 명의 청년 검수들이 살벌한 진세를 구축하고 있었던 것이다.

'봉문을 파했다더니, 그새 대적을 만나기로도 했다는 건가?'

단천엽은 잠시 어둠 중에 신형을 멈춰 세우고 해검지 주변을 살폈다. 필시 무당의 제자들임에 분명한 청년 검수들을 피해 자소봉으로 오를 방도를 찾기 위함이었다.

그러나 처음 그가 무당산 자락을 타며 예상했던 것처럼 자소봉으로 오르는 길은 이곳 해검지가 유일했다. 다른 방도를 강구해 봤자 그야말로 깎아지른 듯한 암벽을 수천 장에 걸쳐 기어오르는 수가 있을 뿐이었다.

'어쩔 수 없나?'

내심 마음을 굳힌 단천엽이 어둠 속에서 빠져나왔다.

정면 돌파를 선택한 것이다.

슥!

어둠 속에서 빠져나온 단천엽의 모습은 흡사 밤의 정령과 다름없었다. 무당 삼대 제자 중 최고의 기재들이라 불리고 그로 인해 오늘 밤 해검지의 경계를 맡은 칠성검수(七星劍手)들 중 으뜸인 옥종(玉鍾)이 신음과 함께 소리쳤다.

"누구냐!"

단천엽이 어둠 중에 씩 웃으며 대답했다.

"이 야밤에 수고들이 많습니다. 그런데 좀 멍청한 질문이 아닙니까?"

"그게 무슨?"

"이런 밤중에 자소봉에 오르려는 사람이 쉽사리 자신의 정체를 밝힐 리 만무하다는 겁니다."

마치 훈계하듯 말한 단천엽이 벼락같이 옥종을 노리며 달려들었다. 한눈에 그가 검진의 중추임을 꿰뚫어본 것이다.

'이런!'

옥종이 놀라 검을 빼 들고 검기를 일으켰으나 단천엽은 이미 푸른 그림자로 변해 그의 코앞까지 파고들고 있었다.

파검식 파뢰!

옥종이 푸른 악마에 걸려 나뒹굴기 바로 직전!

어느새 발동한 검진의 변화에 의해 두 줄기 검기가 단천엽의 흉부와 낭심을 노리고 파고들었다. 전형적인 위위구조의 수법. 단천엽으로선 양패구상하거나 뒤로 물러설 수밖에 다른 도리가 없었고, 그가 선택한 건 후자였다.

휘익.

단천엽이 신형을 물리자 낭패한 신색으로 검진의 일원이 된 옥종이 황급히 소리쳤다.

"강적이다! 사제들은 검을 펼침에 있어 손에 사정을 두지 말라!"

"원시천존!"

칠성검 모두가 소리 높여 도호를 외치자 삼엄한 검기와 함께 무낭의 자랑인 칠성검진이 펼쳐졌다. 단천엽을 에워싼 채.

문득 칠성검진의 변화를 살핀 단천엽의 입가에 흐릿한 미소가 떠올랐다. 과거 용문 삼십육방에서 소림의 십팔나한진을 격파할 때의 일이 떠오른 것이다.

"같이 놀아주고 싶긴 하나 시간이 없어서……."

"뭣이!"

"이런 건방진!"

옥종의 양 옆을 지키고 있던 옥기(玉璣)와 옥경(玉磬)이 화난 목소리로 소리친 순간, 단천엽의 신형이 바람처럼 움직였다.

목표는 여전히 진의 중추를 맡은 옥종.

수법 역시 파뢰였다.

정확히 앞서의 두 배 빠르기로.

카캉! 카카캉!

푸른 악마로 변한 단천엽은 벼락같이 옥종을 제압한 것과 동시, 연속적으로 공수입백인(空手入白刃)을 펼쳐 자신을 향해 파고들던 검기들을 모조리 튕겨냈다.

삽시간에 손이 열 개쯤으로 불어난 듯한 모습!

그의 기쾌한 손속에 옥종이 빠진 칠성검진은 단숨에 혼란에 빠졌다. 본래 정밀한 톱니바퀴처럼 움직여야 할 보법이 흔들리고 검기가 서로 얽혀들었다. 서로 힘을 북돋아 위력을 상승시키는 검진 자체의 묘용이 크게 떨어진 것이다.

옥종의 다음 자리인 옥기가 기를 쓰고 검진을 수습하려 했으나 이미 때가 늦었다. 단천엽은 흐트러진 검진 사이를 마음껏 헤집고 돌아다녔나. 그 사신이 칠성검진의 일부가 된 듯한 모습이었다.

그러다 단숨에 검진의 권역에서 빠져나온 단천엽의 입가에 얄궂은 미소가 떠올랐다. 옥종이 빠진 칠성검진의 약점이 너무 쉽게 눈에 들어왔기 때문이다.

'좀 놀아볼까?'

단천엽은 칠성검수들을 향해 다시 뛰어들었다.

그는 옥종의 자리를 대신했다.

그러자 칠성검수들의 얼굴에 경악이 떠올랐다. 옥종의 자리는 칠성검진의 중심인 천원(天元)이었는데, 그곳을 강탈당했으니 나머지 육성(六星)은 꼼짝없이 단천엽의 뒤를 따를 수밖에 없게 된 것이다.

단천엽은 자신이 탈취한 지배자의 권리를 마음껏 행사했다.

그가 천원을 점한 채 달리기 시작하자 옥기를 비롯한 칠성검수들은 얼굴이 새빨갛게 변한 채 뒤따랐다. 동쪽으로 가면 동쪽을 따르고, 서쪽으로 가면 서쪽을 따랐다.

검진을 허물 수 없다는 단 한 가지 이유 때문에 여섯 명은 단천엽의 충실한 꼭두각시가 되어버린 셈이다.

칠성검수들에겐 꿈에서도 진저리칠 악몽!

단천엽은 한동안 해검지 주변을 빙글거리며 돌다 그들을 이끌고 자소봉으로 오르기 시작했다. 그가 경신을 발휘하기 시작하자 뒤따르는 칠성검수들의 숨결이 크게 거칠어졌다. 그에게 휘둘리는 동안 내력의 소모가 극심했음을 보여주는 모습이었다.

하나 단천엽은 절대 선점한 칠성검진의 천원을 포기하려 하지 않았다. 어차피 오늘 크게 소란을 일으켰으니, 그들을 방패 삼아 무당오궁의 중심부까지 갈 셈이었다.

그렇게 자소봉의 중턱에 이르렀을 때.

해검지에서 벌어진 소란을 듣고 무당오궁에서 십수 명의 중년 도사들이 달려나왔다. 칠성검수들보다 한 항렬 위인 현 자 항렬의 이대 제자들과 진무각(振武閣)을 맡은 일대 제자 운진자(雲眞子)였다.

단천엽과 그를 호위하듯 따르는 칠성검수들의 모습을 일별한 운진자가 수중에 든 불진을 떨치며 소리쳤다.

"원시천존! 어디서 온 고인이시기에 감히 무당산에 올라 소란을 피우시는 것이오?"

단천엽은 운진자와 그 뒤에 늘어선 현 자 항렬의 도사들을 살폈다. 여전히 칠성검수들을 이끈 채 그들을 돌파할 수 있을지를 가늠한 것이다. 가능할 것 같았다.

'흠, 저 앞의 도장은 제법 절정의 반열에 오른 고수 같은데, 무당에서의 직위가 어떻게 되는지 모르겠구나.'

단천엽은 운진자에게 슬쩍 포권해 보이며 대답했다.

"후배의 이름은 한단으로, 오늘 밤 자소봉에 오른 건 무당의 한 분 진인에게 볼일이 있기 때문입니다."

"진인? 누구를 말하시는 것이오?"

"그전에 제가 이름과 목적을 밝혔으니, 도장님께서도 신분을 밝혀주시는 게 도리가 아니겠습니까?"

"허!"

운진자는 눈에 내력을 집중해 단천엽의 얼굴을 살피고 나직이 혀를 찼다. 그의 주변에 도열한 칠성검수들의 새파랗게 질린 안색을 살피니 녹록한 실력은 아닌 듯 보이나 결코 스물을 넘지 않은 나이였다.

운진자의 나이 오십이니, 아무리 문파가 다르다 하나 두 배분은 족히 아래인 게 분명한 단천엽의 당돌한 말에 어이가 없는 건 당연했다.

그때 단천엽이 주변의 칠성검수들을 한차례 둘러보고 슬쩍 천원에서 벗어났다. 더 이상 그들을 끌고 다닐 필요가 없다는 판단을 내린 것이다.

그리고 운진자의 사각을 노리고 슥 앞으로 다가서자 답답한 숨결을 토해내던 와중에도 옥기가 놀라 소리쳤다.

"사, 사숙조님께선 조심하십시오! 그, 그자는……."

"사술을 좀 부릴 줄 알지요."

옥기의 말을 대신 끝내주며 단천엽이 운진자에게 달려들었다.

파앗!

운진자의 실력을 감안해 무형무극검을 잔뜩 끌어올린 채.


태현자소궁.

원무신이 모셔진 원무대각의 한 컨에 가부좌를 틀고 앉아 묵상에 빠져 있던 무당 장문인 태화 진인의 귀가 가볍게 움직였다. 밖에서 소란이 벌어진 것과 동시였다.

평소와 달리 늦은 시간까지 원무대각에 머문 그를 찾던 발걸음이 얼마 뒤 문밖에 이르렀다.

"무슨 일이더냐?"

태화 진인이 묻자 대제자 운학자의 고하는 목소리가 들려왔다.

"자소봉에 불청객이 들어 해검지의 칠성검수들이 뚫렸기에 진무각주가 나섰다고 합니다."

"운진이?"

"예. 무공이 출중한 운진 사제가 나섰으니, 금세 불청객을 제압할 수 있을 것으로 사료됩니다."

"운진의 실력은 일대 제자 중에서도 운학, 너 외엔 당할 자가 없으니 믿을 수 있을 테지. 하나 야밤에 무당을 찾은 자이니 대접에 소홀함이 있어선 안 될 터."

"그렇지 않아도 운진 사제는 진무각의 십이검을 데리고 나갔습니다. 불청객은 단 한 명이라 하니 별다른 사단은 벌어지지 않을 거라 생각됩니다."

"진무각의 십이검을 데려갔다면 확실할 테지. 알겠다. 너는 상황이 종결되면 알리도록 하거라."

"명을 받들겠습니다."

운학자의 복명과 함께 조심스레 물러서는 발소리가 들려왔다. 요즘 들어 심기가 편치 않은 사부이자 장문인인 태화 진인을 배려하는 제자의 움직임이었다.

그러나 이때 태화 진인의 청수한 얼굴에는 이미 가벼운 근심이 서려 있었다. 오늘 밤 찾아든 불청객 때문이 아니라 한 달 전 느닷없이 폐관을 깨고 나온 태우 도장이 늦은 시각 원무대전을 떠나지 못하니 그를 번뇌하게 만드는 원인이었다.

태화 진인이 모두의 예상과 달리 무당 장문에 올랐을 때부터이다. 무당은 어느새 두 개로 갈라져 심각할 정도로 분열을 보이고 있었다. 무당 수백 년 역사상 초유의 자중지란이 벌어진 것이다.

모든 원인은 장문인인 태화 진인이 사제 태우 도장에 비해 현격할 정도로 모든 면에서 모자란 탓이었다. 그나 다른 모든 무당 문인들이 한결같이 인정할 정도로.

그 점이 태화 진인의 마음을 괴롭혔다. 줄곧 마음 한구석이 꺼림칙했다. 수변의 부회뇌동을 차지하더라도 그와 태우 도장과의 사이가 벌어지는 건 어쩔 수 없는 일이었다.

그런데 한 달 전 무당을 위해 묵묵히 폐관에 들었던 태우 도장이 느닷없이 출관을 선포하고 나왔다. 예상보다 적어도 삼 년은 이른 일이었다.

게다가 그는 그냥 폐관을 끝냈을 뿐이 아니었다. 출관과 함께 단숨에 장로들과 일대 제자들을 휘어잡았다. 그와 반대편에 섰던 인물들까지. 그야말로 태화 진인으로선 느닷없이 뒤통수를 얻어맞은 격이었다.

무당 그 자체라 해도 다름없는 팔대장로.

그리고 주력인 일대 제자.

그들 모두가 태우 도장을 은연중에 지지하고 있었다. 그 점을 누구보다 태화 진인 자신이 가장 잘 알고 있었다. 마음이 괴롭지 않을 수 없었다. 오랫동안 무당을 무당으로 있게 만든 태우 도장의 거대한 그림자가 점차 숨통을 죄어오는 것만 같았다.

'하지만 태우 사제는 무당의 장문을 맡을 수 없다. 아니, 맡게 해선 안 된다. 그 점을 태우 사제 역시 잘 알고 있을 터인데 어찌 갑자기 일을 벌인 것인가? 설마 사부님의 유명조차 이젠 안중에 안 두려는 건가?

"원시천존!"

태화 진인은 의혹이 커질수록 답답해지는 마음을 나직한 도호로 풀어냈다. 그렇게라도 하지 않고선 견딜 수 없을 정도로 현재 그의 압박감은 극심했다. 늦은 밤까지 원무신에 의지해 떠나지 못할 정도로.

그때 마치 그의 내심을 읽기라도 한 듯 근엄한 원무신상 주변으로 가벼운 바람이 불어왔다. 원무대전 전체에 창문 하나 열린 곳이 없으니 이 바람은 내부에서 일어난 것일 터.

태화 진인은 잠시 염두를 굴리다 시선을 한 방향으로 집중시켰다. 무엄하게도 무당 장문을 놀라게 만든 장본인이 그의 예상과 맞는지를 확인하기 위함이었다.

"…역시 사제로군."

어느 틈에 원무대각 안에 모습을 드러낸 태우 도장이 담담한 물빛 시선을 한 채 고개를 끄덕였다.

"장문 사형의 무공이 한 단계 더 높은 성취를 이룬 것을 축하드립니다."

"허허, 태우 사제에게 그런 말을 들으면 이 사형이 부끄러움을 느끼지 않겠는가?"

"그렇지 않습니다. 현재 사형의 무공은 역대 무당의 열조들과 비교해도 전혀 손색이 없는 경지에 오르셨습니다. 당년의 사부님께서 참으로 옳은 판단을 내리신 것이지요."

"태우 사제, 그거……."

태우 도장이 천천히 고개를 지어 보였다.

"사부님께서는 옳은 판단을 내리신 겁니다. 오십여 년간 이어져 온 평화의 시기가 끝나가는 이때, 무당의 안정을 구할 수 있는 인물은 제가 아니라 사형이시니까요. 그러니 사형께서는 더 이상 마음속에 거리낌을 느끼지 마십시오. 이 사제, 이제 이 땅에서의 인연이 얼마 남지 않았으니."

태화 진인의 얼굴에 가벼운 놀람이 떠올랐다.

"태우 사제, 도를 이루셨는가?"

"얻었는지 버렸는지는 아직 알지 못하고 있습니다."

"허어, 이미 거기까지 이르렀는가!"

태화 진인은 탄식과 함께 마음 한 켠에 부끄러움을 느꼈다. 여태까지 그는 무공이나 인망에 있어 태우 도장에게 뒤질지는 모르나 도학에 있어서만큼은 뒤지지 않는다 생각했다. 아니, 후일 득도한다면 그건 자기가 먼저일 거라 자신하고 있었다.

그런데 그가 미망에 휩싸여 질투와 번민의 나날을 보내는 동안 태우 도장은 훌쩍 앞으로 달려가 버린 것이다. 이젠 아무리 손을 뻗어도 옷자락조차 잡지 못할 곳으로.

태우 도장이 말했다.

"제가 폐관을 끝낸 후 무당의 힘을 하나로 결집시킨 건 앞으로 다가올 환란에 대비코자 함입니다."

"환란?"

"예. 앞으로 무당에, 아니, 전 무림에 어려운 시기가 도래할 것입니다. 그러니 사형께서는 부디 자중자애하시어 환란의 시기, 무당을 구하소서."

말을 끝낸 태우 도장이 천천히 배례했다.

마치 후일을 당부하는 듯한 모습.

마음이 움직인 태화 진인이 다급히 말했다.

"사제, 어디로 가려는 것인가?"

태우 도장의 입가에 가벼운 미소가 떠올랐다.

"오랜 인연의 끈 하나가 저를 찾아왔습니다. 그를 맞으러 가보려 합니다."

"인연? 그렇다면 오늘 밤 자소봉에 올라 난동을 부렸다는 자가……."

"예, 저를 찾아온 자입니다."

그 말을 끝으로 태우 도장의 신형이 봄날 아지랑이처럼 사라졌다. 처음 등장할 때 몰고 온 한 가닥 미풍과 더불어.


단천엽의 예상대로였다.

진무각주 운진자와 진무 십이검은 그의 상대가 되지 못했다.

그의 손끝을 타고 일어난 무형무극검의 무형검기가 종횡하자 운진자는 단숨에 수세에 몰렸고, 진무 십이검 역시 마찬가지였다.

그들은 평생 한 번도 본 적이 없는 무형검기가 덮쳐들 때마다 연신 뒤로 물러서기에 바빴다. 검진을 펼치지 않았으되, 검진처럼 일사불란한 후퇴였다.

그야말로 모양새가 바뀌었을 뿐 칠성검수들을 이끌고 자소봉에 오를 때와 거의 비슷한 상황!

단천엽은 연달아 검기를 쏟아내 운진자의 불진을 반 토막 낸 뒤 벼락같이 진무 십이검을 덮쳐 갔다. 일단 그들을 쓸어버려 손발의 걸리적거림을 없애려는 의도였다.

파파팍!

단천엽의 다리가 폭풍처럼 한 바퀴 회전하자 진무 십이검의 송문고검들이 휘청였다. 뒤로 물러서는 몇몇의 얼굴은 이미 새파랗게 질려 있었다.

그 순간을 단천엽은 놓치지 않았다. 그는 내처 무형검기를 뽑아내 뒤로 물러서는 자들만 골라 공격했다. 전장에서 배운 약자 먼저 밟아 주기였다.

무당검수들의 상징인 송문고검들이 연달아 공중으로 날아올랐다. 모두 단천엽의 무형검기에 튕겨진 것들이었다. 하나 예외가 없었다.

연달은 맹공에 기혈이 들끓어 뒤로 물러섰던 운진자가 제자들의 처참한 모습에 노호를 터뜨리며 달려들었다. 그의 적수공권에는 무당면장(武當綿掌)의 공력이 잔뜩 담겨 있었다.

그러나 그때, 기다렸다는 듯 단천엽이 뒤도 돌아보지 않고 신형을 뒤틀며 회전각으로 그를 힘차게 걷어찼다.

퍼퍽!

운진자의 면장은 힘없이 무너졌다.

그는 하얗게 질린 얼굴로 뒤로 물러섰다.

굴욕의 순간이었다.

그리고 그가 억지로 치솟아오른 기혈을 참으며 단천엽의 이격에 대비할 때였다.

단숨에 초토화시켜 버린 진무각의 정예들 속에 홀로 서 있던 단천엽의 입가에 가는 미소가 떠올랐다. 마치 무언가 기다리던 것을 얻은 아이와 같은 표정.

'역시 조금 과격하긴 해도 일부러 무당의 자존심을 밟아주는 방법을 선택한 게 주효했구나! 이렇게 빨리 그분이 나설 줄은 몰랐는데…….'

그때 창로하면서도 힘이 담긴 태우 도장의 목소리가 단천엽을 비롯한 모든 무당제자들의 귓전에 울려 퍼졌다.

"무당의 대장로로서 명하노니, 이곳에 모인 무당제자들은 이만 물러가도록 하라! 오늘 자소봉에 오른 이는 본도의 손님이니, 더 이상 소란을 피울 필요가 없느니."

만약 목소리의 주인이 태우 도장이 아니었다면, 단천엽이 오늘 밤 벌인 난장판은 결코 좌시되지 않았을 것이다. 운진자를 대신해 또 다른 일대 제자들이 몰려왔을 것이고, 그 뒤엔 무당의 상징인 팔대장로의 차례였다. 무당은 절대 아무나 들러 사고를 쳐도 되는 호락호락한 곳이 아니었기 때문이다.

하나 실질적인 무당제일인인 태우 도장의 엄명이 떨어진 터.

그의 명에 반기를 들 무당제자가 존재할 리 만무했다.

잠시 단천엽을 노려본 운진자가 힘 잃은 도호와 함께 진무 십이검을 불러들이자 칠성검수들 역시 옥기의 통솔 하에 해검지로 향했다. 마치 여태까지 벌어졌던 일장의 혈투가 꿈속의 일처럼 느껴지는 순간이었다.

긁적!

겸연쩍어진 단천엽이 뒤통수를 긁적이자 태우 도장이 그 앞에 모습을 드러냈다.

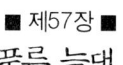
## 제57장
# 푸른 늑대

푸른 늑대 ,

평범함 속에 숨어 있는 비범함.

단천엽이 본 태우 도장의 모습이었다.

단천엽이 포권 대신 고개를 숙여 보이자 태우 도장의 노안에 부드러운 미소가 떠올랐다.

"생각보다 장난이 심한 아이가 아닌가? 어찌 이리 심한 소동을 벌인 것이지?"

"죄송합니다. 오늘 밤 내로 진인을 만나야 한다는 생각에 객기를 부린 것 같습니다."

"객기라? 사실은 이가장에 함께 들른 종리후란 아이를 생각한 행동인 게지. 날이 밝은 연후에 자소봉에 오른다면 그 아이에게 피해를 끼칠 테니까."

단천엽의 눈에 이채가 떠올랐다.

"설마 진인께서는 제가 오늘 오리란 걸 짐작하고 계셨던 겁니까?"

"이가장에 들른 풍운표국의 인원 중에 눈에 띄는 젊은이 한 명이 포함되었단 말을 듣고 대략 짐작하고 있었다네."

"어떻게……."

태우 도장의 입가에 슬그머니 장난스런 미소가 떠올랐다.

마치 단천엽에게 한 방 먹였다는 듯.

"궁금한가?"

단천엽이 솔직히 대답했다.

"예, 그렇습니다. 제가 종리 선배를 만나 이가장에 온 건 어디까지나 즉흥적인 일이었고, 중간에 특별히 눈에 띌 만한 일도 벌이지 않았습니다. 적어도 저는 그리 생각하고 있었습니다. 그런데 진인께서 손바닥 들여다보듯 저에 대해 말씀하시니 마음이 꽤나 당황스럽습니다."

고개를 끄덕인 태우 도장이 말했다.

"마음이 바른 데다 솔직하기까지 한 아이로구나. 신승께서 마음에 들어했던 것도 무리가 아니야."

"신승이시라면……."

손을 들어 단천엽의 뒷말을 흐리게 만든 태우 도장이 천천히 신형을 돌리며 말했다.

"무당에는 오궁만이 있는 게 아니네. 오늘 어렵사리 자소봉에 올랐으니, 본도가 좋은 곳으로 안내하겠네."

"……."

태우 도장이 바람처럼 신형을 날리자 단천엽이 얼른 그 뒤를 따랐다. 마음속에서 의문이 꼬리를 물고 이어졌으나 기다림은 결국 대답을 줄 터였다.

잠시 후, 태우 도장이 단천엽을 데려간 곳은 자소봉에서도 가장 험하고 거친 절벽이 위치한 곳이었다. 절벽이 있는 곳에 빠지지 않는 칼날 같은 바람이 두 사람을 환영하듯 강한 돌개바람을 일으켰다.

휘잉, 휘이이!

마치 한 무더기의 벌 떼가 우는 듯하다. 그도 아니면 느닷없이 깨어나 잠투정에 울부짖는 아기와 같다.

그런 절벽 사이의 소로를 산책이나 하듯 걸어가는 태우 도장을 좇으며 단천엽은 귀가 다소 멍멍해지는 걸 느꼈다. 어둠이 짙게 깔린 산속, 청각마저 마비된 상태. 단천엽은 불현듯 중요한 사실 하나를 깨달았다.

'이런 곳에서 암습을 당한다면 쉽진 않겠구나!'

그때 단천엽의 마음을 읽은 듯 앞선 태우 도장이 말했다.

"이곳은 수천 장이나 되는 절벽에 난 길이라네. 암습을 하려 해도 쉬운 일은 아니지."

"아, 예."

단천엽의 반응이 재밌는 듯 태우 도장이 미소 지었다.

"허허, 그렇다고 그리 갑자기 마음을 놓아버리면 재미가 없지 않겠는가?"

"진인께서는 모든 것을 너무 잘 아십니다."

"그래서 마음에 안 든다는 듯 들리는군?"

"솔직히 당황스러운 마음이 아주 없다곤 못하겠습니다."

"그래, 그게 당연한 일일 테지."

홀로 답한 태우 도장이 더 이상 단천엽에게 밀을 걸지 않고 걸음을 빨리했다. 그리고 다시 한 식경이 지나자 소로가 끝난 자리에 작고 아담한 정자가 모습을 드러냈다.

"이곳은······."

앞서 정자 앞에 도착한 태우 도장이 어느새 구름 사이로 얼굴을 드러낸 달빛을 바라보며 말했다.

"무당의 조사야께서 태극혜검(太極慧劍)을 완성하신 자리라네."

"아!"

단천엽은 잠시 자세를 바로 했다.

무당을 대표하는 내가검의 절정, 태극혜검.

그저 말로만 들려올 뿐 그 실체를 접한 이가 없다는 신화 속의 검법이 완성된 곳이라면 조사동과 맞먹는 성지일 게 분명했다. 그런 곳에 타 문파의 사람이 발을 내디뎠으니, 마음 한 켠에 울림이 일지 않을 수 없었다.

태우 도장이 먼저 정자에 오른 후 단천엽에게 손짓했다.

"어서 오게나. 이곳에 앉지 않고선 무당산의 웅혼온화한 기운을 느꼈다고 할 수 없다네."

"예."

단천엽은 사양 않고 정자에 올랐다.

무당산의 정기가 서려 있다 하니 마음 한 켠이 다소 두근거렸다.

단천엽이 조심스레 무릎을 꿇고 자리하자 태우 도장의 끝 모를 듯한 투명한 눈빛에 담담한 신광이 어렸다. 절정고수들에게서 볼 수 있는 폐부를 꿰뚫을 듯한 위압적인 신광이 아니라 보는 이의 마음을 편하게 해주는 눈빛이었다.

"제게 하명할 일이 있다면 먼저 말씀하시지요."

단천엽이 먼저 운을 떼자 태우 도장이 신광을 거뒀다.

그의 입가에 처음과 같은 미소가 담겼다.

"보면 볼수록 신승의 안목에 탄복을 금할 수 없구나. 그동안 많은 기우가 있었다 하나 어찌 이리 단단한 재목으로 컸단 말이더냐?"

"과찬은 독과 같지 않겠습니까?"

"이미 독과 약을 구별할 수 있으니 상관없다."

"그럼 이젠 시험이 끝난 것인지요?"

"그렇다."

태우 도장의 말이 떨어지기가 무서웠다. 여태껏 공손하고 단정하기만 하던 단천엽이 자세를 자연스레 흐트러뜨렸다. 시험을 끝낸 학동과 같이.

그 모습에 태우 도장의 입가에 걸린 미소가 더욱 짙어졌다.

"마음속에 많은 의혹이 있겠지? 본도가 허락할 것이니 마음껏 묻도록 하라."

그야말로 단천엽이 기다렸던 말이다. 그는 언제 자세를 흐트렸냐는 듯 눈빛을 빛냈다.

"질문할 게 많습니다."

"아직 밤은 많이 남았으니, 시간이 부족하진 않으리."

"감사합니다."

고개를 숙여 보인 단천엽이 이곳으로 향하던 중 마음속에 정리해 놨던 질문을 천천히 늘어놓기 시작했다.


이가장.

고된 표행에도 불구하고 잠을 못 이루고 있던 종리후는 목이 말라 자리에서 일어섰다. 밤은 깊어 주변에선 풀벌레 소리만이 들려오는데 이상하게 마음이 불안했다.

십수 년간의 표행 중 몇 번 없던 일.

종리후는 침상 옆에 자리한 탁자에 놓인 주전자에 들어 있던 찻물로 목을 축이고 손님용 객실을 빠져나왔다. 표행으로 다져진 신중한 성격이 발동한 것이다.

푸드덕!

느닷없는 종리후의 등장에 놀란 밤부엉이 한 마리가 홰를 치며 날아올랐다. 그 외엔 잔뜩 내공을 이목에 집중하고 주변을 둘러봤으나 별다른 특이점을 발견할 수 없었다.

'낮부터 마음이 이상하더니, 내가 신경 과민에 걸린 건가?'

종리후는 딱딱하게 굳었던 안색을 풀었다.

이곳은 무당산.

무당천도의 바로 코앞에 위치한 이가장이었다.

별다른 일이 있을 리 없다는 생각에 쓴웃음을 지어 보인 종리후의 발걸음이 자신도 모르게 단천엽에게 배정된 객실 쪽으로 향했다. 어차피 잠이야 달아난 터이니, 이상하게 마음이 끌렸던 단천엽과 얘기라도 나눌 생각이었다. 지금이 남들이 다 잠든 한밤중이라는 것도 까맣게 잊고.

그런데 바삐 걸음을 옮기던 중 종리후는 다시 묘하게 기분 나쁜 기운에 어깨를 움츠러뜨렸다. 처음 그가 느꼈던 기운과 대동소이한, 그러면서도 조금 더 구체적인 느낌.

"어째서 아무런 소리도 들리지 않는 건가?"

종리후는 자문한 후 재빨리 온몸의 근육을 딱딱하게 경직시켰다. 폭발적으로 기해혈에서 일어난 내가진기가 그의 전신 경락을 치달려 치켜 올린 쌍수에 잔뜩 모였다.

지금 당장이라도 대적과 맞설 태세!

종리후는 형형해진 눈빛을 한 채 신형을 날렸다. 목표는 주변, 가장 가까운 곳에 위치한 객실이었다. 순간적으로 깨달은 바에 대해 확인해 볼 필요가 있었다.

그리고 흘러나온 신음.

"역시!"

종리후는 객실문 앞에 얌전히 널브러져 있는 사람의 숨결을 굳이 확인하지 않았다.

잔뜩 끌어올려진 내공에 의해 더욱 민활해진 감각은 이미 싸늘한 죽음의 냄새를 맡고 있었다.

휘익!

그 뒤 연달아 몇 개의 객실을 둘러본 종리후의 얼굴에 비통한 기색이 떠올랐다. 풍운표국에서 이번 표행에 참가했던 모든 표사들과 쟁자수들의 사망을 확인한 것이다.

'나는 아무런 소리도 듣지 못했다, 그다지 깊은 잠에 빠져들지 않았음에도. 도대체 어떤 고수가 있어 이처럼 많은 사람들을 비명 소리 하나 없이 처리할 수 있단 말인가! 풍운표국의 표사들이 당했으니, 이가장 내의 사람들인들 무사할까?

종리후는 내심 고개를 가로저었다. 경황 중임에도 소리를 지르지 않은 건 이가장 내에 그를 능가할 고수가 없다는 것도 하나의 이유이나, 그들의 생존을 비관적으로 생각했기 때문이다.

오늘 이가장에서 끔찍한 혈사를 벌인 자들은 놀라운 고수일 뿐 이니라 사람의 목숨을 파리처럼 여기는 잔혹하고 대담한 마두나 살수가 틀림없었다. 그들의 이 같은 행사에 살아남은 자들이 있을 리 만무했다.

하나 종리후는 다음 순간 자신도 모르게 단천엽의 거처를 향해 달려가고 있었다. 이성적으로 볼 때 그가 아직까지 생존해 있을 리 만무하건만 자연스레 걸음이 그쪽으로 향했다.

그렇게 막 단천엽의 거처 앞에 도착했을 때다.

잔뜩 끌어올린 내력을 몽땅 이목에 집중하고 있던 종리후의 걸음이 멈췄다. 단천엽의 거처 바로 앞에서 서성이는 검은 그림자에 덜컥 의심이 생긴 것이다.

"자, 자네……."

대답 대신 차가운 미소가 종리후에게 돌아왔다.

너무 차가워 심혼이 몽땅 얼 것 같은 미소.

그리고 창백할 정도로 하얗고 섬뜩한 얼굴이 종리후에게 질문을 던졌다.

"너는… 무당의 태우를 알고 있나?"

종리후의 눈에서 불끈 노기가 일었다.

"무당산에서 감히 태우 사조님의 이름을 함부로 입에 담다니! 네가 바로 오늘 천인공노할 혈겁을 저지른 마두로구나!"

"사… 조?"

"나는 무당 속가제자 종리후다! 눈앞의 마두는 자신의 이름을 밝혀라!"

"이… 름?"

고개를 갸웃해 보인 하얀 얼굴의 사나이가 성큼 종리후에게 다가섰다. 단 한 걸음만에.

'그런데 어찌 바로 코앞에!'

종리후는 놀란 나머지 쌍수에 잔뜩 끌어올리고 있던 진천철장을 뿌릴 생각도 못했다.

그와 사나이의 거리는 적게 잡아도 오 장이 넘었다. 절정고수라 해도 간격을 좁히기 전 종리후가 충분히 대응할 수 있을 만한 거리였다.

한데 눈앞의 사나이는 너무 쉽사리 간격을 좁혔다. 아니, 간격을 좁혔다기보다는 숨결마저 느껴질 정도로 코앞까지 다가서 있었다. 종리후로선 어찌해 볼 새도 없이.

부들!

종리후의 굳센 어깨가 근원을 알 수 없는 공포로 떨렸다. 온몸의 뼈마디가 몽땅 녹아내리는 것 같았다. 사나이의 회백색 눈과 시선을 맞춘 것만으로 벌어진 일이다.

그때 사나이의 회백색 눈에서 차가운 안광이 일었다.

"너… 태우를 알고 있다!"

"으으……."

종리후의 익문 입술 새로 낭자한 핏물이 흘러내렸다.

고통에 찬 신음과 함께.

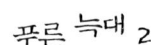

푸른 늑대 2

약속대로 단천엽의 질문에 태우 도장은 친절하게 대답해 줬다. 이를
테면, 단천엽이 이가장에 도착한 걸 알아챈 건 호북에 깔린 무당의 이
목이 그만큼 많았기 때문이고, 신승이란 서천신승 간다르를 일컫는 말
이라는 등의 이야기를 그는 전혀 대수로울 것이 없다는 듯 설명해 줬
다.

소소한 이야기들?

적어도 자신을 사방천의 북천마도라 밝힌 태우 도장은 단천엽의 질
문을 그리 정의 내렸다. 흡사 그의 설명이 새로운 국면에 접어들 때마
다 입을 가볍게 벌릴 수밖에 없었던 단천엽의 모습을 즐기기라도 하려
는 듯.

그러다 그의 설명이 사방천, 그중에서도 부친인 한상월, 즉 동천명
왕에 대한 부분에 이르자 단천엽은 더 이상 입만 벌리고 있어선 안 되

겠다는 생각이 들었다. 여태까지는 계속 새로운 이야기들뿐인지라 주
도권을 완전히 빼앗겼지만 부친에 대한 건은 단천엽 자신의 출신 내력
과도 관련이 깊었다. 그냥 두 손을 놓고 듣고만 있을 순 없었다.

"그런데 죄송합니다만, 사방천이란 게 정확히 무엇을 말하는 건지
말씀해 주실 수 있겠습니까?"

단천엽이 불쑥 질문을 던지자 태우 도장의 얼굴에 흥미롭다는 표정
이 떠올랐다.

"사방천에 대해 모르고 있었더냐?"

단천엽이 고개를 끄덕였다.

"예, 진인께서 서천신승이라 하신 간다르 대사님에게도 단지 구양구
음검공을 전해 받았을 뿐이고, 동천명왕인 문상께도 마찬가집니다. 사
방천에 대한 이야기는 전혀 듣지 못했습니다."

"그렇다면 단순히 백경, 그 아이의 얘기만 듣고 찾아왔다는 것이
냐?"

"예, 그렇습니다."

"흠, 얄궂게 됐구나."

말과 달리 태우 도장의 표정은 여전히 담담했다. 단백경과는 다른
의미로 눈앞에서 벼락이 떨어져도 낯빛 하나 변하지 않을 것 같았다.

잠시 뒤 태우 도장이 천천히 고개를 끄덕였다.

"하긴 사방천의 맹약은 꽤 오래됐으나 한 번도 발동한 적이 없으니
명왕 그 아이도 자식에게까지 전하고 싶지 않았을지도 모르겠구나."

"설명해 주시겠습니까?"

"설명해 줘야겠지, 자신의 운명도 모른 채 끌려 다니게 할 수는 없으
니까."

단천엽에게 시원스레 대답한 태우 도장이 갑자기 엉뚱한 질문을 던졌다.

"아이야, 너는 중원에 대해 어떻게 생각하느냐?"

"중원이라면……."

"이 땅, 중원인들이 대륙이라 부르는 이곳에 대해 묻는 것이다."

단천엽은 문득 무당으로 오기 전 풍문으로 전해 들은 태우 도장의 출신 내력을 떠올렸다.

'천하가 인정하는 무당제일도이자 도가제일인인 태우 도장이 무당의 장문인이 되지 못한 건 한인이 아니기 때문이라고 했던가?'

그저 믿을 수 없는 강호 이야기꾼들이 만들어낸 낭설이라 치부했던 일이다. 무당산 자소봉에 올라 태우 도장을 만나기 전까진 생각조차 못했다. 그만큼 민족적 태생을 따져 사람의 운명을 결정한다는 건 있을 수 없는 일이라 생각했기 때문이다.

그런데 순간 단천엽은 간다르가 떠올랐다.

벽안의 천축인.

그럼에도 불구하고 신승이라 불렸던 사람.

용문 삼십육방에서 만났던 마음씨 좋은 노승 또한 출신 내력에 기인한 삶을 살았다는 생각이 들자 마음속 깊은 곳에서 참을 수 없는 노화가 치밀어 올랐다.

"중원은 중원 안에서 사는 모든 사람의 것입니다. 특별히 한인만의 것이라곤 생각하지 않습니다."

태우 도장이 다시 질문했다.

"그럼 만약 중원 외의 곳에 뿌리를 뒀던 사람들이 자신들의 민족과 나라를 위해 중원을 갈가리 찢어발기려 한다면 어떻게 하려느냐?"

"그건……."

"그들과 싸우려느냐?"

'내게 다른 사람들이 갖지 못한 힘이 생겼다면, 그것은 싸움을 막고 모든 사람들이 평화롭게 지내게 하기 위함일 것이다. 그게 어렵다면 적어도 내 주변의 사람들만큼이라도.'

잠시의 침묵 끝에 마음을 결정한 단천엽이 대답을 기다리는 태우 도장과 눈을 맞췄다.

"저는 지켜보겠습니다."

"지켜본다?"

"예, 지켜보겠습니다. 누가 옳고 그른지를."

"그런 연후엔?"

"옳다고 믿는 쪽을 위해 싸우겠습니다."

"원시천존!"

태우 도장은 도호와 함께 입가에 미소를 띠었다. 단천엽의 대답은 결코 그가 원하던 것은 아니었으나, 그리 나쁘시 않다고 여긴 것이다.

이번엔 단천엽이 질문했다.

"진인께 묻겠습니다. 사방천이란 중원 외의 나라에서 찾아온 사람들이 아닙니까?"

"그렇다."

"그렇다면 사방천의 목적은 무엇인지요? 진실로 중원을 갈가리 찢기 위함입니까?"

"그러했지."

단천엽은 바뀐 태우 도장의 대답에 주목했다. 그리고 간다르, 부친 한상월을 연달아 떠올렸다. 그들은 눈앞의 태우 도장과 전혀 다르면시

도 꽤나 많은 공통점을 가지고 있었다. 만약 중원인들이 안다면 경악
과 공포에 빠져들 정도의.

"사방천이 어째서 중원을 찢어발기려 했는지 물어봐도 되겠습니
까?"

"원한이다."

"원한이시라면?"

태우 도장의 물빛 눈동자에 씁쓸함이 떠올랐다.

"너 또한 마성혈류하에 대해 알고 있을 것이다."

"중원무림의 수많은 고수들이 전멸당해 무림의 암흑기를 초래한 십
이마성의 혈겁을 말하시는 게 아닙니까?"

"일반적으론 그리 알려졌다만, 그 속에는 전 상천과 지금의 상천 사
이의 정권이 교체될 때의 어두운 진실이 숨겨져 있다."

"전 상천이라면……."

"진정 천하를 정복했던 초원의 푸른 늑대들을 말하는 것이다. 그들
은 말뿐인 천하인 중원뿐 아니라 대막, 아라사(러시아), 서하, 금(여진),
요(거란) 등을 철저하게 짓밟았다. 그야말로 천하통일을 이룩한 셈이
지. 그러나 그들 무적의 푸른 늑대들에게도 한 가지 심복지환이 있었
다."

"무림!"

단천엽이 참지 못하고 소리치자 태우 도장이 고개를 끄덕였다.

"그렇다. 천하를 정복한 푸른 늑대들은 자신들에게 끝까지 저항할뿐
더러, 군사를 보내 정벌하기도 곤란한 무림이 골칫거리였다. 특히 가
장 나중에 정복한 중원무림은 반드시 제거해야 할 대상이었다."

"십이마성은 푸른 늑대가 무림을 말살하기 위해 보낸 절대고수들이

군요?"

"절대고수를 뛰어넘는 마도병기들이 바로 그들이다, 천하를 정복한 푸른 늑대의 모든 힘이 집결된. 천하맹과 지금의 상천이 만들어낸 다섯 아이는 기껏해야 그들의 모조품에 불과하지. 아마 제대로 성장한 아이들 전부가 십이마성 한 명한테 덤벼들어도 승패를 장담하긴 힘들 거야."

"그런……!"

단천엽의 입에서 자신도 모르게 신음이 튀어나왔다. 그만큼 그는 놀랐다. 용문의 오성―모회언의 죽음으로 사성이 됐으나―들이 지닌 능력을 감안하면 당연한 모습이었다.

태우 도장이 미미하게 고개를 가로저었다.

"그리 놀랄 것 없다. 우리 사방천의 맹약에는 중원을 찢어발기는 것 외에 십이마성의 발호를 막는 것도 포함되어 있었다. 십이마성은 중원 무림만을 초토화시킨 게 아니었으니까."

"그럼 십이마성이 사라진 건 사방천이 힘을 쏟은 결과인 겁니까?"

"그렇지는 않다. 비록 사방천이 각 민족을 대표할 정도의 능력을 가졌다곤 하나 어디까지나 인간의 범주에 속한 자들일 뿐, 십이마성을 막아낼 힘은 없었다."

"그렇다면?"

"십이마성은 첫 번째 마성혈류하로 중원무림의 씨를 말린 후 천하를 주유하며 계속 살겁을 벌였다. 길고도 고독한 길이었겠지. 그러나 너무 긴 여행이었어. 그들이 다시 중원으로 돌아왔을 때 푸른 늑대들은 정기를 잃고 현재의 상천에 밀려 몽고로 패퇴했다. 십이마성의 존재의 가치 자체가 사라진 것이야."

"그럼 두 번째 마성혈류하는 결국 주인인 푸른 늑대를 잃어버린 십이마성의 복수극이었다는 겁니까?"

"그래, 그들은 그렇게 역사 뒤편으로 사라져 갔다. 아니, 그랬다고 우리 사방천은 믿고 있었다."

태우 도장의 뒷말에는 씁쓸한 여운이 담겨 있었다. 절대의 경지에 오른 자로서 결코 뛰어넘을 수 없는 존재에 대한 동경과 좌절감이 느껴졌다.

단천엽은 여기서 한 가지 의혹이 생겼다.

'그럼 사방천이 중원에 가지고 있는 원한이란 무엇인가? 그들은 중원의 한족들과 더불어 푸른 늑대에게 나라를 뺏긴 원한을 공유하고 있었던 게 아닌가?'

"그럼 원한이란……."

태우 도장이 침묵을 깼다.

"그들은, 중원의 한족들은 푸른 늑대를 몰아내기 위해 주변의 뭇 열국들과 맹약을 맺었다. 혈맹이었지. 천하의 열국이 힘을 합하고서야 몰아낼 수 있을 정도로 푸른 늑대는 무서운 힘을 가지고 있었다. 그러나 호랑이 떠난 자리, 늑대가 왕이라 했던가?"

"그들은, 중원의 상천은 배반을 했군요!"

"지독한 배반이었다. 본도의 나라 요는 흔적도 없이 사라졌고, 서하와 금 역시 마찬가지였다. 그나마 명왕 그 아이의 나라인 삼한(三韓:한반도를 부르던 옛 이름)은 왕권이 바뀌었을 뿐, 다소 간의 국토와 백성을 보존했으나 공물을 바치는 치욕을 면할 순 없었다."

"삼한……."

단천엽이 꿈꾸듯 중얼거리자 태우 도장이 보충하듯 설명했다.

"한때 해동성국이라 불리던 곳, 네 아비 명왕의 나라이다. 그 아이의 부친인 전대 명왕은 수백 년간 동방제일문(東方第一門)이라 불리며 천하무인들로부터 외경받던 현문의 문주이자 한때 삼한 왕의 직계 혈손이었다고 하더구나."

단천엽은 머리가 맑아지는 걸 느꼈다. 오랫동안 머리 속에 끼어 있던 구름이 걷혔다. 진정한 자신의 출신 내력을 안 순간 부친 한상월의 이해할 수 없었던 행동들이 비로소 납득됐다.

"원한······."

"지독한 원한이었다, 사방천 모두가 자기 자신을 잊을 정도의. 그러나 중원에 들어와 중원인들과 지내길 수십 년. 신승께서는 해탈하시고 마도는 이제 늙어버렸다."

"그러나 명왕과 남천존자가 남아 있군요. 여전히 지옥불과 같은 증오에 온몸을 태우며."

태우 도장이 고개를 가로저었다.

"남천존자는 몰라도 네 부친인 명왕은 다르다. 만약 그 아이가 그저 복수와 원한으로 뭉쳐진 당년의 우리들과 같았다면, 신승이나 본도가 이리 걱정하고 있진 않을 것이다."

"그분에게 다른 의도라도 있다는 것인지요?"

"그럴 것이다. 하지만 본도로서도 진짜 명왕 그 아이의 의도가 무엇인지에 대해선 알 방도가 없구나. 다만 천하창생 모두에게 위협이 될 정도의 계획을 세우고 있다고 짐작할 뿐. 그러니······."

"그러니 제가 그분의 앞을 막아야 한다는 것인지요? 중원의 한인들과 천하인 모두를 위해서?"

"신승께서는 너를 믿고 계셨다."

"진인께서는 어찌 생각하시는지요?"

태우 도장의 하얀 눈썹이 가늘게 떨렸다.

"본도는 아직 신승과 같은 경지에 오르지 못했구나. 다만 그분의 안배에 동참해야 한다는 것을 알 뿐."

"그렇군요. 하지만……."

잠시 말을 멈춘 단천엽이 정중히 태우 도장에게 배례한 후 자리에서 일어섰다.

"저에겐 아직 시간이 필요한 것 같습니다."

## 푸른 늑대 3

단천엽이 모습을 감추고도 잠시 동안 북천마도 태우 도장은 정자를 떠나지 않았다. 그는 잠시 망설이고 있었다. 단천엽을 그냥 떠나보내는 것에 대해.

그만큼 태우 도장이 본 단천엽의 깨달음이나 무공 수준은 이미 극한에 이르러 있었다. 태우 도장이 처음에 생각했던 것과 달리 평생의 심득을 전해주는 걸 포기할 정도였다.

이미 경지에 오른 상태!

단천엽은 현재 오직 천장단애에 홀로 서서 앞으로 한 걸음 내딛을 때만을 기다리고 있는 상태였다. 다른 누가 가르침을 준다 해서 새로운 전기가 마련될 수는 없었다.

그 점이 태우 도장에겐 불안으로 다가왔다.

'너무 뛰어나다! 어찌 저리 어린아이가 그와 같은 신실을 알고도 태

연할 수 있단 말인가! 과연 본도가 이대로 저 아이의 앞을 가로막지 않은 것이 잘한 일인지 모르겠구나!'

태우 도장은 자신도 모르게 단천엽이 떠난 방향으로 한 걸음 내디뎠다. 천하를 위해서라기보다는 북천마도 시절의 호승심이 뭉클 일어났기 때문이다. 간다르의 마지막 당부조차 까맣게 잊어버릴 정도로.

그런데 일순 단천엽만으로 머리 속에 꽉 차 있던 태우 도장의 노안에 가벼운 경련이 일었다.

평생 느껴보지 못한 마기(魔氣)!

북천마도라 불리던 시절의 자신조차 능가할 정도로 무시무시한 마기가 자소봉 쪽으로 올라오고 있음을 태우 도장은 직감했다. 그리고 마기의 정체 역시.

"설마 그들이 왔는가!"

오늘 이후 무당을 떠나려 했던 태우 도장의 신형이 일순 바람으로 변했다. 은혜와 원망을 동시에 느끼고 있던 사문 무당을 구하기 위해서.


단천엽은 바삐 자소봉을 내려왔다.

중간에 해검지에 들러 여태 혈도가 제압되어 있던 옥종을 해혈해 준 단천엽이 칠성검수 모두에게 정중하게 포권했다.

"저는 천하맹의 단천엽입니다. 급한 마음에 큰 결례를 범했으니, 너그러이 용서해 주시길 바랍니다."

해혈되고도 안색이 좋지 못하던 옥종의 얼굴에 가벼운 경악이 떠올랐다.

"천하맹의 단천엽이라면, 그 파군성 서문휘강을 이긴 용문제일의 고수이자 천하맹제일의 후기지수라는……."

"서문 소협은 그 당시 부상을 당한 상태였습니다. 저로서는 운이 좋았지요."

"그렇다곤 하나 노하구에서 벌어졌던 반검맹의 오패무적단과의 전투에서도 용문 수련생들을 이끌고 혁혁한 전공을 세웠다고 들었소이다. 강북제일의 후기지수란 소문을 내 믿지 않았거늘, 명불허전이로군요."

"그리 과찬하시면……."

단천엽은 겸양의 말을 늘어놓으려다가 잠시 멈칫했다. 방금 전까지만 해도 분노와 원망으로 가득하던 칠성검수들의 표정이 변한 걸 눈치챈 것이다.

'하하, 이래서 무림은 명성이라더니!'

내심 쓰게 웃은 단천엽이 살짝 미래를 위한 사탕발림을 하기로 마음먹었다.

"천하맹의 용문에 천하의 모든 후기지수들이 모였다고 생각했더니, 오늘 무당산에 오고서야 제 생각이 크게 살못됐음을 깨달았습니다."

"그게 무슨?"

"도사님들의 놀라운 칠성검진을 보고 크게 견식을 넓힌 것이지요."

"그 무슨!"

"정말로 저는 오늘 크게 놀랐습니다. 칠성검진의 명성은 오랫동안 들어왔으나, 진세의 변화가 정묘하고 삼엄해 떨치지 못하겠기에 할 수 없이 암습을 가할 수밖에 없었습니다. 그 점 다시 한 번 죄송하게 생각합니다."

"그건……."

잠시 말끝을 흐린 옥종의 얼굴에 계면쩍은 표정이 떠올랐다.

"단 소협은 정면으로 부딪쳐 왔고, 빈도와 사제들은 처음부터 검진을 펼친 채 대항했소이다. 그럼에도 빈도가 단 소협에게 제압당한 게 부끄러울 뿐입니다."

"그렇지만 만약 완벽하게 칠성검진이 펼쳐진 상태였다면 저는 결코 해검지를 통과할 수 없었을 것입니다."

"이미 가려진 승패에 만약이란 말은 쓸 수가 없지요."

옥종은 연신 손사래를 치면서도 입가에 가벼운 미소를 띠었다. 단천엽의 한마디가 그를 비롯한 칠성검수들의 구겨진 자존심을 조금이나마 만회해 준 것이다.

그때 단천엽이 다시 포권하곤 정중하게 고개를 숙여 보였다.

"금일 제가 자소봉에 오른 건 상부의 명을 받은 것입니다. 도사님들과 조금이나마 정을 나누고 싶은 마음 간절하나, 공적인 임무를 띤 상황이라 오래 머물 수 없으니 그 점 양해해 주시면 감사하겠습니다."

"저희 역시 사문의 명을 받으면 딴 곳에 한눈을 팔 수가 없지요. 후일 다시 만남이 있을 것인즉, 단 소협께서도 너무 예의를 차릴 필요는 없습니다."

"따뜻한 배려에 감사드립니다. 그럼 오늘은 이만!"

단천엽이 포권한 채로 신형을 뒤로 뽑아 올렸다.

휘익!

한줄기 바람이 옥종을 비롯한 칠성검수들의 얼굴을 때렸다.

그리고 순간 단천엽의 모습이 까마득히 멀어져 갔다.

"허어!"

얼떨결에 단천엽을 배웅하는 꼴이 된 옥종의 얼굴에 엷은 감탄이 떠올랐다. 그 자신, 무당의 차세대인 칠성검수의 우두머리로서 느꼈던 자부심이 덧없게 느껴졌다. 아예 질투심이나 속 좁은 마음마저 품을 수 없을 정도로.

해검지를 뒤로한 채 신형을 날리던 단천엽은 잠시 마음에 갈등이 일었다. 이가장에 들러 종리후 등에게 전후 사정을 설명하고 무한으로 떠나고 싶었던 것이다.

그러나 단천엽은 내심 고개를 가로저었다.

그러기엔 태우 도장의 마지막 눈빛이 마음에 걸렸다.

그가 이별을 고할 때 잠시 보였던 눈빛은 티없이 맑고 선하기만 하던 간다르와는 달랐다. 지금 당장 무당산을 벗어나지 않는다면, 차후 곤란한 일에 직면할 수도 있었다.

'오늘 밤 진인에게 들은 내용 모두가 진실은 아닐 것이다. 그분은 간다르 대사님이 아니니까. 그러니 일단 오늘 밤에 들은 내용은 마음속 깊이 파묻기로 한다, 후일을 위해.'

태우 도장이 생각했던 것보나 단천엽은 자신의 출생 내력과 부친 한상월이 포함된 사방천, 십이마성에 대한 얘기를 듣고 적지 않게 심적인 타격을 받았다.

필시 자세한 내용을 모르고 있을 단백경이나 패왕기동대, 천하맹의 친인들을 앞으로 어찌 대해야 할지 난감했다. 아무리 부친 한상월과 자신은 다른 존재라 자위해도 도리없는 일이었다.

하나 오랜 기간, 한상월에게 받은 단련 덕분인가?

단천엽은 곧 마음의 평정을 되찾았다.

어차피 부친 대에서 벌어진 일. 신경 쓰지 않기로 마음먹고 당면한 일에 집중하기로 한 것이다.

힐끔.

이가장 쪽을 한차례 곁눈질한 단천엽의 신형이 일순 배로 빨라졌다. 무당산으로 향할 때와 마찬가지로 무한에 이르려면 조금 발을 재게 놀릴 필요가 있었다.


태우 도장은 대붕처럼 날아 무당오궁으로 바로 이어진 대안황애에 이르렀다. 대안황애는 그야말로 천 길 낭떠러지라는 말이 어울리는 절벽이었다.

새가 아닌 한 오르지 못할 장소.

그런데 아니었다.

놀랍게도 살을 에는 듯한 찬바람을 뚫고 대안황애를 오르는 침입자가 있었다. 마치 계단을 오르듯 허공을 한 계단씩 밟고서.

"능공허도(凌空虛渡)?"

태우 도장의 미간이 꿈틀거렸다.

그 같은 절대고수라면, 거울같이 매끄러운 절벽이라 해도 천상제를 이용해 뛰어오를 수 있었다. 그리고 잠시라면 공중에 몸을 띄운 채 부유하는 것도 가능했다.

신선경에 오르지 않은 사람이 신법으로 펼칠 수 있는 경지는 그게 최고였다. 예외는 없었다. 아니, 없다고 생각했다. 만약 있다면 사방천 중 으뜸인 신승 간다르가 해탈한 이상 앞으로 그 자신만이 도달할 수 있을 터였다.

그런데 능공허도라니!

태우 도장은 눈을 부릅뜨고 대안황애를 오르는 침입자를 노려봤다.

그가 숨기고 있을 속임수를 파악하기 위함이었다. 이미 마음속으로 확신을 내린 것이다.

그때 연신 신형을 띄워 올리고 있던 침입자가 고개를 들어 올렸다.

'헉!'

심혼을 얼릴 듯한 차가운 회색 눈동자.

아직 한참이나 떨어진 거리임에도 불구하고 태우 도장은 침입자의 눈동자를 확인할 수 있었다. 그의 눈가에 일순 떠오른 비웃음의 기색까지도.

그러다 순간 태우 도장이 속임수라 단정한 침입자의 능공허도에 가속이 붙었다.

스파앗!

침입자의 신형이 하나의 선으로 변했다.

그는 단숨에 수십 장의 거리를 단축했다.

마치 평지를 전력질주하듯.

그러자 태우 도장은 놀라 일순 뒤로 한 걸음 물러섰다. 그 같은 절대 고수로선 평생 겪어본 바 없는 치욕.

태우 도장의 전신에서 구름 같은 기파가 솟아올랐다.

푸른색 옷자락이 찢어질 듯 펄럭였다.

무당제일의 수공(手功)이라 불리는 태극산수가 전력으로 운기된 것이다.

그때 무려 수백 장이 넘는 대안황애를 뛰어오른 침입자가 잠시의 머뭇거림도 없이 태우 도장을 덮쳐 왔다. 굶주린 악귀와 같은 기세를 품고.

피피피핏!

태우 도장의 손을 떠난 푸른 기파가 천지를 뒤덮었다.

목표는 침입자.

푸른색 기파는 침입자 앞에서 하나하나가 수십 개나 되는 수영을 만들어냈다. 허실을 분간할 수 없는 변화. 단숨에 침입자는 수백 개가 넘는 수영에 짓눌려 압사당할 것만 같았다.

그러나 순간 거미줄처럼 끈끈하고 맹렬한 공세를 침입자에게 퍼붓던 태우 도장이 뒤로 신형을 날렸다. 그 뒤를 따른 건 수백 개가 넘게 만들어진 태극산수의 푸른 수영이 천지사방으로 튕겨 오르는 광경!

파파파파팡!

흡사 콩을 볶는 소리와 동시에 태극산수를 맨몸으로 튕겨 버린 침입자가 좀 더 속도를 높였다. 여전히 정면으로 맞서기보단 뒤로 물러서는 걸 택한 태우 도장을 노린 채.

파팟!

태우 도장을 노리는 그의 쌍수는 토끼를 낚아채는 매와 같았다. 물론 태우 도장이 그냥 당하고만 있을 리 만무했다.

번개같이 이어진 공수.

눈으로 좇기조차 힘든 십여 차례의 공수 전환 끝에 태우 도장과 침입자가 서로 떨어졌다. 여전히 마주 본 상태. 승패는 아직 갈리지 않은 듯 보였다.

잠시의 침묵 끝에 침입자가 먼저 입을 열었다.

"네, 네가 태우가 맞느냐?"

태우 도장의 눈에 신광이 어렸다.

"역시 빈도를 노리고 온 것이더냐?"

침입자의 얇은 입술에 미소가 떠올랐다.

"여, 역시 맞구나. 그, 그런데 어째서 무당의 무공만을 사, 사용하는 것이지?"

"그건……."

"서, 설마 무당의 제자로 죽고 싶은 게냐?"

"……."

태우 도장은 문득 자신의 손끝이 가볍게 떨리는 걸 느꼈다. 절대의 경지에 오른 그로선 있을 수 없는 일.

그럼에도 몸이 그런 반응을 보인다는 건 눈앞의 상대가 태우 도장 같은 절대고수마저 공포에 떨게 만드는 무엇을 가지고 있다는 뜻이었다.

'역시 그들 중 한 명이란 말인가!'

침묵하는 태우 도장에게 침입자가 고개를 저어 보였다.

"머, 머리를 굴릴 필요는 없다. 네, 네 공력은 겉으로 보기엔 평범한 무당의 십단금과 내가중수법을 닮았으나, 그 속은 거, 거란 황궁의 비전 절예인 대마불괴공(大魔不壞功)이다. 처, 천하에서 가장 강력한 호신강기 중 하나이지. 그, 그걸 익혔다는 건 네가 평범한 무당의 도사는 아니라는 뜻."

"원시천존! 더 이상 설명할 필요는 없다네."

"이, 인정하는가?"

"이미 빈도는 과거를 묻었다네. 이제 와 그대가 과거를 들추어낸다 하여 마음에 거리낄 것은 없는 게야. 하나 그대는 어찌 그리 빈도에 대해 잘 아는 것인가? 설마 진짜 저주받을 십이마성이란 말인가?"

침입자의 회색 눈동자에 다시 비웃음이 담겼다.

"그, 그걸 알고서도 도망치지 않다니, 겁이 없, 나. 보, 본좌는 십이마성의 한 명인 치마성(痴魔星) 쿠챠이다."

"치마성 쿠챠……."

"내, 내 이름을 알았으니, 이젠 죽을 준비가 됐겠지?"

일순 치마성 쿠챠의 주변으로 검은 어둠이 뭉클거리며 몰려들었다. 마치 어둠 그 자체가 생명을 얻어 달려드는 형국.

그것이 일종의 마공이 발동하기 직전의 모습임을 직감한 태우 도장이 대마불괴공을 극성까지 끌어올린 채 말했다.

"빈도가 한 가지 물어봐도 되겠는가?"

쿠챠의 몸 주변을 떠돌던 지독스런 어둠이 잠시 멈칫했다.

진짜 생명을 얻은 듯한 모습.

그 속에서 여전히 비웃음을 담은 쿠챠의 회색 빛 눈이 드러났다.

"마, 말해라!"

태우 도장이 늠연하게 어깨를 한차례 떨어 보이고 말했다.

"진실로 동천명왕과 십이마성이 손을 잡은 것인가?"

"그, 그건 비밀이다."

'역시!'

쿠챠의 회색 빛 눈이 또다시 완벽한 어둠에 잠기는 모습을 바라보며 태우 도장은 쌍수 가득 모아났던 태극산수를 쏟아냈다. 평생 다시는 사용하지 않으리라 사부의 영전 앞에서 결심했던 대마불괴공과 더불어.

■ 제58장 ■

# 강남(江南)으로

강남(江南)으로 ,

무한은 호북성의 성도(省都)로 장강 상류, 한수(漢水)와의 합류점에 위치한 대도였다.

본래 장강 부근의 무창(武昌), 한구(漢口), 한양(漢陽)이 합쳐져 만들어진 이 도시는 호수 주위에 열사유적(烈士遺蹟)이 많은 게 특징이었다.

그런 무한에서 가장 유명한 명소를 꼽자면, 무창 동쪽에 위치한 동호(東湖)와 황학루(黃鶴樓)를 들 수 있었다.

동호는 항주(杭州)의 서호(西湖)와 쌍벽을 이루는 명승지로 수많은 시인묵객들이 찾아 명시를 남기는 걸로 유명했고, 황학루 역시 마찬가지였다.

시인묵객과 문인들은 동호에서 시흥을 가다듬고 황학루에 올라 그 아름다움을 노래했으니, 무한이야말로 강북과 강남이 나눠는 경계라

할 만했다.

무당산을 떠나 꼬박 닷새 동안 경공을 발휘한 단천엽은 결국 약속한 날 무한에 도착하고 내심 한숨을 돌렸다. 중간에 무당산에 들르는 바람에 일정이 다소 늦어지긴 했으나 그동안의 깨달음으로 무공이 진일보해 다행이란 생각이 들었다.

성문을 통과한 단천엽이 향한 곳은 무한의 이대명소 중 하나인 황학루였다. 강남에는 초행인 그를 안내할 사람과 약속한 장소가 바로 그곳이었던 것이다.

그가 황학루에 도착한 시간은 점심 시간이 조금 지난 때였다. 보통 다른 주루나 객점 등은 슬슬 한산해질 때였으나 오층의 높이를 자랑하는 황학루는 아직도 문전성시를 이루고 있었다.

안으로 들기 머뭇거려지는 상황.

단천엽은 각양각색의 사람들이 몰려 있는 황학루의 난간을 힐끗 올려다보고 자신의 행색을 살폈다.

'흠, 이거 문전박대나 당하지 않으면 다행이겠군. 저리 형형색색의 비단으로 온몸을 두른 사람들 틈에 들어가긴 힘든 옷차림이야.'

그랬다. 현재 단천엽의 옷차림은 노하구의 군진을 떠나기 전 입었던 검은 수련복에 얼굴 역시 지저분했다. 그동안의 강행군 탓이나 어느 모로 보든 황학루 같은 곳과는 어울리지 않는 모습이었다.

그런데 문가 앞에서 머뭇거리는 단천엽의 모습이 눈에 띄었음인가!

일층부터 북적이는 황학루를 정신없이 돌아다니던 점소이 하나가 갑자기 냉큼 달려나왔다. 마치 목표를 발견한 매와 같이 조금의 망설임도 없이.

후다닥!

"헤헤, 공자님 어찌 황학루에 들러 머뭇거리기만 하시는지요?"

점소이다운 눈웃음과 함께 손을 마주 비벼 보이는 품세. 과거 호객 행위로 단련된 단천엽이 보기에 눈앞의 점소이는 꽤나 손님 다루는 데 일가견이 있는 듯 보였다. 보통 자신처럼 개털도 없을 듯한 사람을 맞기 위해 달려나오긴 쉽지 않을 터.

'천하에 명성이 자자한 곳답게 황학루의 점소이는 좀 다른 점이 있다는 건가?'

내심 호기심이 인 단천엽이 일부러 얼굴에 난처한 기색을 지어 보이며 말했다.

"본인은 한단이란 사람으로 이곳 무한에는 초행이오. 무한에 이른 사람은 동호와 황학루를 반드시 구경해야 한다고 하길래……."

말끝을 흐리는 단천엽의 모습은 순진과 어리숙함 그 자체였다. 능숙한 장사꾼이나 점소이라면 호구를 물었다고 생각할 만한 모습인 것이다.

한데 눈앞의 짐소이의 내응은 난천엽의 예상을 살짝 벗어났다.

"아, 그러셨군요. 당연히 무한에 초행인 분이시라면 동호와 저희 황학루에 들르시는 게 당연합죠. 그 유명한 시선(詩仙) 이태백의 황학루송맹호연지광릉(黃鶴樓送孟浩然之廣陵: 황학루에서 맹호연이 광릉으로 가는 것을 보냄)만 보더라도……."

점소이가 이태백에 대해 운을 떼자 주변을 오고 가던 문사 차림의 사내가 걸음을 멈추고 그럴싸하게 시가를 중얼거렸다.

"고인서사황학루(故人西辭黃鶴樓: 친구가 서쪽에서 황학루를 떠나간다), 연화삼월하양주(煙花三月下楊州: 연기꽃 삼월에 양주로 내려간다), 고범원

영벽공진(孤帆遠影碧空盡: 외로운 먼 돛 그림자 푸른 공중에 다하고), 유견장 강천제류(惟見長江天際流: 긴 강이 하늘가에 흐르는 것만 보인다).”

“옳거니! 황학루송맹호연지광릉만큼 황학루의 정취를 잘 묘사한 시가는 드물지!”

동료로 보이는 옆의 문사가 손뼉을 치며 동조하자 시가를 읊은 사람의 고개가 연신 끄덕여졌다. 황학루에서는 하루에도 몇 번은 볼 수 있는 광경이었다.

그때 점소이가 서서히 자화자찬에 열을 올리기 시작한 두 문사를 힐끔 보고, 단천엽에게 살짝 혀를 내밀며 말했다.

“사실 소인은 그냥 시가의 이름만 알 뿐입죠.”

“그럼?”

“시가의 이름과 시선 이태백이란 말만 조금 크게 소리치면, 꼭 저렇게 소인의 뒤를 닦아주는 양반들이 있걸랑입쇼.”

“하하, 그런!”

단천엽은 눈앞의 점소이가 마음에 들었다. 여전히 그의 의도는 의심스러웠으나 이미 입가에 미소가 드리워진 상황, 더 이상 상대를 재고 싶진 않았다.

웃음을 멈춘 단천엽이 말했다.

“조용한 자리가 있을까?”

점소이가 슬쩍 고개를 숙여 보이며 답했다.

“소인이 한번 힘써보겠습니다요.”


총 오층인 황학루의 규모는 꽤나 거대했다. 일반적인 주루나 객점이라기보다는 하나의 커다란 연회장을 방불케 했다. 그러나 황학루를 황학루로 만드는 건 오고 가는 길에 흔히 볼 수 있는 명가들의 시가와 서명, 글씨 등이었다.

점소이의 안내를 받아 하나하나가 보물이나 다름없는 글씨가 아무렇게나 휘갈겨져 있는 벽과 기둥을 둘러보던 단천엽이 잠시 뒤 도착한 곳은 오층의 조용한 내실이었다.

"이곳은……."

점소이가 슬쩍 고개를 숙여 보이곤 말했다.

"오늘 이곳, 문향실(文香室)은 갑자기 예약이 취소되어 빈 상태입니다요. 잠시 후 음식과 차가 날라져 올 터이니 잠시 호반이라도 감상하며 있으시지요."

단천엽은 다시 한 번 점소이를 바라봤다.

평범한 얼굴에 다소 교활해 보이는 눈빛. 말을 하는 와중에도 연신 손을 비비는 모습이 처음보다 확연히 눈에 들어왔다.

'역시, 정보원인 건가…….'

내심 고개를 끄녁인 단천엽이 지나가듯 물었다.

"내 일행이 언제쯤 도착하는지 물어도 되겠는가?"

점소이의 눈 깊은 곳에서 잠시 안광이 일다 사라졌다.

"무슨 말씀이신지?"

단천엽이 고개를 가로저어 보였다.

"됐네! 내 자네 말대로 호반이나 바라보며 기다릴 테니, 자네는 차나 한 주전자 갖다 주고, 이만 자네 볼일을 보게나."

"예, 알겠습니다요."

점소이가 물러나자 단천엽은 정말 호반을 향해 열려진 창가에 자리를 잡았다. 정오가 지나 슬슬 더위가 기승을 부릴 무렵, 한줄기 청풍이 일어 그의 앞머리를 나부끼게 만들었다.

'절경이로군.'

단천엽은 심신이 상쾌해지는 기분에 기분 좋게 눈을 감았다. 무당산을 떠난 후 처음 느껴보는 안온함이었다.

잠시 뒤 향긋한 향 자욱한 찻주전자를 날라와 단천엽 앞에 내려놓은 점소이가 자리를 지키고 서 있었다. 단천엽이 눈을 뜨길 기다리는 것이다.

단천엽이 실눈을 뜨고 물었다.

"무슨 일이지?"

점소이가 버릇처럼 손바닥을 비비며 대답했다.

"저기, 갑자기 손님들이 몰려들어서 그런데, 합석하셔도 되겠습니까?"

"합석?"

단천엽은 문향실 내부를 휘 둘러봤다.

적어도 다섯 개의 빈 탁자가 보였다.

그런데 합석이라니?

단천엽과 시선을 맞춘 점소이가 다시 손을 비볐다.

"손님들이 창가 쪽을 선호하시더군요."

"내 그럼 자리를 옮기지."

"예?"

점소이의 얼굴에 처음으로 당황이 내비쳤다. 단천엽의 대답이 그의 의표를 찌른 게 분명했다.

마음 한 켠이 유쾌해진 단천엽이 입가에 웃음을 띠었다.

"내 잠시 헛소리를 했네. 나는 상관없으니, 손님들을 모시고 오게나."

"아이구, 감사합니다요!"

점소이는 두말을 듣지 않겠다는 듯 냉큼 달려나갔다. 방금 전 적지 않게 당황한 것이리라.

그 모습이 재밌어 입가의 웃음을 조금 더 짙게 한 단천엽의 얼굴에 흥미진진한 표정이 떠올랐다. 과연 특정 세력의 정보원이 분명한 점소이가 모셔올 손님들이 누구일지 궁금한 한편, 기대가 됐다.


단천엽은 자신의 예상을 뛰어넘는 합석 손님들의 모습에 가볍게 입을 벌렸다. 평범한 얼굴의 일남일녀, 살벌해 보이는 중년인, 생쥐 인상의 노도사 중 일부는 단천엽이 익히 아는 사람들이었던 것이다.

"천사대제! 그동안 별고없었는가?"

단천엽의 시선을 가장 먼저 잡아끈 영환도사 최필이 손을 들어 보이며 누런 이를 드러내자 옆에 선 신강의 고독한 별 장염무가 고개를 옆으로 홱 돌렸다. 자존심 강한 마두인 그는 아직 연옥대전이 벌어지던 중 단천엽에게 패한 일을 마음에 두고 있음에 분명했다.

재빨리 자리에서 일어서서 두 사람을 맞은 단천엽이 뒤에 선 일남일녀에게 시선을 던지곤 최필에게 물었다.

"어떻게 된 일이지요? 설마 뒤에 서 있는 일남일녀 역시 제가 알고 있는 사람들인 겁니까?"

최필이 히죽 웃었다.

"누군 거 같나?"

"스무고개는 싫습니다."

"그동안 기후만 훤칠해졌나 했더니, 싸가지도 없어졌구만."

"제자가 스승을 닮는 건 당연한 기 아닙니까?"

"쳇!"

단천엽이 말한 스승이 화굉요임을 직감한 최필이 가볍게 혀를 찼다. 여전히 그를 잊지 않고 있는 단천엽의 모습에 질투심이 끓어오른 것이다.

그때 뒤에 멀뚱히 서 있던 일남일녀 중 사내가 여인을 이끌고 단천엽 주변 탁자에 앉았다. 그리고 그는 마치 자신이 누구라는 걸 광고라도 하듯 이죽거렸다.

"살수행에 나섰다는 자가 이곳저곳 돌아다니며 대형 사고를 치다니! 생각보다 자네는 꽤나 멍청하구만?"

'이 목소리는!'

단천엽은 대번에 사내의 정체를 눈치채고 눈살을 가볍게 찌푸렸다. 오늘 만난 어떤 일보다 예상 밖의 전개란 판단이었다.

"이수민 선배가 어찌 이곳에 모습을 드러낸 것이지요? 설마 선배가 절 강남으로 인도할 사람인 겁니까?"

"왜, 나는 안 되는 건가?"

"그건 아니지만……."

단천엽은 갑자기 확연히 깨닫는 바가 있었다.

화굉요에게 같은 무한류로 패배를 줬던 상대.

암천대공자라 불리던 자의 정체를.

"…이번 일에 암천이 포함된 것입니까?"

단천엽이 말을 바꾸자 이번엔 이수민이 놀랄 차례였다. 그는 평소와 달리 내심을 읽을 수 없는 눈빛에 차가운 기색을 띠었다.

"그런 얘기는……."

"실수했습니다!"

이수민의 말을 끊은 단천엽이 다소 차갑게 그를 일별하고 역시 인피면구를 썼음이 분명한 여인을 바라봤다. 오늘 이곳에 모인 사람들 모두가 안면이 있으니, 여인 역시 마찬가지일 거란 생각이 든 것이다.

단천엽은 금세 여인의 눈에 담긴 옅은 푸른빛을 간파했다. 보통 사람으로선 발견하는 것도 쉽지 않을 정도의 특징이나 그는 이와 같은 눈동자를 지닌 여인을 익히 알고 있었다.

"아난!"

단천엽의 부름과 동시, 혼이 빠진 인형과 같던 여인의 얼굴에 생기가 되살아났다. 마치 사람 자체가 달라진 듯.

게다가 여인의 변화는 그뿐만이 아니었다.

휙!

야생의 본능을 드러내듯 탁자 위로 뛰어오른 여인이 맹렬히 단천엽을 덮쳐 왔다. 온몸으로.

"천엽! 천엽! 천엽!"

강남(江南)으로 2

잠시 동안 단천엽은 상처 입은 새끼 고양이와 같은 아난을 품에 안고 토닥이는 데 몰두했다.

주변에 세 명이나 되는 사내들이 두 눈을 벌겋게 뜨고 지켜보는데도 그의 행동은 대담하고 자연스러웠다. 지난 반년간 아난을 만나면 항상 해왔던 일이니 당연했다.

그러나 이미 단천엽에게 안 좋은 감정이 있던 장염무로선 그대로 봐줄 수 없는 광경이었다. 아니, 봐주고 싶지 않았으리란 게 더욱 정확한 표현일 것이다.

"흥! 요즘 젊은것들은 부끄러움도 없구나! 어찌 백주대낮부터 저리 찰싹 달라붙어서는⋯⋯."

그때 최필이 염소수염을 쓰다듬으며 단천엽을 옹호했다.

"왜? 보기 좋기만 하구만. 평생 칠칠맞지 못한 마공만 연마하던 사람이야 부럽기도 하겠지만."

"뭐시라!"

장염무가 불꽃 같은 눈빛으로 쏘아보자 최필이 쥐새끼 같은 눈을 굴리며 맞대거리했다.

"왜? 다시 한 번 붙어볼라나! 지난번에도 본도에게 얻어맞아 얼굴에 시퍼렇게 멍이 든 주제에!"

"그건 네놈, 쥐새끼 같은 도사 녀석이 본좌가 정신을 잃은 틈에……."

"왜? 계속 말해 보시지? 어째서 중간에 말을 끊는 거지? 설마 자기 나이의 삼분지 일도 안 되는 아이한테 두들겨 맞은 게 부끄러운 겐가?"

"으득!"

장염무는 이를 갈며 최필을 쏘아보곤 입을 다물었다. 확실히 그는 단천엽에게 제압당한 걸 평생의 수치로 알고 있기에 차라리 최필에게 얻어맞은 셈치는 게 자존심상 용납이 되었던 것이다.

씨익!

최필의 만면에 승리자의 포만감 넘치는 미소가 떠올랐다.

익히 단천엽이 알고 있는 모습이었다.

그때 두 사람의 말싸움이 끝나기만을 기다리고 있던 이수민이 여전히 아난을 안고 있는 단천엽에게 말했다.

"아난 소저는 이곳까지 이르는 동안 전혀 입을 열지 않는데, 단천엽 자네를 보자마자 사람이 확 달라졌으니, 참 놀라운 일이군."

그제야 아난을 품에서 떼어낸 단천엽이 그녀의 귀에 몇 마디를 중얼거려 옆으로 물러나게 한 후 무심히 말을 받았다.

"아난과 저는 꽤나 오래된 사이이지요. 한데 그녀가 이번 임무에 긴

건 문상의 뜻인가요?"

"이미 짐작하고 있는 일을 굳이 확인할 필요 있을까?"

"그래도 확인이란 필요하지요."

"흥, 용문을 제압한 사람답지 않게 꽤나 의심이 많군. 이번 임무가 얼마나 중요한진 잘 알고 있을 터인데."

"그래서 묻는 겁니다. 아난은……."

"정상이 아니라고?"

단천엽의 눈에서 일순 강한 기운이 뻗어 나왔다. 과거 이수민이 그에게 전개했던 심공보다 한 단계 위의 수법. 구양구음검공의 신공편에 실린 뭇 소인배들을 제압하는 힘이 담긴 파사지기(破邪之氣)였다.

물론 이수민이 그대로 당하고만 있을 리 없다.

번뜩!

역시 심공을 일으켜 단천엽의 눈빛을 맞받은 그가 귀기 어린 목소리로 중얼거렸다.

"나.는. 싸.우.고. 싶.지. 않.다!"

단천엽이 눈에 담긴 기운을 더욱 증폭시켰다.

"그럼 방금 전에 한 말을 취소하시오!"

"고.작. 그.런. 이.유. 때.문.이.냐?"

"다른 이유가 있을 리 없잖습니까!"

"너.무. 강.압.적.이.군!"

"계속 해보시겠다는 겁니까?"

두 사람 간에 일촉즉발의 긴장감이 감돌았다.

그들은 지금 당장에라도 서로 손을 쓸 것만 같았다.

상대를 향해.

그때 살기에 반응한 것일까? 단천엽의 말을 듣고 옆으로 물러서 있던 아난이 느닷없이 치열하게 대치하고 있던 두 사람 사이로 뛰어들었다.

쾅!

탁자가 두쪽 났다.

벼락이 떨어진 듯한 폭음과 함께.

그와 동시, 아난에게서 폭발적으로 쏟아져 나온 기파에 놀라 단천엽과 이수민이 각자 뒤로 물러섰다. 자연스레 극한으로 치닫던 대치가 끝난 것이다.

두 사람을 가로막고 선 아난이 명령하듯 말했다.

"두 사람, 싸우면 안 돼!"

두 사람 간의 대결을 흥미진진하게 구경하고 있던 최필이 얼른 박장대소하며 말을 받았다.

"암! 싸우면 나쁜 아이지!"


문향실에서 빌어진 소동은 황학루의 일개 점소이가 처리하기엔 좀 많이 버거웠다. 그래서 단천엽 일행은 암천의 조직원이 분명한 점소이의 배웅을 받으며 황학루를 떠날 수밖에 없었다. 식사조차 하지 못했으나 반 마디나마 불평을 늘어놓는 사람은 일행 중 아무도 없었다.

황학루를 빠져나온 일행의 시선이 단천엽을 향했다.

"뭘요?"

단천엽이 억울하단 표정을 짓자 최필이 평소 보이지 않던 진지한 표정을 한 채 말했다.

"자네가 이번 임무의 대빵이잖니. 앞으로 우리들이 나아길 바를 제

시하고, 모쪼록 홀쭉해진 빈도의 뱃가죽에 기름칠을 해줘야 할 게 아닌
가 말야."

장염무가 참지 못하고 한마디 쏘아붙였다.

"대빵이 뭔가, 대빵이! 나이도 적지 않은 도사 녀석이 말하는 걸 들
으면 시정잡배와 같으니."

·최필이 그를 돌아보며 히죽 웃었다.

"빈도는 본래 시정잡배가 맞다네. 하지만 그런 시정잡배에게 두들겨
맞은 마두보다야 낫지 싶은데?"

"끄응!"

본전도 못 찾은 장염무가 앓는 소리와 함께 입을 닫자 이수민이 퉁
명스레 말했다.

"무한이라면 본인이 좀 압니다. 일단 황학루 구경은 한 셈이니, 동호
쪽으로 나가 보는 게 어떻겠습니까?"

"동호? 거 좋지! 동호에 꽃배를 띄우고 노는 것도 풍류객이라면 한
번 해볼 만한 일이라 들었네."

최필이 좋아라 소리치자 단천엽에게 의사를 묻는 눈짓을 던진 이수
민이 단호한 표정으로 딱 잘라 말했다.

"우리는 무한에 놀러 온 것이 아닙니다."

최필의 표정이 어두워졌다.

"그럼 꽃배를 안 타겠다는 겐가?"

"식사만 한 다음 바로 강서성으로 출발해야 합니다."

"그런!"

최필은 안타까이 소리치다 시선을 단천엽에게 던졌다. 여기서 자신
의 아군은 그밖엔 없다고 판단 내린 것이다.

그러나 이때 이미 단천엽은 이수민과 눈짓을 주고받은 뒤였다. 최필을 달래듯 웃어 보인 그가 이수민에 버금갈 정도로 냉정한 표정을 한 채 말했다.

"식사 후 출발입니다."

"그렇지만 무한까지 와서 동호에 꽃배 한번 안 띄워본다는 건 도리가……."

"이 선배의 말처럼 우리는 놀러 이곳에 온 것이 아닙니다."

"에잉, 이런 풍류도 모르는 친구들을 봤나!"

"추하다!"

장염무가 기다렸다는 듯 염장을 질러대자 최필이 그를 잡아먹을 듯 노려봤다.


잠시 후 단천엽 일행은 동호 주변, 어디에서나 흔하게 볼 수 있는 천막 주점에 모여 앉았다.

차 한 주전자와 몇 가지 소재, 삶은 국수 등이 탁자 위에 놓여지자 단천엽은 이수민에게 전음으로 미처 확인하지 못한 이야기를 물었다.

"살수행에 나섰다는 자가 이곳저곳 돌아다니며 대형 사고를 쳤다고 하셨습니까?"

"노하구에서의 위용, 무당산에서의 난리, 모두 위험한 짓이었어."

"노하구 전투는 그렇다 치고, 무당산에서의 일은 그다지 큰일은 없었습니다만?"

"큰일이 없었다고?"

이수민은 잠시 전음을 멈추고 단천엽을 쏘아봤다. 꽤나 정교한 인피면구 덕분에 그의 얼굴엔 단천엽에 대한 감정이 그대로 묻어났다.

무언가 잘못됐다는 걸 직감한 단천엽이 말했다.

"무당에 무언가 큰일이 벌어진 겁니까?"

"정말 몰라서 묻는 것인가?"

"예."

단천엽의 단호한 대답에 이수민은 가볍게 한숨을 내쉬고 말했다.

"자네가 무당에서 만난 사람은 무당 그 자체라 해도 과언이 아닌 무당제일도 태우 도장이었지?"

"그렇습니다만……."

"그 태우 도장이 자네와의 만남 이후 무당에서 자취를 감췄단 말일세! 게다가 자네는 자소봉을 내려오던 중 칠성검수라는 입싼 도사 녀석들한테 자신의 이름과 신분을 그대로 말했고. 그러니 어찌 세상이 들썩이지 않을 수 있겠는가!"

"정말 태우 도장님께서 무당에서 모습을 감췄습니까?"

"흥, 내 진정한 신분을 이미 짐작하고 있지 않은가! 통천명이란 여우의 귀에 들어가지 않도록 정보 조작을 하느라 엄청 힘들었다구! 그 일이 그 여우의 귀에 들어가면, 이번 살수행 자체에 커다란 위협이 될 게 뻔하니까."

단천엽은 이쯤에서 자신의 실수를 인정하지 않을 수 없었다. 그 자신, 꽤나 조심하느라 했는데도 불구하고, 이수민의 얘기를 듣고 보니 상당히 많은 파탄을 드러낸 셈이었다.

그때 이수민이 입꼬리를 살짝 휘어 올렸다.

"뭐, 그렇지만 천우신조랄까? 마침 무당산 부근에 위치한 이가장이 뜻밖의 혈겁을 당한 바람에 자네의 무당 방문은 대충 덮인 듯하니 그리 염려할 것 없다네."

"예? 이가장이 혈겁을 당했단 말입니까?"

"음, 일가족 전부가 몰살당했지. 그날 이가장을 방문했던 풍운표국의 표사들과 함께."

"아!"

단천엽은 신음을 참을 수 없었다. 풍운표국의 표사들마저 혈겁을 피할 수 없었다는 말에 짧은 시간이나마 정을 나눴던 종리후와 그 밖의 표사들의 얼굴이 떠오른 것이다.

그런 그를 한참 식사에 여념이 없던 최필과 장염무가 기이한 눈빛으로 바라봤다. 단천엽과 같은 고수가 이리 마음의 격동을 드러내는 일이란 극히 드물었기 때문이다.

'밥을 먹다 체하기라도 한 건가?'

최필이 엉뚱한 생각을 할 때 아난이 배시시 웃으며 단천엽에게 소채 접시를 밀어줬다.

"천엽, 이거 먹어."

단천엽은 내심의 격동을 숨기고 접시를 받아 들었다.

"고마워."

그는 아난에게 부드럽게 미소 지었다.

## 강남(江南)으로 3

강남을 지배한다고 알려진 반검맹, 일명 강남오패연합의 주축인 오대세가는 강서의 남궁세가(南宮世家), 호남(湖南)의 제갈세가, 안휘(安徽)의 언가(彦家), 강소(江蘇)의 모용세가(慕容世家), 산동(山東)의 팽가(彭家)로, 하나같이 구산과 어깨를 나란히 하는 명문이자 각 지역의 패주들이었다.

그런 오대세가가 힘을 합쳐 하나의 거대 단체를 만든 까닭은 천하맹과 비슷하면서도 조금 달랐다.

전 황조인 푸른 늑대에 끝까지 저항한 탓에 일, 이차 마성혈류하에서 지독한 타격을 입은 구산이나 천하맹 삼대세력과 달리 오대세가는 행동에 꽤나 유연함을 보였다.

특별히 바뀐 황조에 저항하지 않고 둥글게 지낸 탓에 그들은 마성혈류하의 광풍이 천하를 휩쓰는 와중에도 세력과 가문을 온전히 유지할 수 있었다.

그러나 문제는 황조가 바뀐 후 시작됐다.

처음부터 구산이나 천하맹 삼대세력과의 관계가 원활하지 못했던 오대세가는 마성혈류하로 큰 타격을 받은 세력의 후예들에게 강한 견제와 질책을 받았다. 피를 흘린 쪽과 상대적으로 덜 흘린 쪽은 대의명분이나 차후 목소리를 높이는 데서 커다란 차이를 보이는 건 당연했다.

게다가 전 황조에 빌붙었던 오대세가로선 현재 황조의 끊임없는 배척과 강한 견제를 받을 수밖에 없었다. 사방이 막혀 물러설 곳이 없는 사면초가(四面楚歌)의 상황에 처한 것이나 다름없었다.

그 와중 팽가는 평생의 가업을 포기하고 하북에서 산동으로 옮길 수밖에 없었고, 한족과 다른 선비족을 조상으로 삼은 모용세가나 언가, 제갈세가 역시 차이는 있으나 엄청난 피해를 감수해야만 했다.

만약 그 당시 오대세가가 마성혈류하의 광풍을 피한 탓에 충분한 힘을 비축하고 있지 않았다면, 그래서 타 무림 세력보다 강한 세력을 강남에 유지하고 있지 않았다면 단숨에 무림에서 제명당했으리라!

그런 까닭으로 결국 서로 설대 힘을 합치지 않는 구산만큼이나 고고하고 오만하던 오대세가는 강남에 모여 세력을 합칠 수밖에 없었다. 계속 꼬투리 잡을 구석만 찾고 있는 현 황조, 강북에서 결성된 천하맹, 오랜 숙적인 구산의 견제와 압박으로부터 살아남기 위한 어쩔 수 없는 선택이었다.


'하나 오대세가의 선대는 지나칠 정도로 남궁세가를 얕보는 우를 범했다. 그 당시 최강의 전력을 지닌 건 강소의 모용세가였으니 어쩌면 당연한 일이었겠으나, 오대세가 중 유일하게 전력과 세력권 모두를 온

전히 보전한 남궁세가는 충분히 경계를 해야 할 곳이었다.'

제갈세가의 가주, 반검맹의 오지 중 군사 역할을 맡은 통천명 제갈현빈은 내심 미간을 찌푸렸다. 방금 전부터 끓이기 시작한 다향의 쌉싸름한 내음과 함께 전황 보고서를 검토하던 중 문득 든 반검맹 내부의 세력 관계도가 만들어낸 편두통이 그를 심란하게 만들었다.

다른 오지보다 한 배분 어린 나이!

이제 갓 삼십대 중반을 넘은 제갈현빈은 힘이 펄펄 넘치는 나이였다. 무림 중에 태어난 사내로서 웅지와 야망을 품지 않을 수 없었다. 태어날 때부터 이어받은 특별한 위치를 생각한다면 더 더욱.

하나 남들에게 깔보이기 싫어 젊은 나이를 면사로 가린 그에겐 감히 넘을 수 없는 거산이 존재했고, 그것이 종종 오늘과 같은 좌절감을 줬다.

강남의 절대지존 신검 남궁성환!

어쩌면 천하제일인일지도 모르는 남궁세가의 당대 가주이자 오지의 으뜸, 반검맹주의 존재는 천하에 두려울 것이 없다 여겼던 제갈현빈에겐 충격 그 자체였다. 그를 처음 만난 날 평생 존경했던 부친에게 회의를 느꼈을 정도로.

제갈현빈이 무(武)에 관심을 끊고 문(文)에 전념하기 시작한 건 그때부터였다. 평생 넘을 수 없는 거산을 본 이상 다른 방면으로라도 최고가 되고 싶었다.

그것이 설혹 젊은 날의 치기요, 상처받은 자존심에 대한 서글픈 몸부림일지라도 제갈현빈은 자신의 선택을 결코 후회하지 않았다. 호북에 오기 전까진.

'맹주를 넘기 위해, 맹주의 그림자에서 벗어나고자 호북에 왔다. 당

연히 전승을 확신했건만, 시운이 따르지 않음인가!'

제갈현빈은 며칠 전 자신과 오패무적단주 반검경혼 여만해의 합공을 홀로 막아내던 단백경을 떠올리며 내심 고개를 가로저었다.

비슷한 연배에 비슷한 명성. 지금의 자신은 맹주를 상대로 생각하기 전에 강북으로 향하는 길목을 철벽처럼 막아 선 단백경을 물리쳐야 할 때란 생각이 들었다.

쪼르르!

차란 적절한 온도로 끓여졌을 때 최상의 맛과 향기를 선사한다. 그 점을 누구보다 잘 알고 있는 제갈현빈은 잠시 상념을 끊고 화로에 달구어진 주전자를 들어 찻잔을 채웠다.

상념에 빠진 상태에서도 차는 더할 나위 없이 잘 끓여졌다.

찻잔에 떠오른 푸른 기운과 동시, 은은하게 내실로 퍼져 나가기 시작한 다향이 제갈현빈의 편두통을 완화시켰다. 차란 반드시 목이 마르지 않다 해도 끓일 가치가 있었다.

그때 인제나와 같이 반검맹의 세력 분포도에서 자연스레 신검 남궁성환으로 옮겨갔다, 호북 전선으로 이동한 제갈현빈의 관심을 파고드는 보고서 한 장이 보였다.

"응?"

제갈현빈의 눈에 띈 보고서의 작성자는 전 오패무적단주이자 현 부단주인 무적마창 언찬연이었다.

회심의 양동 작전이 실패로 돌아간 후 뒤처리에 바빠 미처 살피지 못한 그의 전황 보고서에는 제갈현빈의 흥미를 돋우는 특이 사항이 포함되어 있었다.

'패왕기동대 대장 단친엽. 천하맹, 아니, 강북무림 제일의 기재들이

모인 용문을 제패하고 전장에 실전 투입된 후기지수. 앞으로 집중적인 관찰 요함이라?'

톡톡!

손가락으로 탁자를 두들긴 제갈현빈이 고개를 갸웃거렸다.

'뛰어나다 해도 애송이. 그런 어린아이에게 언찬연 정도의 백전노장을 감탄시킬 무언가가 있다라? 그건 꽤 이상한 일이다. 지금과 같이 정체된 전황에선 더 더욱. 아무리 뛰어난 기재라 해도 단백경이나 유겸호, 곽채량 정도로 대군을 움직이는 기량을 지니진 못했을 테니. 그렇다면 천하맹의 미래라 해도 과언이 아닌 인재를 전장에 투입시킨 까닭은 무엇일까?'

천재의 범주에 드는 인간. 그런 인간만이 가진 직관력과 분석력, 명석한 두뇌는 종종 보통 사람으로선 결코 해낼 수 없는 일을 벌인다.

현재 제갈현빈의 상태가 그러했다.

평소 가장 질색하는 찻물이 식는 것도 잊고서 상념에 빠져든 제갈현빈의 뇌리를 스치는 일이 있었다. 바로 하루 전에 날아든 무당에 관계된 사항이었다.

"흠, 무당의 태우 도장이 종적을 감추고, 이가장이 의문의 몰살을 당하던 날, 필시 정체 불명의 애송이 하나가 자소봉을 찾았다고 했던가?"

제갈현빈의 머리 속에 빨간 불이 들어왔다.

단천엽과 무당산 자소봉을 찾은 애송이 사이에 필시 상관관계가 있다는 생각과 더불어 반검맹의 정보 조직인 암천에 대한 의혹이 곁들여졌다.

그도 그럴 것이 어제야 받아 든 무당에 관련된 정보는 일급을 넘어 특급에 해당될 정도로 중요했다. 정보의 전문가들인 암천의 조직원들이 그걸 모를 리 없었다. 그런데도 너무 늦게 정보가 전달됐을뿐더러 내용이 극히 부실했다. 의혹이 생기지 않을 수 없었다.

결코 감만이 아닌!

생각을 정리한 제갈현빈의 눈에서 신광이 일었다.

오래전 머리 속 한 켠에 심어진 암천에 대한 의혹이 점차 뿌리를 내리기 시작했다. 일단 그렇다면 확인을 해보지 않고 넘어간다는 것은 제갈현빈답지 않은 일이었다.

딱!

제갈현빈이 손가락을 튕긴 순간, 그의 뒤로 흐릿한 그림자 하나가 떨어져 내렸다. 제갈세가에서 키우고 있는 비밀 호위 중 첫 번째인 비영(秘影) 일호였다.

"명을!"

비영 일호가 고하자 제갈현빈이 이미 향을 잃은 찻잔을 입가에 댔다 살짝 표정을 일그러뜨리곤 말했다.

"지금부터 단천엽이란 아이에 대해 조사한다."

"기간은?"

"삼 개월이 넘지 않아야 한다. 다만, 조사의 우선순위는 단천엽이 천하맹을 떠난 직후에 둔다. 그리고……."

잠시 말을 끊고 찻물을 바꾼 제갈현빈이 목소리를 낮췄다.

"이번 임무 중 암천과의 공조는 없다."

"존명!"

비영 일호의 신형이 대답과 동시, 흐릿해지다 순식간에 사라졌다. 마치 처음부터 이곳에 존재하지 않았다는 듯.

'그저 나의 기우였으면 좋겠고. 암천의 정보 조직이 없다면 앞으로

천하맹과의 싸움은 몇 배 더 어려워질 테니까.'

후룩!

결국 제대로 된 찻물을 음미하게 된 제갈현빈의 눈가에 은은한 만족감이 번져 갔다. 여태까지 머리를 혹사시켰던 것에 대한 보상을 받기라도 한 것처럼.


그 무렵, 단천엽 일행은 무한을 출발한 지 사흘 만에 강서성으로 향하는 길목에 위치한 통산(通山)에 도착했다. 그곳은 본래 강서성과 호북을 잇는 교통의 요지로 꽤나 많은 상인들이 중간에 말이나 수레를 바꾸는 곳이었다.

단천엽 일행 역시 통산의 마방에서 말과 수레를 구입했다.

반검맹의 총단격인 남궁세가의 세력권인 강서성에 들어가기 전, 평범한 상인으로 분장하려면 말과 수레가 필수라는 이수민의 의견을 따른 것이다.

마방에서 골라온 말의 이빨을 꼼꼼하게 검사하며 연신 고개를 가로젓는 최필을 향해 장염무가 시비조로 소리쳤다.

"최가야! 네 녀석 같은 천생 사기꾼 도사 녀석이 말에 대해 아는 게 있다는 거냐?"

최필이 장염무에게 고개를 돌리곤 짐짓 근엄한 표정으로 고개를 가로저었다.

"아니."

"그런 어째서 그리 말을 살피는 게냐?"

"빈도 평생에 오로지 천도지학과 단학에만 관심이 있었으니 축생의 일은 잘 알지 못하지만, 이러고 있으면 나름대로 전문가같이 보이지 않소이까? 앞으로 상인으로 분장해야 하기에 연습을 하는 거외다."

장염무의 얼굴에 비웃음이 떠올랐다.

"흥, 천도지학? 단학? 귀신이나 부리고 몰래 몸이나 숨기는 모산파의 잡술이 언제부터 고상한 천도지학이 됐고, 신선들이나 하는 단학이 되었지?"

"어허, 어찌 또 시비를 거시는 게요? 또 아난 소저에게 꾸중이라도 듣고 싶은 건 아닐 텐데."

아난의 얘기가 나오자 장염무가 움찔 흉포한 안색을 떨었다. 그는 재빨리 주변을 둘러보고 아난의 모습이 보이지 않자 가볍게 가슴을 들썩이며 최필에게 화를 냈다.

"어찌 그런 얘기를 하는 것이냐! 놀랐잖느냐!"

"그러니까 시비 걸지 마쇼. 빈도도 아난 소저에게 혼나고 싶진 않으니까."

"제길! 나 장염무가 그런 어린 계집한테 쩔쩔매야……."

"첨첨!"

최필이 짐짓 어색한 기침을 토하자 장염무가 재빨리 입을 다물었다. 그때 단천엽 등과 장거리 여행에 필요한 제반 물품을 구입하고 돌아온 아난이 두 사람에게 깡충거리며 달려왔다.

"허허, 아난 소저 돌아오셨소이까?"

최필이 손바닥을 비비며 웃어 보이자 아난이 그와 장염무를 한차례씩 빤히 쳐다보곤 말했다.

"아난이 없는 동안 싸우지 않았지?"

장염무가 불만이 가득한 표정으로 고개를 옆으로 돌리자 최필이 얼른 대답했다.

"그럴 리가 있겠소이까! 지난번에 아난 소저에게 그토록 엄한 꾸지람을 들었거늘."

"응, 또 싸우면 아난한테 혼나니까……."

"안 싸울 것이오! 안 싸워!"

항복했다는 듯 두 손을 번쩍 들어 보이는 최필을 향해 아난이 고개를 끄덕였다. 마치 용서라도 해주겠다는 듯.

그 모습을 보고 입가에 가벼운 미소를 띤 단천엽이 옆의 이수민에게 말했다.

"남선북마(南船北馬)라 하나 우리는 강남으로 말을 타고 가게 됐군요."

"곧 배를 탈 일도 있을 것이라네."

"수공(水功)에 조예가 있으십니까?"

"전혀. 자네는?"

"저 역시 마찬가집니다."

"흠."

잠시 침묵한 끝에 이수민이 단호한 표정으로 말했다.

"배를 타는 건 포기해야겠군."

"저 역시 그리 생각합니다."

오랜만에 의견 일치를 본 두 사람이 어느새 아난과 웃고 떠들기 시작한 최필 등을 향해 거의 동시에 소리쳤다.

"휴식 끝입니다!"

■ 제59장 ■
## 남궁세가의 황혼

남궁세가의 **황혼** ╷

강서성에 들어서자 단천엽 일행은 곧 마차 하나를 구입했다. 상인 차림으로 움직이던 중 몇 번이나 산적과 강도를 만난 탓이었다.

물론 그 가련한 산적과 강도들에겐 정의의 응징을 내렸지만, 강자가 약사를 괴롭히는 건 도리가 아니란 아난의 말은 일행들을 반성하게 만들었다.

실제 산적과 강도들을 만났을 때 최필과 장염무 등은 환호작약하며 마음껏 손발의 근육을 풀었다. 아난의 말은 정문일침(頂門一鍼)이나 다름없었다.

덕분에 마부가 된 단천엽은 마부석에 앉아 능숙하게 말을 몰았다.

그가 말이나 그 밖의 짐승을 몰아본 건 이번 강서성행이 처음이 아니다. 과거 제운영 등과 하남성 천하맹 총단으로 향할 때는 우마차를 모는 목동이었고, 패왕기동대를 이끌고 전장으로 떠날 때도 기마에 능숙했다. 마부의 역할을 자임한 것에 한 치의 부족함 없는 경력을 쌓았다고 할 수 있었다.

그래서인지 연신 말을 재촉하는 단천엽의 표정에는 어느 때보다 여유가 넘쳐흘렀다. 마치 이 계통에서 평생 밥을 벌어먹은 사람 같았다.

그렇게 그가 며칠 전 만났던 산적들과 노상강도들을 떠올리며 입가에 흐릿한 미소를 지어 보일 때였다. 짐칸에 아무렇게나 앉아 발을 흔들고 있던 이수민이 무슨 생각이 들었는지 옆으로 다가와 털썩 주저앉았다.

말을 모는 데 정신을 집중하고 있던 단천엽이 여상한 표정으로 그를 돌아봤다.

"무슨 일입니까?"

이수민이 풀잎을 배어 문 단천엽을 힐끔 바라보곤 퉁명스레 말했다.

"나는 꼭 뭔 일이 있어야만 자네 옆에 올 수 있는 건가?"

"그야……."

"난처한 표정을 보니, 그렇다는 뜻이군."

이수민이 이처럼 말하는 건 하루 이틀의 일이 아니다. 특별히 오늘만 보인 모습이 아니라는 뜻이다.

단천엽이 침묵을 선택하자 이수민이 입가에 일그러진 웃음을 짓곤 말했다.

"문상은 내심을 알 수 없는 분이시지. 그런데 자네 역시 비슷하군."

한상월에 대한 얘기가 나오자 단천엽의 얼굴에 담겨 있던 느긋함이 처음으로 흔들렸다. 다른 어떤 것도 범접하지 못할 마음의 평정이 대번에 흐트러진 것이다.

'하! 이러니 아직 무극지기를 완벽하게 수습하질 못하지!'

내심 혀를 찬 단천엽이 계속하란 눈짓을 해 보였다.

어차피 평정이 흐트러진 상황.

얄밉게 부친 한상월에 대한 이야기를 꺼낸 이수민의 의중이나 들어 보자는 생각이었다.

잠시 단천엽이 보인 미묘한 표정 변화에 주목하고 있던 이수민이 눈빛을 빛내며 말을 이었다.

"우리는 지금 강남의 신검을 죽이러 가는 중이야."

"알고 있습니다."

"그런데 어찌 그리 태평한 거지? 신검 남궁성환은 천하맹주에 비견되는 절대고수란 말야!"

"그렇게 태평하진 않습니다만?"

"그럼 앞으로의 계획을 내가 좀 들어봐도 될까?"

단천엽은 이수민이 드디어 내심을 드러내자 고개를 가로저었다. 속을 감춘 너구리 같은 이수민의 내공은 녹록한 편이 아니나 단천엽을 속여 넘기기엔 무리가 있었다. 그야말로 노반(전국 시대 목수의 달인) 앞에서 도끼질을 하는 격이었다.

하지만 남궁세가가 위치한 옥화산(玉化山)에 이르기 전 이수민의 내심은 확실히 알아놓을 필요가 있었다. 너구리 사냥에 나서야 할 때가 온 것이다.

"으음."

가벼운 침음과 함께 한상월을 흉내 내 턱을 손가락으로 더듬은 단천엽이 잠시의 침묵 끝에 입을 뗐다.

"계획이란 살수행에 대한 것이겠지요?"

이수민이 고개를 끄덕었다.

두말할 나위 없다는 뜻.

단천엽은 또다시 망설이는 빛을 얼굴에 보이곤 지나가는 투로 말했다.

"요즘 남궁세가에서는 호북으로 파견할 무사들을 대대적으로 모으고 있다고 들었습니다."

"그거야 다른 오지 역시 마찬가지 아닌가! 설마 정체를 숨기고 무사 시험에 응시할 생각인가?"

"가장 쉽게 남궁세가 내부로 침입할 수 있는 방법이 아니겠습니까?"

"그야 그렇긴 하네만……."

말끝을 흐리는 이수민에게 단천엽이 준비해 뒀던 말을 내뱉었다.

"그러기 위해선 이 선배의 도움이 많이 필요합니다."

"내가 아니라 암천의 도움이겠지."

밉살맞게 말을 받은 이수민이 미간을 한차례 꿈틀거렸다.

"그런데 어떤 도움이 필요하단 거지?"

"강서성의 밑바닥 하오문(下午門)에 대한 정보와 그럴듯한 신분, 남궁세가의 내부 배치도 정도가 필요하겠지요."

"그런 거야 당연히 지원해야겠지. 하지만 자네가 내게 원하는 건 그런 기본적인 사항이 아닌 것 같은데?"

단천엽이 씩 웃었다.

"역시 이 선배와는 말이 잘 통해서 좋습니다. 하나를 말하면 두 개, 세 개를 알아들으시니."

"너스레 떨지 말고 원하는 바나 말해 보라구."

이수민이 퉁명스레 재촉하자 단천엽이 여전히 웃음 띤 얼굴로 말했다.

"탈출 계획을 세워주십시오."

"탈출 계획?"

"예, 살행이 끝난 이후를 책임져 주세요. 그게 제가 이 선배에게 진짜로 바라는 바입니다."

"자네……."

이수민은 말끝을 흐리고 단천엽의 옆얼굴을 염탐하듯 바라봤다. 그도 그럴 것이 단천엽의 말은 해석하기에 따라 유언이나 다름없었다. 그가 이번에 살행의 목표로 삼은 사람이 강남무림의 절대자 남궁성환임을 생각하면 극히 타당한 예측.

하나 말을 꺼낸 상대는 단천엽, 문상 한상월의 유일한 혈육이자 천하의 기재라 자부하던 이수민 스스로도 승부를 장담할 수 없는 자였다. 이처럼 순순히 유언을 남기는 상황은 위화감이 들 수밖에 없었다.

말을 모는 데만 전념하는 단천엽.

침묵 속에 그를 지켜보는 이수민.

꽤나 긴 두 사람만의 공산으로 마차 안에서 잠들어 있던 아난이 불쑥 뛰어들었다.

"천엽, 뭐 해?"

아난은 억지로 단천엽과 이수민 사이로 비집고 들어왔다. 본래 두 명이 앉는 자리인지라 아무리 아난이 자그맣고 날씬하다 해도 자리가 꼭 찼다.

그러나 그에 굴하지 않고 찰싹 품에 달라붙은 아난의 머리를 한동안 쓰다듬고 있던 단천엽이 먼저 침묵을 깼다.

"물론 탈출은 어려울 겁니다."

"어렵겠지"

"그렇지만 이 선배라면 가능하리라 전 봅니다. 그래서 부탁드리는 거고요."

"단지 그뿐인가?"

아직 잠이 덜 깼음인지 품에 안겨 쌕쌕 숨을 내쉬기 시작한 아난의 어깨를 토닥이며 단천엽이 말했다.

"제가 한 말의 뜻을 이 선배라면 짐작하고 있을 거라 생각합니다."

"으음."

이번에는 이수민이 침음을 흘렸다.

여전히 단천엽의 내심을 읽으려는 집요한 눈빛과 더불어.


마차 여행은 강서의 성도인 남창(南昌)에서 끝났다.

상인, 마차 여행자 다음은 강호를 떠도는 낭인이 될 차례였다.

이수민이 남창의 암천 조직원을 찾아 떠난 이후 단천엽은 일행을 이끌고 여장을 풀 숙소를 찾아 나섰다.

때는 완연한 여름.

특히 여름에 날씨가 좋은 남창의 거리는 화사한 옷차림의 사람들로 넘쳐 나고 있었다. 그 사이를 느긋하게 가로지르며 쓸 만한 객점을 찾던 단천엽은 갑자기 아난의 시선이 옆으로 돌아가는 걸 느끼고 발걸음을 멈췄다.

"아난, 왜 그래?"

단천엽이 묻자 그의 말에만 유독 반응을 보이는 아난이 상기된 얼굴을 한 채 옷자락을 잡아당겼다.

"저기! 저기!"

단천엽은 아난의 손가락이 가리키는 방향을 바라봤다.

사람들이 둥그렇게 원을 그리며 모여든 가운데, 번화한 시정이라면 쉽사리 볼 수 있는 경극패들이 모여 한참 공연에 열중하고 있었다.

원숭이처럼 연신 공중제비를 도는 제천대성(손오공), 사면초가에 빠져 애첩인 우희와 눈물의 이별을 앞둔 초패왕 항우의 모습, 그들의 모습을 걸쭉한 입담으로 풀어내는 이야기꾼의 모습까지……

경극패에 모여든 사람들은 연신 '잘한다!'를 외치며 동전을 연기자들에게 집어 던졌다. 저자에서 흔히 볼 수 있는 얼치기들이 아니라 진짜 실력이 좋은 연기자들임에 분명했다. 그렇지 않다면 남창 같은 대도의 한가운데서 이처럼 환호를 받을 순 없을 테니까.

'흠, 아난도 좋아하는 것 같으니, 잠시 구경이나 하다 갈까?'

단천엽의 얼굴에 구미가 동한 표정이 떠오르자 노는 데라면 절대 빠지지 않는 최필이 얼른 나섰다.

"꽤나 실력이 좋은 경극패들인 것 같은데, 구경이라도 하고 가는 게 어떻겠나? 아난 소저도 이렇게 좋아하는데."

"쯧! 그지 노는 일이라면! 그릴 시가이 있으년……"

장염무가 혀를 차며 타박을 주다 슬쩍 말꼬리를 접었다. 최필을 향해 방긋 웃어 보이던 아난이 잔뜩 심술이 붙은 눈빛으로 쏘아봤기 때문이다.

'이크크!'

장염무가 가장 무서워하는 사람이 아난이다.

그는 내심 찔끔하여 재빨리 말을 돌렸다.

"큼, 잠시 미천한 것들의 재롱을 보는 것도 나쁘진 않겠지. 시간도 남은 듯하고."

"크크크!"

최필이 비웃음을 던지자 장염무의 얼굴이 벌겋게 달아올랐다. 그의 인생에 가장 부끄러운 날 중 하나로 기록될 순간이었다.

그때 아난이 다시 단천엽의 옷자락을 잡아당겼다.

자신의 눈치를 보는 아난의 모습이 귀엽다 여긴 단천엽이 결국 고개를 끄덕였다.

"잠시 구경하기로 하죠."

단천엽의 말이 떨어진 순간 최필과 아난이 아이처럼 환호성을 지르며 경극패를 향해 달려갔다. 물론 어정쩡한 모습의 장염무와 단천엽을 질질 끌고서.

'이런! 이런!'

단천엽은 내심 고개를 흔들면서도 인파 속으로 끼어들었다.

남궁세가의 황혼 2

마침 경극패들의 첫 번째 공연이 막 끝난 참이었다.

능숙한 무대 인사와 더불어 자의 반 타의 반의 관람료를 걷는 손길이 바삐 이어진 직후, 가외에서 성큼 나선 이야기꾼이 징중하게 포권했다.

"수준 높은 남창의 대인, 숙녀, 귀공자, 귀공녀, 소공자, 소공녀 여러분들에게 저희 구룡경극패의 공연을 보여 드리게 되어 참으로 영광이올습니다."

"거참! 말 한번 잘한다!"

"좋다! 좋아!"

주변의 구경꾼들을 싸잡아 존칭하는 이야기꾼의 인사에 이곳저곳에서 환호성이 터져 나왔다. 칭찬 들어 기분 나쁠 사람이 있을 리 만무하니, 존칭을 들은 상황에 환호쯤 못해줄 것도 없었다.

이런 상황에 익숙한 것이리라.

잠시 주변의 환성이 잦아들기를 기다리는 여유를 보인 이야기꾼이 다시 포권을 해 보이곤 말을 이었다.

"저희 구룡경극패는 가깝게로는 강남의 여러 성읍과 대도, 소도시를 돌며 공연을 하는 바, 얼마 전 큰 뜻을 품고 호북을 순회했습니다."

"호북에는 왜 갔는데?"

구경꾼 중 한 명이 목소리를 높여 묻자 이야기꾼이 잘 다듬어진 눈썹을 살짝 치켜뜨며 기다렸다는 듯 손뼉을 쳤다.

짝!

"좋은 지적이십니다! 아주 좋은 지적이에요! 이곳에 모인 분들이라면 모두 알고 계실 일이나 현재 호북은 무림 역사상 전무후무한 전쟁을 벌이고 있지 않겠습니까?"

"반검맹과 천하맹이 붙은 걸 말하는 건가?"

"맞습니다! 맞아요! 그동안 우리 강남과 강북이 가끔 투탁거리긴 했으나 장강이 가로막고 있을뿐더러, 서로 내외를 많이 하지 않았습지요. 그러니 이번처럼 엄청난 무림대전은 그야말로 평생에 한 번이나마 목도하기가 쉽지 않은 일이 아니겠습니까?"

"그야 그렇지!"

이야기꾼의 말을 받는 사람의 목소리는 기이하게 흥을 돋우는 데 일조했다. 마치 이야기꾼과 처음부터 짜고서 말을 맞춘 것 같았다.

'당연히 그럴 테지.'

단천엽은 입가에 흐릿한 미소를 띠었다. 그는 처음 이야기꾼의 말을 받아준 사람을 살핀 후 그 허실을 간파한 상황이었다. 하나 그런 것도 다 관객들을 이야기 속에 빠뜨리는 기교였다. 굳이 들춰내 남의 장사를 훼방놓는 취미가 있을 리 만무한 단천엽은 이야기꾼의 이야기에만 집중했다.

그때 드디어 주변의 반응을 흐뭇한 표정으로 살핀 이야기꾼이 장황하던 서론을 끝내고 본론을 끄집어냈다.

"저희 구룡경극패는 그래서 역사적인 대결전을 이 두 눈으로 똑똑히 살피고, 현장감 넘치는 영웅들에 대한 경극과 이야기를 여러분들에게 전달하기 위해 목숨을 건 것입니다요."

"어떤 영웅들을 봤나?"

"예, 영웅들을 봤습지요! 아주 많은 영웅들을 봤습니다!"

꽉 쥔 주먹까지 부르르 떨며 소리친 이야기꾼이 마치 시가를 읊듯 외쳤다.

"천하에 두 명의 하늘을 놀라게 하는 자가 있으니, 강남의 반검이 첫째요, 강북의 뇌정이 그 둘이라!"

"반검경혼! 뇌정경혼!"

"오랜 독행의 세월을 끝내고 반검맹의 오패무적단주가 된 반검경혼 여만해 단주와 천하쟁의 부상이자 제일고수인 뇌정경혼 단백경 대협이 격돌하고, 수많은 강남, 강북의 영웅호걸들이 처절하고 아름다운 승부를 벌였습니다. 그야말로 시산혈해(屍山血海)요, 검하고혼(劍下孤魂)이라! 어찌 앞으로 수백 년간 전설이 될 이야기들을 소인이 그냥 지나칠 수 있었겠습니까?"

"꿀꺽!"

흥미진진함이 극에 이르면 침묵이 찾아들기 마련이다. 여태까지 이야기꾼의 말을 받아주던 사람마저 침묵하자 침 넘기는 소리만이 들려왔다.

호북에서 벌어진 남북대전에 대한 소문은 굉장히 많으면서도 믿을 수 없는 것들이 주종을 이뤘다. 다들 제 눈으로 본 듯 떠들어댔으나 실제 피와 살이 튀는 전쟁터를 목도하고 온 사람이 많을 리 만무했기 때문이다.

그런데 그러던 차에 투철한 사명감을 품고 호북의 대결전을 눈으로 살피고 왔다는 이야기꾼의 말을 들었으니, 관심이 집중되는 건 당연했다.

바늘 떨어지는 소리마저 들릴 정도의 정적!

단천엽마저 호기심 어린 눈빛이 되어 이야기꾼을 주목한 사이 구룡경극패의 연기자들이 주르륵 한쪽에 도열했다. 어느 모로 보든 떠날 준비를 끝마친 모습.

연기자 중 한 명이 이야기꾼에게 달려와 귓속말을 속삭였다.

떠날 준비가 끝났다는 말.

그러자 어느새 경극에 소요되는 장구와 소도구들을 챙겨든 연기자들을 힐끔 돌아본 이야기꾼이 관객들한테 정중하게 다시 포권하며 소리쳤다.

"그럼 뒤의 얘기는 다음에 계속하기로 하겠습니다요! 연기자들이 지치고 이 몸도 목소리가 많이 피로한 탓에……."

"이야기 도중에 뭐 하는 짓이냐!"

"그래, 맞다!"

잔뜩 기대하고 있던 구경꾼들 사이에서 소요가 일어났다. 기대가 컸던 만큼 실망도 큰 건 당연지사.

동전을 던지던 자들의 손에 돌멩이가 쥐어졌다. 자칫 유혈 참사가 날 수도 있는 상황.

그러나 구룡경극패의 이야기꾼은 노련했다.

이런 일에 익숙했다.

양손을 들어 주변의 소요를 잠시 누그러뜨린 그가 안색을 은밀하게 바꾸고 속삭이듯 말했다.

"사실 소인이 호북에서 본 영웅 중에는 앞으로 천하제일인이 될지도 모를 소영웅이 있는데, 이런 장소에선 말하기가 다소 거시기합니다."

"소영웅?"

"예, 앞서 말했던 창천에 뜬 태양 같은 두 명의 절세영웅에 견주어도 조금도 못하지 않을 소영웅을 이 몸이 두 눈으로 똑똑히 본 것입니다요. 하지만 오늘은 상황이 상황이고 장소가 장소인지라……."

"뭐가 상황이 어떻고 장소가 어떻다는 거야!"

"그래, 맞다!"

그 순간 드디어 때가 무르익었음을 직감한 이야기꾼의 얼굴에 의뭉스런 표정이 떠올랐다.

"큼큼, 저희 구룡경극패는 수삼일 뒤 이곳 남창에서 가장 큰 남창제일루(南昌第一樓)에서 공연을 갖습니다요. 그때 오늘 소인이 언급한 소영웅의 대활약에 대해 말할 터인즉, 여러 대인, 숙녀, 귀공자, 귀공녀, 소공자, 소공녀들께서는 많은 참석을 바랍니다요. 그럼 저희들은 이만."

"하하하!"

단천엽의 말을 들은 이수민은 평소 짓지 않던 통쾌한 대소를 터뜨렸다. 그만큼 구룡경극패의 이야기꾼의 행동은 그의 흥미를 끄는 데 충분했던 것이다.

이수민의 이런 모습을 처음 본 아난이 가뜩이나 큰 눈이 동그래졌다. 잔뜩 기대했던 구경거리가 생각보다 시원찮아 잔뜩 골이 나 있던 그녀로선 무엇이 이수민을 이리 즐겁게 한 것인지 알 도리가 없었다.

결국 단천엽이 가볍게 눈살을 찌푸렸다.

"뭐가 그리 재밌는 건지 물어봐도 되겠습니까? 재밌는 일이 있으면 같이 나누는 게 도리 아니겠습니까?"

최필이 얼른 동조했다.

"그렇다네! 재밌는 일이라면 당연히 같이 나눠야지!"

이수민이 웃음을 멈췄다.

"그럼 여러분은 우습지 않다는 겁니까?"

"별로……."

단천엽이 고개를 가로젓자 이수민의 입가에 비릿한 조소가 담겼다.

"후일 천하제일인이 될 소영웅께서 모르겠다 하니 더욱 우습군."

"소영웅?"

단천엽은 그제야 확연히 깨닫는 바가 있었다. 이야기꾼이 말한 소영웅이란 바로 노하구 전투에서 전공을 세우고, 무당산을 발칵 뒤집어놓은 자신을 말하는 거란 걸.

이수민이 언제 대소를 터뜨렸냐는 듯 안색을 일그러뜨렸다.

"자네의 바보 짓 덕분에 우리는 며칠간 남창에 머물러야 할 판이 됐군 그래."

"이야기꾼의 얘기를 확인하려는 겁니까?"

"마음 같아선 오늘 밤 당장 잡아다가 고문하고 싶지만, 목격한 눈이 너무 많아. 이곳은 강서성의 중심인 남창이니 강북에서처럼 마음대로 날뛰어선 곤란하단 말씀이야."

"죄송하게 됐군요."

단천엽이 진심으로 사과하자 이수민이 차갑게 코웃음 치며 외면했다.

"흥, 어차피 이런 일이 벌어질 때마다 가장 위험해지는 건 자네야. 나한테 사과하기 전에 조금 더 자기 자신을 돌아보는 게 좋을 거야."

"충고 감사합니다."

"흥!"

다시 냉소를 터뜨린 이수민이 앞서 걸어가며 중얼거렸다.

"남창제일루라고 했던가? 그런 곳에서 며칠간 묵으려면 비용이 만만치 않을 테니 남궁세가에는 진짜 낭인이 되어 가야겠군."

"남창제일루에 묵을 건가!"

최필이 반색을 하며 소리치자 이수민이 인상을 가볍게 일그러뜨렸다.

"기녀를 끼고 놀 생각은 아예 하지 않는 게 좋을 겁니다."

최필이 유흥한 표정으로 염소수염을 매만졌다.

"흐흐, 비용 걱정은 붙들어매시게. 빈도는 여태까지 살면서 단 한 번도 주루에서 내 돈 내고 운우지락을 즐겨본 적이 없으니까."

"그럼 어찌했는데?"

장염무가 혹한 기색으로 묻자 최필이 엄지손가락을 꼽아 들곤, 가슴을 쑥 내밀어 보였다.

"남자는 힘이 아니겠는가!"

"힘?"

아난이 고개를 갸웃해 보이고 단천엽이 책하는 눈빛을 던지자 최필이 얼른 고개를 자라처럼 집어넣었다.

"아난 소저, 자네는 몰라도 된다네. 나중에 시집을 가면 자연적으로 다가……."

"도사님!"

결국 단천엽이 목소리를 높이자 최필이 장염무에게 한쪽 눈을 찡긋해 보이고 얼른 입을 다물었다.

홀로 한참이나 앞서 걸어간 이수민이 고개를 돌려 소리쳤다.

"빨리 오지 않고 뭐 하는 겁니까!"

"알았네, 알았어! 나비가 꽃을 찾듯 빈도가 남창제일루로 달려갈 것인즉!"

최필이 걸음을 빨리하자 장염무가 얼른 그 뒤를 좇았다.

평소와 달리 가볍게 상기된 얼굴을 한 채.

'하! 늙은이들이 젊은이보다 오히려 힘이 넘치니!'

내심 탄식하는 단천엽의 옆에 찰싹 달라붙은 아난이 눈을 깜빡이며 말했다.

"아난, 천엽한테 시집가는 거야?"

## 남궁세가의 황혼 3

뜻밖의 일을 만나 단천엽 일행이 남창에서 발이 묶인 사이, 삼백 년 넘게 강서성 옥화산에 터를 잡은 남궁세가에는 황혼이 몰려들고 있었다.

붉고 아름다운, 그러면서도 사람의 마음을 서글프게 만드는 자연의 조화!

수없이 많은 고루거각의 한 켠, 손수 가꾼 채마밭에서 호미질을 하다 허리를 펴고 일어선 노인은 잠시 목석이 됐다.

평생 두려울 것이 없이 살아왔던 인생.

이제 한 걸음만 더 내디디면 신화가 되고 전설로 영원히 무림에 회자될 그의 이름은 신검 남궁성환. 강남무림의 절대자이자 천하제일검이었다.

아무것도 부족함이 없어 가장 비천한 일로 스스로를 단련해 온 그에게 황혼은 달갑지 않았다. 사실 무척 싫어했다. 해가 갈수록 밤이 오기 바로 직전의 그 눈부신 아름다움에 짜증이 늘어갔다. 흡사 현재 자기 자신을 보는 듯했기 때문이다.

'아직 나는 한창때다!'

오늘도 남궁성환은 눈부신 황혼을 바라보며 스스로에게 소리쳤다. 요즘 들어 점차 황혼에 매혹되어 가는 터라 그의 어깨에는 뻣뻣할 정도로 힘이 들어가 있었다.

아무리 봄이 지나면 여름이 오고 가을이 지나면 겨울이 오는 게 대자연의 이치라 하나 세월 앞에 무릎을 꿇고 싶지 않았다. 아직 후계자가 충분히 크지 못했기 때문이다.

그러는 동안 세상을 온통 불타오르게 만들던 황혼은 점차 세력을 잃어가고 있었다. 남궁성환이 진저리를 칠 정도로 싫어하는 순간의 도래.

어둠이 황혼의 마지막 불꽃을 집어삼키기 전에 발길을 돌리던 남궁성환의 얼굴에 환한 미소가 떠올랐다. 저만치 떨어진 곳에 그의 분신, 모든 것인 장손 남궁진천이 시립해 있는 모습을 발견한 것이다.

'허어, 아무리 황혼에 넋을 잃고 있었다 하나 십 장 밖에 서 있는 것을 눈치채지 못했다니! 천아의 성취가 또다시 일취월장했구나!'

남궁성환은 내심 흡족하게 미소 지으며 남궁진천에게 가만히 손짓했다.

"어찌 그런 곳에 홀로 서 있는 것이냐?"

남궁진천이 얼른 달려와 고개를 숙여 보였다.

"조부님께서 황혼을 즐기고 계시기에 감히 기척을 내는 죄를 범할 수 없었습니다."

"허허허, 네가 이만큼이나 성취를 이뤘으니 이젠 이 할아비는 은퇴를 생각해도 되겠구나."

전혀 마음에 없는 소리였다. 그걸 모를 남궁진천이 아니라, 얼른 절절한 얼굴로 소리쳤다.

"조부님께서 물러나시면 누가 있어 강남무림, 아니, 천하무림의 안위를 책임지겠습니까! 게다가 아직도 조부님께서는 한창때라 천하에 당할 자가 없으니, 그 말씀을 부디 거둬주십시오!"

"하나, 이젠 천아 너도 나이가 찼고 무공 또한 다른 오지의 가주들에 비해 손색이 없으니……."

"모용세가가 있습니다!"

강남무림에서 유일하게 남궁세가와 자웅을 결할 수 있는 모용세가. 평생 심복지환으로 여기고 있던 곳의 이름이 거명되자 남궁성환의 노안에 담담한 안광이 어렸다.

"그래, 아직 모용 늙은이가 금분세수를 하지 않았구나. 아직 노부가 물러날 때는 아니야."

일순 살짝 고개를 숙인 남궁진천의 얼굴에 가벼운 실망의 기색이 떠올랐다. 그의 나이 서른다섯. 오지 중 제갈세가의 가주로 호북에서 맹활약 중인 통천명 제갈현빈과 같은 연배였다.

내심 오지 중 모용세가의 가주 관일검호(貫日劍豪) 모용덕과 더불어 최연장자인 조부 남궁성환이 은퇴하길 바라는 마음이 없을 리 없다.

하지만 조부 남궁성환은 평범한 반검맹의 오지가 아니라, 존귀한 맹주이자 천하제일검이었다. 그 거대한 그림자 덕분에 남궁세가가 강남제일가로 존재하고 있음을 알기에 그는 감히 반 마디나마 은퇴를 권할 수 없었다.

'언젠간 나의 시대가 도래할 터!'

고개를 든 남궁진천의 얼굴엔 전혀 실망의 기색이 남아 있지 않았다. 귀신같이 눈치 빠른 조부에게 나이 세 살 때부터 고된 수련을 받아온 그가 가장 자신하는 절기는 내심을 아무렇지도 않게 감추는 것이었다.

그때 남궁성환이 지나가듯 질문을 던졌다.

"요 근래 호북으로 떠나보낼 후발 부대를 조직하고 있다고?"

남궁진천이 얼른 대답했다.

"예, 본 가의 무사들 대신 보낼 자들이라 인선에 신중을 기하고 있습니다."

"흠, 인선에 신중을 기한다?"

"아무리 명목상 본 가의 이름을 달고 호북 전선으로 출발할 자들이나 너무 실력이 떨어진다면 문제가 있을 듯하여."

"그건 그렇구나. 제갈현빈 그 아이는 지나칠 정도로 총명하니 그런 일을 부풀려서 본 가와 인선 책임자인 네게 시비를 걸 수도 있을 거야."

"저는 통천명이 두렵지 않습니다!"

"응?"

남궁성환은 평소답지 않게 눈에 힘이 들어간 손자의 얼굴을 보고 내심 고개를 끄덕였다.

제갈현빈과 남궁진천은 누구나 인정하는 강남무림의 차세대였다. 이미 제갈세가를 이어받았을뿐더러, 전선의 중심에서 대활약을 펼치고 있는 제갈현빈에게 남궁진천이 호승심을 느끼는 건 일견 당연해 보였다.

'하지만 천아야, 너와 그 아이는 그릇 자체가 다르단다. 그 차이를

네가 아직 모르고 있기에 노부는 은퇴할 수 없는 거다.'

애정과 안타까움이 담긴 시선을 남궁진천에게 던진 남궁성환이 호미에 묻은 흙을 툭툭 털고 나직이 중얼거렸다.

"허허, 황혼이 끝나 이젠 어둠이 밀려오는구나. 자연의 섭리인 게지. 자연의 섭리란 어느 누구도 비켜갈 수 없는 것이니, 천아야, 그리 조급해할 것 없느니."

흙 묻은 손으로 남궁진천의 어깨를 몇 차례 두들겨 준 남궁성환이 홀로 앞서 걸어갔다. 어둠에 먹혀 버린 황혼을 구하기라도 하려는 듯.


챙! 챙챙챙챙!

눈을 어지럽히는 현란한 색채.

귀를 울리는 음악.

남창제일루에서 벌어진 일단의 경극은 저자 한복판에서 단천엽과 아난의 발길을 멈춰 세웠던 소극과는 차원이 다른 화려함이 있었다.

까마귀와 백로의 차이랄까?

전에 봤던 소극만으로도 눈이 휘둥그레해졌던 아난은 연신 손뼉을 치며 즐거워했고, 기녀 둘을 양쪽에 끼고 앉은 최필은 연신 희희낙락했다.

물론 그의 뒤에는 기녀는커녕 손가락만 쪽쪽 빨며 부러움과 시샘이 가득한 눈빛을 잔뜩 던지고 있는 장염무가 홀로 고독을 씹고 있었다. 진실로 신강의 고독한 별이란 평소의 입버릇이 현실이 된 순간이었다.

그 와중 단천엽의 시선은 공연 중 연신 주변을 불안한 눈빛으로 훑고 있는 배우들을 주시하고 있었다. 이수민이 구룡경극패의 이야기꾼인 관 노야를 납치한 지 한 식경이 지나고 있으니, 그들의 속 타는 모습은 당연했다.

'관 노야의 크게 부풀려진 노하구 전투에 대한 이야기나 저들의 모습을 볼 때 내 정체를 아는 것 같진 않다. 만약 진짜 저들이 전쟁터에서 내 모습을 봤다면 금세 정체가 들통났을 테니까.'

단천엽은 내심 다행이라 생각하면서도 입가로 웃음이 번져 나오는 걸 어쩌지 못했다. 관 노야는 그저 이야기꾼으로서의 성가를 아주 조금 드높이고 싶었던 것에 불과한데, 하필 재수없게 자신들을 만나 운수 사나운 꼴을 당하게 된 것이다.

그때 아난이 잔뜩 흥분한 얼굴로 단천엽의 옷자락을 마구 잡아당겼다.

"천엽! 천엽!"

"한단이라고 부르라 했잖아."

단천엽이 통박을 주자 아난이 혀를 살짝 내밀며 고개를 숙여 보였다.

"아난이 잘못했어."

"앞으론 그러지 마."

"알았어. 약속!"

아난이 손가락을 내밀자 단천엽이 얼른 걸고 다짐하듯 말했다.

"약속은 꼭 지켜야 하는 거야."

"응!"

단천엽이 씩 웃으며 아난의 머리를 쓰다듬었다.

그러자 단천엽의 손이 닿은 머리를 손으로 부비곤 헤헤거리며 웃은 아난이 눈빛을 빛내며 말했다.

"저기 있잖아, 아난도 저기 저 여자처럼 예쁜 옷 입고 싶어!"

아난이 손가락질한 사람은 유명한 경극의 한 대목인 패왕별희(覇王別姬) 중 우희 역을 맡은 배우였다.

사실 그 배우는 본래 남자로서 남창제일루에 모여든 소저들 중 일부의 열화와 같은 성원을 받는 인기인이었으나 아난이 그걸 알 리 만무했다. 단천엽 역시 자세히 관찰하고서야 그가 남자라는 걸 눈치챘을 정도의 미남자였기 때문이다.

　　아난이 남녀의 구분과 예쁜 옷을 인지하게 된 걸 기쁘게 생각한 단천엽이 고개를 끄덕이며 말했다.

　　"아난, 내 이번 임무가 끝나면 반드시 저에 버금갈 정도로 예쁜 옷을 사줄게."

　　"진짜?"

　　"응, 약속이야."

　　이번엔 단천엽이 먼저 손가락을 내밀었다. 그러자 아난이 배시시 웃곤 재빨리 손가락을 걸었다. 두 사람이 맺은 오늘의 두 번째 약속이었다.

　　그때 서서히 극이 끝나감에 따라 안절부절못하는 정도가 점차 심화되어 가고 있던 연기자들의 얼굴에 반가움과 원망의 기색이 동시에 떠올랐다. 그들의 속을 시커멓게 태운 관 노야기 군중들 속에서 늠연한 모습을 드러낸 것이다.


　　잠시 뒤 관 노야의 현란한 입담에 남창제일루가 일희일비하는 사이, 단천엽 일행은 재빨리 자리를 떴다. 그동안 너무 많은 시간을 빼앗겼기에 구룡경극패의 공연을 끝까지 지켜볼 수가 없었다.

　　남창제일루에서 가장 행복했던 아난과 최필이 잔뜩 인상을 찌푸린 데 반해 군중 속의 고독을 묵묵히 씹고 있던 장염무는 앓던 이가 빠진 듯 시원한 표정이었다.

　　특히 그는 기녀들과 눈물의 이별을 나눈 최필의 축 처진 어깨가 마냥 보기 좋았다. 평소 못 잡아먹어 안달하던 그에게 일부러 다가가 약을 올릴 정도로.

"외로우냐?"

"응."

"나도 외로웠다!"

최필이 불쌍하다는 표정이 한껏 담긴 얼굴로 말했다.

"얼굴이 안 되면 힘이라도 있던가!"

"뭐시라!"

"남자는 힘이라니깐!"

최필은 결국 도망 다니는 신세가 됐다. 아난이 잔뜩 볼이 부어 있는 사이 장염무가 양 소매를 둥둥 걷어붙인 것이다.

나잇값 못하는 두 늙은이를 바라보며 나직이 한숨을 내쉰 이수민이 단천엽을 돌아보며 말했다.

"이대로 남궁세가로 가도 되겠나?"

"이 선배 덕분에 준비는 모두 끝났습니다."

"저들은?"

이수민의 손가락을 쫓아 앞서거니 뒷서거니 하는 최필과 장염무를 일별한 단천엽이 피식 웃었다.

"보기는 저래도 후일 제 몫은 충분히 할 분들입니다."

"어련하려고."

"그나저나 관 노야는 어떻게 추궁하신 겁니까?"

"추궁은 무슨. 복면을 쓰고 반검맹에서 왔다고 했더니, 벌벌 떨면서 자기가 한 말은 모조리 헛소리에 요식 행위에 불과하다고 좔좔 털어놓던걸."

"심공을 사용한 게 아닙니까?"

"심공을 일반인에게 사용하면 부작용이 심해 죽거나 미치는 수가 있거든."

"그랬군요."

천천히 고개를 끄덕인 단천엽이 가볍게 눈살을 찌푸려 보였다.

"그런데 초면부터 그런 흉악한 걸 제게 사용한 겁니까?"

"자네는 일반인이 아니잖아."

"그래도 그렇지!"

"떠오르는 강북의 별, 미래의 천하제일인 주제에 그런 작은 일에 연연하진 말라구."

"헛소리에 요식 행위라면서요?"

"그 관 노야란 이야기꾼이 그런 말을 하긴 했지만, 그것도 다 천하에 자네의 명성이 드높아졌기 때문이 아니겠나?"

"허명이죠."

"글쎄, 과연 그럴까?"

지그시 단천엽을 쏘아본 이수민이 언제나와 같이 성큼거리며 앞서 걸어갔다. 강남제일가라 불리는 남궁세가가 위치한 옥화산 방면의 관도 쪽으로.

『천괴』 7권으로 이어집니다